À PROPOS DE L'AUTEUR

Situés aux siècles les plus mouvementés de l'histoire anglaise, les romans d'Helen Dickson, toujours fertiles en rebondissements, nous tiennent en haleine jusqu'à la dernière page. Ses héroïnes, fougueuses et anticonformistes, vont jusqu'au bout de leurs rêves.

W0401426

Le tourbillon du scandale

HELEN DICKSON

Le tourbillon du scandale

Traduction française de
CAROLE PAUWELS

Les Historiques

HARLEQUIN

Collection : LES HISTORIQUES

Titre original :
CAUGHT IN SCANDAL'S STORM

© 2015, Helen Dickson.
© 2019, HarperCollins France pour la traduction française.

Ce livre est publié avec l'autorisation de HARLEQUIN BOOKS S.A.

Tous droits réservés, y compris le droit de reproduction de tout ou partie de l'ouvrage, sous quelque forme que ce soit.
Toute représentation ou reproduction, par quelque procédé que ce soit, constituerait une contrefaçon sanctionnée par les articles 425 et suivants du Code pénal.

Si vous achetez ce livre privé de tout ou partie de sa couverture, nous vous signalons qu'il est en vente irrégulière. Il est considéré comme « invendu » et l'éditeur comme l'auteur n'ont reçu aucun paiement pour ce livre « détérioré ».

Cette œuvre est une œuvre de fiction. Les noms propres, les personnages, les lieux, les intrigues, sont soit le fruit de l'imagination de l'auteur, soit utilisés dans le cadre d'une œuvre de fiction. Toute ressemblance avec des personnes réelles, vivantes ou décédées, des entreprises, des événements ou des lieux, serait une pure coïncidence.

Le visuel de couverture est reproduit avec l'autorisation de :

HARLEQUIN BOOKS S.A.

Sceau : © ROYALTY FREE/FOTOLIA

Tous droits réservés.

HARPERCOLLINS FRANCE
83-85, boulevard Vincent-Auriol, 75646 PARIS CEDEX 13
Service Lectrices — Tél. : 01 45 82 47 47

www.harlequin.fr

ISBN 978-2-2804-1564-4 — ISSN 1159-5981

Prologue

1746,
Après la bataille de Culloden.

Le prince Charles Edward Stuart était venu en Écosse pour réclamer le trône de son père et restaurer la monarchie des Stuart.

La tête de ce beau jeune homme était emplie de grandes idées révolutionnaires, idées qui l'avaient conduit à s'associer avec ceux qui transformèrent plus tard une révolution en bain de sang, à Culloden Field.

L'armée du roi George avait été battue à Prestonpans. En conséquence de quoi, des aides financières, ainsi que des renforts en hommes et en munitions, avaient afflué du nord, en soutien au prince Charles.

Mais les troupes jacobites se trouvèrent finalement débordées et furent taillées en pièces à Culloden qui se rendit à la force des fusiliers du duc de Cumberland.

La cause des Stuart était désormais perdue et,

après cette rapide et sanglante défaite, le prince Charles s'était enfui, laissant ceux qui l'avaient soutenu en butte à la vengeance brutale de ses ennemis.

La répression gouvernementale fut sans pitié.

Les maisons furent dévastées, à la recherche des Jacobites. Quelques-uns tentèrent de trouver refuge dans les collines. Ceux qui furent capturés furent passés par la baïonnette, pendus ou brûlés dans leurs maisons. Les femmes, les enfants et les personnes âgées ne furent pas épargnés.

Les domaines des lords et des chefs de clan qui avaient soutenu la rébellion jacobite avaient été saisis.

Rosslea, la maison ancestrale que possédait Iain Frobisher dans les territoires frontaliers, n'échappa pas à la fureur de Cumberland. Les domestiques, craignant pour leurs familles et leurs vies, s'enfuirent. Mary Frobisher resta seule avec son fils de douze ans, William, et son bébé d'un mois, Alice. Deux de ses fils avaient été tués à Culloden Field. Son mari, Iain, était prisonnier des Anglais.

La maison était érigée sur un promontoire surplombant le village. À la nuit tombée, la vallée commença à bruisser d'agitation. Des hommes enveloppés dans des capes cramoisies se faufilèrent le long des cottages.

Ils étaient venus avec leur torche pour tout brûler.

Mary entendit des tirs de mousquet, puis des cris. Elle comprit que leurs ennemis se déchaîneraient bientôt sur Rosslea.

Elle était préparée.

Rassemblant ce qu'il restait de sa famille et les rares possessions qu'elle pouvait transporter, son argent et ses bijoux étant cousus dans les ourlets de sa cape et de sa robe, elle se retrouva bien vite à l'abri des arbres.

Lorsque l'obscurité voila le paysage, le halo du feu éclaira le ciel. Ce fut bientôt un enfer de flammes se nourrissant avec voracité des précieux trésors qu'abritait Rosslea.

Ravalant ses larmes, Mary se détourna.

Ce n'était pas le moment de s'abandonner à la faiblesse.

Sous le choc et mue par la peur, portant Alice drapée dans un plaid et pressant William d'avancer, Mary emprunta des chemins de traverse, qu'elle connaissait pour avoir vécu dans cette région toute sa vie.

Au prix d'un grand courage et d'une résistance physique exceptionnelle, Mary parvint à gagner la côte ouest et à passer en Irlande. De là, elle embarqua pour la France, se joignant à d'autres personnes qui fuyaient la persécution après Culloden.

Elle était à Paris lorsqu'elle apprit le décès tragique par noyade de son mari.

Pleurant la mort de trois membres de sa chère famille, Mary parvint cependant à construire une vie décente pour ceux qui restaient.

***

Été 1756,
Quelque part au large de l'Afrique du Nord.

Le lieutenant Ewen Tremain n'aurait su dire ce qui l'avait tiré du sommeil.

Était-ce ce léger crissement irrégulier, rendu audible uniquement en raison du profond silence qui régnait à bord du navire royal, le *Defiance* — le grattement d'un rat sans doute ou le clapotis des vagues contre la coque ?

Il semblait quelque peu absurde qu'un bruit aussi furtif l'ait tiré du sommeil, le plongeant dans un tel état de tension et d'alerte.

Mais peut-être que le fait que le bateau soit immobilisé depuis quatre jours, faute de vent, jouait sur ses nerfs…

Ewen se tourna et se retourna sans relâche, mais fut incapable de se rendormir. Ce bruit l'agaçait prodigieusement.

Lentement, une étrange sensation de malaise s'infiltra dans l'étroite cabine, devenant presque une entité tangible qui se tenait à côté d'Ewen, faisant en sorte que son esprit épuisé veille malgré tout.

Roulant de son bat-flanc, il enfila ses vêtements et se rendit sur le pont, désert à l'exception de l'homme qui montait la garde, à l'affût d'éventuels vaisseaux pirates.

En appui sur le bastingage, Ewen scruta l'obscurité.

Une brume marine flottait au ras de l'eau, enveloppant le bateau d'un voile d'humidité. La nuit et le silence planaient comme une menace sur le vaisseau isolé…

Et cependant, malgré cette immobilité et ce silence, il y avait quelque chose qui appelait l'attention, avec une insistance silencieuse.

Pour la première fois depuis des jours, une légère brise soufflait, une infime exhalaison de vent, qui soupirait et murmurait à travers les cordages, et agitait les voiles.

Le regard léthargique, le capitaine Milton apparut à côté d'Ewen, en frottant son menton couvert d'un début de barbe.

— Le vent se lève, lieutenant Tremain. Dès l'aube, nous pourrons continuer notre route.

Ewen demeura silencieux, tous ses sens aux aguets.

Un bruit de rames lui parvint distinctement et, soudain, une forme sombre et sinistre émergea de la brume, suivie de près par deux autres embarcations, dont les pagaies étaient maniées par des esclaves.

Lorsqu'il parvint à distinguer le drapeau flottant en haut du mât principal — un crâne humain sur fond noir —, Ewen comprit que les mystérieuses embarcations n'étaient pas venues avec des intentions amicales.

Le regard fixe, en proie à une soudaine et dramatique prémonition, Ewen se concentra sur ce cruel coup du sort.

À moins d'un miracle, leurs chances d'échapper aux Barbares semblaient bien minces.

Au cours de cet été 1756, alors qu'ils quittaient l'Afrique de l'Ouest pour regagner l'Angleterre, Ewen Tremain, le capitaine Milton et l'équipage du *Defiance* furent capturés par les Barbares, et conduits enchaînés au grand marché aux esclaves de Marrakech.

Ewen fut vendu à un des frères du sultan, un homme tyrannique et cruel, qui en fit son souffre-douleur.

Un jour, alors que son maître s'était absenté pour une durée de six semaines, le regard d'Ewen se posa sur une Mauresque prénommée Etta.

Belle, sauvage et passionnée, avec des yeux verts et or de tigresse, couverte d'or et de perles, elle était la concubine favorite du sultan. Il se disait que plus d'un bel esclave musclé était entré durant la nuit dans ses appartements, afin de satisfaire ses appétits charnels, et qu'on n'en avait jamais revu aucun.

Ewen ne put résister à Etta, et leurs rencontres clandestines, pour dangereuses qu'elles étaient, éclairèrent ses misérables jours. Dans les bras de cette femme infidèle qui semblait lui avoir jeté un sort, il trouva une forme de bonheur.

Plus tard, il regretterait de s'être montré aussi naïf, mais il ne vit pas la félonie derrière les doux sourires et les mots tendres.

Il croyait qu'Etta l'aimait mais, lorsque le sultan revint au palais et la convoqua, la jeune femme fut ravie de retrouver sa position de favorite et dénonça aussitôt son amant, en prétendant qu'il n'avait cessé de la poursuivre de ses avances alors qu'elle l'avait fermement rejeté.

Ce faisant, elle le condamna.

La sentence fut terrible. Il fut dit qu'il recevrait cent coups de fouet et que, s'il survivait, il serait condamné aux galères et enchaîné à une rame pour le reste de sa vie.

Ewen se croyait indestructible. Mais quel homme de chair et de sang pouvait espérer triompher de ces Barbares ?

Au début, il avait pensé contre toute raison qu'il finirait par échapper à sa servitude, mais ce coup du sort sonna le glas de ses illusions.

Deux années passèrent, misérables. Puis, alors que les galères longeaient la côte espagnole, le miracle tant espéré se produisit. La galère fut prise dans une tempête. La rame à laquelle Ewen était enchaîné se brisa. Balayé par les vagues, il échoua sur une plage.

Il y avait un autre survivant, le jeune Amir, qui était enchaîné à la même rame qu'Ewen depuis un an.

Étendu sur le sable mouillé, Ewen pria avec toute la ferveur dont il était capable pour qu'ils s'en sortent, lui et son compagnon d'infortune, envers qui il s'était surpris, au fil du temps, à éprouver des sentiments paternels, lui qui n'avait pas encore d'enfants.

Après des jours de marche à travers des collines escarpées, ils croisèrent un voyageur qui leur indiqua le chemin d'un monastère.

Bientôt, le son étouffé d'une cloche leur apprit que leurs efforts n'avaient pas été vains.

La cloche des voyageurs perdus.

Ils étaient sur le bon chemin.

Enfin leur apparut le monastère où, d'après l'homme qu'ils avaient croisé, on offrait l'asile aux voyageurs de toutes confessions.

Baignés de lune, les contours des bâtiments construits en pisé étaient aussi nets qu'en plein jour. Une tour carrée les surplombait, et la route passait sous une voûte en pierre qui délimitait l'accès au monastère.

De quelque part à l'intérieur des murs leur parvenait le son étouffé d'un chant religieux.

C'était si inattendu qu'Ewen s'arrêta pour écouter.

Peut-être était-ce là une réponse à ses ferventes prières.

Il avait atteint la limite de ses forces. Incapable de faire un pas de plus, il tomba à genoux.

À peine conscient, il parvint à distinguer le halo de lanternes s'agitant autour de lui.

Et pour lui, ces lumières signifiaient la vie et l'espoir.

Chapitre 1

Hiver 1766

Des flocons de neige tourbillonnaient autour d'Alice, et sa respiration dessinait dans l'air glacé de petits nuages de buée.

Tenant serré sous son menton le col de sa cape, dont l'ample capuche recouvrait ses cheveux, elle traversait le parc, en prenant garde à l'endroit où elle mettait les pieds.

Aveuglée par les flocons qui s'accrochaient à ses longs cils, le souffle coupé par les rafales de vent qui s'abattaient sur elle, elle ne prêtait pas attention au froid intense qui engourdissait ses mains et ses pieds et transformait ses joues en glace.

Son maintien devait évoquer la souffrance, mais la douleur qu'elle ressentait n'était pas physique. Profitant de tous les avantages d'une bonne vie, son corps était jeune, vigoureux et sain.

La tête baissée, luttant contre la tempête de neige qui ralentissait ses pas, Alice songea à son père, un homme dont elle ne parvenait pas à se souvenir, et fut surprise de sentir les larmes lui brûler les yeux.

Cela faisait si longtemps.

Depuis qu'elle avait quitté Philippe, il ne lui était pas arrivé une seule fois de pleurer. En effet, elle redoutait, si elle se laissait aller l'espace d'un instant, d'exploser en mille morceaux, telle une vitre brisée, et de ne plus jamais pouvoir se ressaisir. Aussi gardait-elle toujours ses émotions soigneusement verrouillées en elle.

Mais ce jour-là, la pensée que son père, qu'elle croyait mort, puisse être toujours en vie et qu'elle le verrait peut-être bientôt renversait les barricades érigées autour de son cœur, et ses joues étaient noyées de larmes.

Soudain, une forme sombre apparut devant elle.

Alice tenta de faire un écart, mais il était trop tard, et elle percuta quelque chose de solide.

Elle serait tombée si une main ne lui avait fermement saisi le bras, l'aidant à conserver son équilibre.

La panique l'envahit, et elle se débattit avec énergie.

Une voix d'homme s'éleva, cassante.

— Que diable faites-vous dehors par ce temps ?

Alice ouvrit la bouche, mais fut incapable de prononcer un seul mot. Sa gorge, tout comme le reste de sa personne, semblait gelée, et les flocons que le vent rabattait sur ses yeux l'aveuglaient.

— Que se passe-t-il ? demanda l'étranger,

qui avait une voix profonde et rauque. Vous avez perdu votre langue ?

Levant une main gantée, l'homme balaya avec brusquerie la neige qui s'accrochait au visage d'Alice et l'observa dans la lumière nébuleuse.

Elle eut la vague impression, rendue floue par le voile neigeux qui les entourait, d'une haute silhouette, d'un regard gris, dur et coléreux, d'une bouche crispée par une moue arrogante.

Ses forces décuplées par la peur, elle se libéra et s'enfuit à toutes jambes.

Heureusement, le terrain sous les arbres joua en sa faveur ; étant abrité il était en effet à peine couvert de neige, et Alice parvint rapidement à mettre de la distance entre eux.

Elle entendit l'inconnu l'appeler, mais il ne la suivit pas.

Une quinzaine de minutes plus tard, toujours aveuglée par la neige et malmenée par le vent, à bout de souffle et secouée par sa rencontre avec cet étranger, Alice arriva à Hislop House, au cœur de Piccadilly.

Hislop House était la demeure d'apparat de Lady Margaret Hislop, comtesse de Marchington Il y régnait en ce jour une grande agitation, les domestiques s'affairant à préparer la réception devant se tenir le soir même et au cours de laquelle Lady Marchington annoncerait les fiançailles de sa nièce Roberta avec le vicomte Pemberton, fils aîné du comte de Winterworth.

Alice eut à peine le temps de se ressaisir avant que Roberta ne se précipite vers elle dans le hall.

— Je suis soulagée de voir que tu es rentrée, Alice. Je ne comprends toujours pas ce qui t'a pris de sortir par ce temps.

Alice ne dut qu'à un suprême effort de volonté de parvenir à masquer ses émotions.

— Je ne supporte pas d'être confinée ici à longueur de journée, je te l'ai déjà dit. On étouffe dans cette maison. J'ai besoin d'air frais.

— Je sais et je ne te fais pas de reproches. Mais tu n'ignores pas que tante Margaret n'aime pas que nous sortions seules. Tu aurais dû demander à l'une des servantes de t'accompagner.

Alice soupira, l'air contrit.

— J'espère qu'elle n'aura rien remarqué.

Elle avait délibérément mis de côté le protocole, exigeant qu'elle soit chaperonnée en toutes circonstances, après avoir reçu la veille une lettre d'un certain Duncan Forbes. L'homme l'informait qu'il avait des révélations à lui faire concernant son père qu'elle croyait décédé depuis vingt ans.

Profondément troublée et impatiente d'en savoir plus, Alice s'était rendue précipitamment à Green Park pour rencontrer l'homme à l'endroit et à l'heure fixés.

Roberta prit un petit air sentencieux.

— Rien n'échappe à tante Margaret. Elle

connaît les secrets de tout le monde. Tu devrais le savoir, à présent.

Marquant une pause, Roberta enveloppa Alice d'un regard spéculatif.

— Cette sortie inopinée aurait-elle quelque chose à voir avec la lettre que tu as reçue hier ?

Alice secoua la tête, choisissant de mentir.

Pourtant, il y avait eu peu de secrets entre Roberta et elle depuis qu'elle était venue vivre à Hislop House, deux mois auparavant.

Roberta avait bien évidemment été avertie du scandale qui l'avait obligée à fuir Paris. Cependant, Alice ne lui avait pas tout dit. Certaines des choses qu'elle avait faites avec Philippe étaient en effet trop sordides pour les chastes oreilles de la jeune fille.

Quant à sa rencontre avec Duncan Forbes, Alice préférait pour le moment la garder pour elle.

À en croire cet homme, Iain Frobisher avait été capturé en 1746, juste après la bataille de Culloden, et emmené vers le sud, afin d'y être jugé pour haute trahison. La justice pour les traîtres était expéditive, et on avait dépouillé le père d'Alice de tous ses biens et prérogatives.

Lorsque les gardes étaient venus le chercher pour l'emmener à Kennington Common, où devait se tenir son exécution, Iain avait sauté dans les eaux boueuses de la Tamise, en un geste désespéré pour recouvrer sa liberté.

Bien qu'on lui ait tiré dessus, et que le fleuve ait

été sondé, son corps n'avait jamais été retrouvé. Il avait été présumé mort.

Duncan Forbes avait expliqué à Alice qu'il était lui-même un simple soldat à l'époque de Culloden, et qu'il avait été fait prisonnier en même temps que son père. Comme beaucoup d'autres hommes du commun, il avait été libéré en 1747 grâce à la promulgation de l'*Act of Indemnity*.

Ce que Duncan Forbes n'avait pas dit à Alice, c'est qu'il avait depuis sombré dans la misère, et que tous les moyens lui étaient bons pour survivre.

Il n'avait guère pensé à Iain Frobisher depuis le jour où ce dernier avait sauté dans la Tamise, jusqu'à ce qu'il rencontre à Londres un homme qui offrait une certaine ressemblance avec son ancien compagnon de cellule.

Ses soupçons furent bientôt confirmés.

Les deux hommes avaient passé un moment à discuter puis, lorsqu'ils eurent épuisé les sujets de conversation, et compris qu'ils n'avaient finalement pas d'autre point commun que celui d'avoir combattu ensemble, ils avaient continué leur chemin.

Ce ne fut que quelques mois plus tard, lorsque Duncan lut un entrefilet dans les journaux, relatant la disgrâce d'Alice Frobisher et son installation à Londres chez Lady Marchington, qu'il réalisa le profit qu'il y avait à tirer de cette information.

Il envoya donc une missive à Alice l'informant

qu'il avait une révélation qui pourrait l'intéresser concernant son père, et lui donnant rendez-vous au parc.

Ayant éveillé sa curiosité et voyant qu'elle désespérait d'en savoir davantage, il lui avait à nouveau donné rendez-vous, le lendemain à la même heure et au même endroit, en lui demandant d'apporter de l'argent.

— Non, bien sûr que non, répondit Alice à la question de Roberta.

Elle tendit sa cape couverte de neige à un valet.

— J'irai voir Lady Marchington dès que je me serai changée. L'ourlet de ma robe est passablement trempé. Tu vois ?

Elle tendit un pied botté devant elle pour prouver ses dires.

Roberta protesta, entre choc et inquiétude.

— Je pense qu'elle veut te voir tout de suite.

Alice lança un regard exaspéré à son amie.

— Contrairement à toi, Roberta, je ne me sens pas obligée de toujours faire ce qu'exige ta tante. Si j'étais à ta place, je m'affirmerais davantage. Personne ne t'en blâmerait.

Roberta sourit faiblement. Elle ne possédait pas une grande confiance en elle et se laissait facilement intimider par Lady Marchington.

— Tante Margaret a été très bonne pour moi, pour nous deux, Alice. Si elle n'avait pas été là, on m'aurait envoyée vivre avec des étrangers. Je ne l'aurais jamais supporté.

Roberta avait l'infortune d'être orpheline, et son unique parente se trouvait être la comtesse de Marchington. Veuve depuis dix ans, cette dernière n'avait pas d'enfants. C'était une femme autoritaire, cassante, d'une franchise confinant à la grossièreté et qui était par conséquent redoutée de son entourage. Grande et mince, elle avait les cheveux gris et le visage parcheminé par les rides, mais il se disait qu'elle avait été d'une grande beauté.

Alice n'avait pas peur d'elle, mais elle faisait en sorte, dans la mesure du possible, de l'éviter.

— Eh bien, répliqua-t-elle à son amie, si c'est ce que tu penses, grand bien te fasse.

Elle se dirigea vers l'escalier, aussitôt suivie par Roberta.

— À quoi ressemblera la réception de ce soir, d'après toi ? demanda Alice d'un ton vibrant d'agitation. Tout Londres attend avec impatience l'annonce de tes fiançailles. En réalité, tout le monde ne parle que de cela. Je doute que le mauvais temps empêche les invités de venir.

Roberta répondit de façon beaucoup plus posée.

— J'espère sincèrement que ce ne sera pas le cas, mais nous verrons bien.

— Je suis certaine que la soirée sera un succès fabuleux.

Alice coula un regard amusé à Roberta.

— Sachant combien Hugh est amoureux de toi, tu peux être assurée de sa compagnie toute la soirée. En outre, ta soudaine agitation quand tu es auprès de lui me laisse penser que ses attentions ne sont pas malvenues.

Voyant que son amie s'apprêtait à riposter, Alice s'empressa de poursuivre.

— Allons, ne le nie pas. C'est sans cesse « Hugh, ceci et Hugh, cela ».

Le visage de Roberta s'empourpra, renforçant l'impression de candeur qui se dégageait de ses grands yeux pervenche et de ses traits enfantins qu'encadraient de longues anglaises brunes. Avec une silhouette élancée mais frêle, elle avait un caractère beaucoup plus réservé et plus souple qu'Alice.

Mais leurs différences ne s'arrêtaient pas là, songea Alice, non sans une certaine amertume. Ce qui lui manquait, à elle, et ce que Roberta possédait en toute certitude était une tendre innocence pour s'accorder à sa douce beauté.

— Tu as tout à fait raison, Alice. C'est un sentiment exaltant. Quand je vois Hugh, je me sens tellement heureuse. Je… Je l'aime.

Alice lui sourit avec gentillesse. Elle ne jalousait pas le bonheur de Roberta, mais elle l'enviait et regrettait de ne pas avoir trouvé la même chose avec Philippe.

— C'est flagrant. Et tu n'auras pas à attendre pour que cet amour se concrétise car, très vite, tu seras sa femme.

Lorsque Roberta et Hugh étaient ensemble, ils se parlaient pour l'essentiel. Occasionnellement, ils se touchaient les mains, avec hésitation, d'un geste tout juste ébauché, avant de battre en retraite timidement. Leur union serait stable et sereine, et Hugh vouerait une dévotion sans faille à Roberta.

Combien Alice enviait ces sentiments ! Elle espérait seulement que son amie ne soit jamais déçue comme elle-même l'avait été.

— J'avoue qu'il m'est difficile d'attendre, répondit Roberta d'une voix douce.

L'expression d'Alice se fit songeuse.

— Je n'en doute pas. Cependant, je me demande ce qui se passera le jour où Hugh découvrira que tu as été engagée auprès de quelqu'un d'autre. Tu l'es d'ailleurs peut-être toujours, étant donné que les fiançailles n'ont pas été rompues.

Le regard de Roberta se ternit à l'évocation par Alice d'Ewen Tremain.

— Tante Margaret dit que Lord Tremain ne compte plus. Il s'est engagé envers moi à Paris, mais il a disparu depuis un an, après avoir été convoqué par son frère à Bordeaux pour une affaire de famille. As-tu eu l'occasion de le rencontrer, quand tu séjournais près de Paris ?

Alice secoua la tête.

— J'ai seulement entendu parler de lui. Son frère, Simon, s'est battu auprès de mon père et de mes frères à Culloden.

— Si je me souviens bien, tes frères n'ont pas survécu, n'est-ce pas ?

— Malheureusement, non. Deux d'entre eux ont été tués. William était trop jeune pour se battre.

Je n'ai pas de souvenirs de mes frères aînés. Je n'étais qu'un bébé à l'époque. Ma mère est décédée peu après notre arrivée en France. Il ne reste plus que William et moi.

— Tante Margaret a écrit en de nombreuses occasions à Lord Tremain, sans le moindre résultat. Il n'aurait pu faire davantage pour provoquer son mécontentement. Je considère donc qu'il mérite son mépris et le mien.

Roberta laissa passer un silence.

— Il semblerait que j'aie eu beaucoup de chance d'échapper au mariage avec un homme aussi peu digne de confiance. En fait, je pense que Lord Tremain est la seule personne qui ait osé snober tante Margaret. Comme tu l'imagines, cela l'a profondément choquée. C'est pourquoi elle a relégué Lord Tremain au passé.

C'était aussi pour cette raison, songea Alice, que Lady Marchington donnait un bal ce soir, afin d'exposer fièrement Roberta telle un joyau à admirer, un diamant destiné à une tiare, rien de moins.

Lady Marchington exultait de joie à l'idée qu'elle allait unir sa nièce au célibataire le plus recherché de Londres. Elle n'avait pensé qu'à cela depuis que Lord Tremain avait abandonné Roberta à Paris.

Lady Marchington avait une volonté de fer, et elle était prête à tout pour obtenir ce qu'elle voulait, quels que puissent être les obstacles.

— Je me souviens que tu m'as dit avoir été soulagée quand Lord Tremain a quitté Paris, rappela

Alice à Roberta. Tu éprouvais de l'aversion pour lui, me semble-t-il.

— Ce n'était pas exactement de l'aversion…

Soulevant le bas de sa jupe, Roberta pressa le pas pour rattraper Alice qui montait les marches en courant, d'une façon, certes, qui ne convenait guère à une lady.

— En réalité, je ne savais pas quelle opinion me faire de Lord Tremain, expliqua Roberta d'une voix timide.

— Penses-tu encore à lui ?

— Occasionnellement. Nous nous connaissons peu mais, lors des rares occasions où nous nous sommes rencontrés, il s'est toujours montré poli et respectueux envers moi…

Pensive, Roberta marqua une courte pause.

— Je reconnais qu'il est très séduisant, mais c'est un homme mystérieux, secret, et même sinistre me suis-je souvent dit.

Alice avait beaucoup d'affection pour Roberta, et elle éprouvait de la colère envers Lord Tremain pour la façon dont il l'avait traitée. Lady Marchington avait entièrement raison de vouloir écarter cet ancien prétendant.

Cependant, si Lord Tremain était aussi séduisant que l'affirmait Roberta, il était fort probable qu'il ait fait grande impression sur la naïve et influençable jeune fille, ce qui expliquerait que cette dernière manifeste quelques regrets en l'évoquant.

— Mais toi, que ressens-tu ? demanda Roberta. Je préférerais ne pas te poser la question, mais je crains de devoir le faire. Je suis si heureuse que ton frère t'ait envoyée vivre ici, à Londres, avec ma tante et moi, mais Paris doit te manquer, j'imagine.

Alice dressa ses délicates épaules en un petit haussement impuissant, ne souhaitant pas se rappeler les événements qui l'avaient contrainte à quitter la maison de son frère, après l'opprobre qu'elle avait jetée sur la réputation de William.

À présent qu'elle se trouvait en Angleterre, elle prenait pleinement conscience qu'il valait mieux, pour sa sérénité et son bien-être, reléguer aux oubliettes le souvenir de ces affligeantes semaines.

Cependant, elle ressentait encore les effets du cauchemar qu'elle avait provoqué.

Comment oublier le sourire satisfait de Philippe quand il l'avait mise dans son lit la première fois ? C'était comme si elle était devenue une possession dont il pourrait se vanter auprès des autres. Le mépris qu'elle avait par la suite éprouvé pour lui était peut-être né à ce moment-là.

Et puis le jour était venu où elle lui avait déclaré qu'elle ne l'épouserait pas.

Non seulement elle ne l'aimait pas, mais il lui inspirait même du dégoût. Sur ces paroles assassines, elle s'était enfuie.

Au début, la colère de son frère, William, avait été terrible. Il ne comprenait pas comment Alice avait pu agir ainsi. N'avait-elle aucune honte, aucun remords ? Ne voyait-elle pas qu'elle avait jeté le discrédit sur leur famille et particulièrement sur la mémoire de leur chère mère ?

Alice s'était alors bouché les oreilles. Elle aurait préféré que William ne mentionne pas leur mère. Ce n'était pas juste de sa part. Elle ne se souvenait pas bien d'elle, n'ayant que quatre ans quand cette dernière était morte d'une faiblesse des poumons, mais elle était certaine qu'elle l'aurait écoutée, qu'elle aurait compris et se serait rangée de son côté.

Quand la colère de William s'était apaisée, Alice avait vu combien il était triste.

Ce qui lui était arrivé, avait-il dit, était choquant et tragique même si personne au monde n'avait été mis au courant à part lui.

Alice avait vu que son frère était sincère, et elle en avait été déstabilisée. Il était vrai que l'orgueil de William était atteint, mais ce n'était pas tout. Il était sincèrement inquiet pour elle.

Alice avait alors éprouvé un profond chagrin à l'idée de l'avoir blessé, ce qui n'avait fait qu'ajouter à sa honte.

Puis il avait été décidé qu'elle serait envoyée à Londres, pour vivre avec Lady Marchington, et pour apprendre tout ce qui ferait d'elle une bonne épouse.

Alice avait essayé de se persuader que c'était mieux ainsi, convaincue que William avait à cœur de défendre ses intérêts. Lorsque le moment fut venu qu'ils se disent au revoir, elle avait perçu la détresse de son frère, ce qui l'avait profondément bouleversée.

Soudain, l'expression de William avait changé.

« Ne t'inquiète pas, lui avait-il dit. Le problème sera réglé. Je m'occupe de tout. »

Il y avait une dureté inhabituelle dans la voix de son frère, ce qui avait éveillé un certain malaise dans le cœur d'Alice. Mais elle était tellement engluée dans sa propre disgrâce qu'elle n'y avait plus pensé.

Jusqu'à ce qu'elle reçoive une lettre de l'épouse de William.

Elle se trouvait alors à Londres depuis deux semaines, et la missive lui avait révélé un aspect de la personnalité de William qu'elle ne connaissait pas.

Alice frissonna, ne voulant pas évoquer maintenant le contenu de cette lettre, ni la façon dont son frère, défendant son honneur, avait provoqué Philippe en duel et l'avait tué.

La culpabilité et la honte étaient remisées au fond de son esprit, et elles y demeureraient tant qu'elle n'aurait pas le courage d'affronter ce qui s'était passé.

La voix de Roberta vint interrompre ses sombres pensées.

— Je suppose que de nombreuses personnes diraient que la fuite n'a jamais rien résolu, remarqua-t-elle.

— C'est un nouveau départ, Roberta.

— Heureux, je l'espère. Quoi qu'en disent les gens, moi, je suis enchantée que tu sois là. Aussi, j'insiste pour que tu oublies tout cela, et que tu t'amuses à ma réception de fiançailles.

Alice ne vivait plus dans la crainte de revoir Philippe, mais elle était incapable de se détendre. Elle était ligotée par un passé qui l'emplissait de honte, et n'osait envisager l'avenir.

Même si elle n'avait pas été réellement violentée par Philippe, il s'était quand même agi d'une forme d'agression. Elle était jeune et innocente, et s'était laissé faire sans réagir, ne comprenant pas que cela changerait sa vie pour toujours. Elle n'était plus la jeune fille heureuse et insouciante d'avant et elle avait pleuré la perte de son innocence.

Son cœur avait été tellement blessé, et elle se sentait tellement souillée, qu'elle avait perdu foi en l'amour. Le romantisme n'était plus désormais à ses yeux qu'un rêve stupide.

Elle était devenue peu sûre d'elle, et il lui semblait impossible de bâtir une relation réussie après tout ce qu'elle avait enduré. Elle ne pensait pas non plus pouvoir être véritablement heureuse, ou être capable de rendre quelqu'un heureux.

Suivie de Roberta, elle se hâta de traverser le palier et d'entrer dans sa chambre.

— Je suis étonnée que Lady Marchington ait accepté de m'héberger, déclara-t-elle, tout en commençant à défaire sa robe. Mais je suppose que le fait que la femme de William soit la fille de sa meilleure amie a pesé dans la balance.

Alice était persuadée que ce qu'elle avançait était parfaitement vrai. Lady Marchington avait accepté de la recueillir comme une faveur envers

Anne, et également, sans doute, pour que Roberta ait une amie.

Aussi Alice ne doutait-elle pas que Lady Marchington ne perdrait pas de temps pour lui trouver un fiancé dès que Roberta serait mariée au vicomte Pemberton.

Cependant, elle ne pouvait espérer trouver un aussi beau parti que Roberta. Pour Lady Marchington, n'importe qui ferait l'affaire, pourvu qu'elle soit débarrassée de sa pensionnaire devenue indésirable.

Voyant qu'elle avait des difficultés à déboutonner sa robe, Roberta s'approcha d'elle.

— Attends, laisse-moi faire.

Après un moment, son amie demanda :

— Comment était Philippe ? Séduisant ?

Alice sentit son regard se durcir, tout comme son cœur s'était durci quand elle avait décidé de ne pas épouser Philippe.

— Oh oui, il était séduisant. C'était un fait plutôt qu'une opinion. Mais, c'était précisément sa beauté qui m'ennuyait. Cela ajoutait à son arrogance et à sa confiance en lui. C'était le genre d'homme à qui il ne serait même pas venu à l'idée qu'il pourrait ne pas obtenir ce qu'il désirait.

Roberta l'aida à ôter sa robe, et drapa celle-ci sur une chaise, afin que la femme de chambre d'Alice s'en occupe plus tard.

— Cependant, remarqua son amie, il a dû te plaire pour que tu acceptes de l'épouser.

— Peut-être un peu… au début. Philippe Duplay, comte de Saint-Antoine, était le genre d'homme dont rêvaient toutes les femmes. Et les hommes auraient voulu lui ressembler, être grands et bien bâtis comme lui, posséder ce regard bleu pétillant d'intelligence et de gaieté, danser et monter à cheval avec le même panache que lui…

Alice soupira.

— Mais, si tu retirais ce vernis de grands sourires et de belles paroles, que restait-il ? Un arrogant personnage, rusé, mesquin… Bref, ce qu'on appelle un vilain.

Il y avait tant d'amertume dans sa voix que Roberta leva vers elle un regard interrogateur.

— Tu parles de lui comme s'il était mort.

Alice se crispa et regarda durement son amie.

— Il est mort, Roberta. Philippe est mort. Et maintenant, si tu permets, je souhaite que nous n'en parlions plus jamais.

Se détournant de l'expression choquée qu'avait engendrée sa révélation, Alice se déplaça vers la fenêtre et regarda tomber la neige.

Pendant ce temps, Roberta disparaissait dans son dressing-room pour lui choisir une tenue appropriée à son entretien avec Lady Marchington.

Alice songea à William, avec qui elle avait vécu presque toute sa vie dans un village proche de Paris.

Lorsqu'elle avait atteint l'âge de dix-huit ans, William s'était mis en tête de la marier, et de bien la marier. Son frère était fortuné, elle savait qu'il offrirait une belle dot.

Les prétendants s'étaient présentés, donnant à

Alice l'impression qu'elle était un animal à une foire aux bestiaux locale.

Il fut finalement décidé qu'elle épouserait Philippe Duplay, comte de Saint-Antoine, qui était épris d'elle depuis longtemps.

Mais, dès le début, Alice ne s'était pas sentie à sa place. Le pouvoir et la richesse de la famille Duplay l'impressionnaient, et notamment leur fastueux château entouré de vastes terres. Il lui semblait que tout cela était trop.

Roberta réapparut avec une robe de jour bleu turquoise à la coupe très simple et dénuée d'ornements.

— Ce que tu as fait, dit-elle, à savoir prendre la décision de ne pas l'épouser tout en sachant que cela ferait scandale, était très courageux de ta part, Alice.

Roberta aurait probablement voulu demander comment Philippe était mort, mais elle s'en abstint, et Alice devina que c'était par égard pour elle, après tout ce qu'elle avait vécu.

En règle générale, Alice faisait preuve de beaucoup de retenue. Détestant faire l'objet de commérages ou de spéculations, elle prenait soin de garder ses pensées et ses opinions pour elle-même. Et ce n'était pas sans dédain qu'elle observait les débordements émotionnels et les causeries inconsidérées des autres.

Avec Philippe, elle avait appris à contrôler encore davantage ses sentiments. De cette façon, elle donnait l'apparence d'être une parfaite fiancée.

Occasionnellement, toutefois, quand on la provoquait avec trop d'insistance, elle s'offrait le luxe d'un soudain éclat de voix. Lorsque cela se produisait, l'impact était semblable à celui d'une tempête tropicale. C'est ce qui s'était passé quand elle avait déclaré à Philippe qu'elle ne l'épouserait pas.

Elle ne s'attendait pas à sa désobligeante vengeance, ni à la façon dont elle serait par la suite ostracisée par la société. Afin de couvrir l'embarras qu'il éprouvait à avoir été rejeté, Philippe avait fait courir le bruit qu'elle n'avait pas plus de moralité qu'une catin.

Cette proclamation diffamante avait été répétée à travers tout Paris et bien sûr amplifiée.

Au début Alice en avait été blessée, puis cela l'avait mise en colère.

Avec force et détermination, elle s'était obligée à affronter ce qu'elle avait fait et à accepter le douloureux constat que son ancienne vie était terminée pour toujours.

Elle avait appris à pleurer seule tout ce qu'elle avait perdu, puis à faire bonne figure en public, en affichant son plus lumineux sourire.

Mais un jour elle ne fut plus en mesure de le supporter, et elle quitta alors Paris pour de bon.

— Je n'aurais pas été heureuse en étant mariée avec Philippe, répondit-elle à Roberta. Lorsque je pensais à lui, je ne pouvais me résoudre à le voir comme mon mari. Il me rendait tellement morose quand nous étions ensemble que je ne pouvais plus le supporter. J'ai donc décidé d'affronter le scandale de la fuite, plutôt que de vivre le reste de ma vie avec un homme pour lequel je n'éprouvais ni amour, ni respect.

Roberta observa la silhouette immobile d'Alice et soupira.

— Nous avons toutes les deux fait l'expérience d'une rupture de fiançailles, nous sommes donc semblables sur ce point. J'espère qu'un jour tu auras la chance de rencontrer quelqu'un avec qui tu seras aussi heureuse que je le suis avec Hugh.

Alice en doutait. Et d'ailleurs quand l'amertume lui rongeait le cœur comme à ce moment-là, avoir un homme dans sa vie était la dernière chose dont elle avait envie.

Sans doute finirait-elle par se marier un jour. Avec un homme bon, qui la traiterait avec le respect et la tendresse dus à une épouse. Si toutefois un tel homme existait.

Roberta vint se placer à côté d'elle.

— Je… Je suis désolée, Alice. J'espère que je ne t'ai pas paru insensible. Ce n'était pas mon intention.

Affichant un sourire rassurant, Alice se retourna et tapota la main de Roberta.

— Tout va bien, Roberta, je t'assure.

— Mais tu as l'air si mélancolique…

— Ce sont des jours mélancoliques, dit Alice d'une voix douce. Et maintenant, je ferais mieux d'aller voir Lady Marchington avant qu'elle ne m'envoie chercher. Aussi agréable que je m'efforce d'être, elle n'est jamais satisfaite.

Laissant Roberta gagner sa chambre afin de se préparer pour les festivités du soir, Alice se mit en quête de Lady Marchington.

On l'entendait donner des ordres depuis la salle de bal, et Alice n'eut aucun mal à imaginer les domestiques courant en tous sens pour satisfaire ses exigences.

Tandis qu'elle descendait le grand escalier, elle s'exhorta à ne pas flancher face à la colère qui n'allait pas manquer de se déchaîner sur elle.

Lady Marchington jaillit de la salle de bal avec cette confiance immuable et ce maintien royal que donnent le pouvoir et l'argent.

Son regard se posa sur Alice, attentif et critique.

— Ah, Alice, vous voilà ! Je vous ai cherchée partout.

Sa voix était aussi froide que son visage.

— Eh bien ? Si ce n'est pas trop exiger de vous, peut-être pourriez-vous m'expliquer où vous étiez.

— Je suis tout simplement sortie prendre l'air, Lady Marchington.

— Vous êtes sortie ? Vraiment ? Vous m'avez donc désobéi en quittant la maison sans chaperon. Et par ce temps, qui plus est.

— Je suis désolée.

— Il est très fâcheux que vous m'embarrassiez de la sorte.

— Ce n'était pas mon intention. Je ne voulais pas…

— Taisez-vous ! Vous avez dû quitter Paris à cause de votre comportement inacceptable. Je ne tolérerai pas une telle chose ici. Je suis très mécontente. Vraiment très mécontente.

La comtesse agita la main pour la congédier.

— Et maintenant, filez ! Vous devez vous préparer pour le bal. J'espère que vous saurez vous tenir, ce soir. Souvenez-vous qu'il s'agit d'une soirée très spéciale pour Roberta. Je veux que rien ne vienne la gâcher.

Elle se tourna pour s'adresser à Simpson, le majordome, qui venait d'attirer son attention, mais il était évident qu'elle continuait à pester en son for intérieur contre la désobéissance d'Alice.

Après le décès des parents de Roberta, Lady Marchington avait ouvert sa maison à la jeune femme qui était la fille de sa demi-sœur. Il y avait de cela quatre semaines, elle avait étendu son hospitalité à Alice qui se trouvait être la belle-sœur de la fille d'une amie de longue date et très estimée.

Les regards admirateurs des jeunes gentlemen la suivaient partout où elle allait et, avec tant de demandes de présentation, Alice n'avait que l'embarras du choix. Mais elle ne montrait aucun intérêt envers les hommes riches, titrés et séduisants qu'elle rencontrait. Au contraire, elle les repoussait tous, au grand dam de Lady Marchington, qui attendait avec impatience de lui faire contracter un bon mariage, afin d'en être débarrassée.

Soulagée que l'entretien ait été aussi bref, Alice regagna sa chambre.

Tandis qu'elle se préparait pour le bal, son esprit ne cessait de la ramener à sa rencontre avec Duncan Forbes.

Qu'avait-il à lui dire de plus ? Si son père était en vie, où se trouvait-il ? Vingt années s'étaient écoulées depuis qu'il avait sauté dans la Tamise. Pourquoi n'avait-il pas essayé de prendre contact avec William ?

Alice était impatiente d'être au lendemain, d'arriver enfin au moment de remettre l'argent à Forbes pour qu'il lui dise tout.

Nerveuse et tendue, elle n'avait aucune envie de se prêter à des mondanités et avait hâte que la soirée soit terminée.

Alice avait vu juste, le mauvais temps n'avait pas dissuadé les invités de venir. Une file interminable de calèches encombrait l'allée circulaire et débordait dans la rue, où s'alignaient de grandes et belles demeures privées.

Être invité au bal de la comtesse de Marchington était un honneur, une vraie marque de distinction.

Il avait fallu trois heures à Roberta et à Alice pour se coiffer et se vêtir, avec l'aide de leur femme de chambre respective.

Parée d'une robe de mousseline rose pâle,

dont l'étoffe était piquetée de minuscules strass, les cheveux bouclés et partiellement relevés sur le dessus de la tête, Roberta ressemblait à une princesse de conte de fées.

Reculant d'un pas pour mieux l'observer, Alice commenta avec enthousiasme.

— Tu es magnifique et rayonnante, comme la mariée que tu seras dans quelques temps.

Lady Marchington entra, vêtue d'une élégante robe de satin or rehaussée de guipure crème.

— Les invités sont presque tous arrivés, annonça-t-elle. Il est temps de faire ta grande entrée, Roberta.

Obéissante, la jeune femme se tourna vers Lady Marchington, qui constata que sa nièce était un peu plus pâle que d'ordinaire.

— J'aurais préféré rester avec vous dans la ligne de réception, tante Margaret. Ainsi, j'aurais pu saluer individuellement les invités. Cela aurait été moins éprouvant sur le plan nerveux.

— Mais pas aussi efficace. Viens, maintenant. Vous aussi, Alice.

Lady Marchington ne put s'empêcher d'envelopper d'un regard critique la jeune femme qui se tenait devant la psyché. Ses cheveux d'un noir lustré étaient relevés en une masse luxuriante de boucles, dans lesquelles s'entremêlaient de délicates guirlandes de petites perles. Si Roberta était ravissante, c'était Alice qui était la vraie beauté des deux. Lors de la soirée qui s'annonçait, tout le monde n'aurait d'yeux que pour elle.

*
* *

Des valets en livrée de velours bordeaux gansé d'or se tenaient au garde-à-vous dans le hall qui ressemblait à un jardin, avec ses grands vases posés sur des colonnes de marbre et garnis de fleurs et de fougères.

Afin de ne pas voler la gloire à Roberta, qui marchait à côté de Lady Marchington, toute raide de fierté, Alice prit soin de rester en arrière.

Posté à l'entrée de la salle de bal, Simpson les annonça d'une voix de stentor.

Un silence impressionnant se fit, tandis que trois cents personnes tournaient la tête à l'unisson vers la jeune fille qui, selon la rumeur, avait volé le cœur du vicomte Pemberton.

Mais, ignorant bien vite la ravissante brunette, dont le regard brillant était posé sur le jeune homme qui venait vers elle à grands pas pressés, les invités ne s'intéressèrent qu'à l'exotique beauté à la chevelure aile de corbeau qui l'accompagnait, une jeune femme qui, disait-on, avait fui Paris pour échapper aux conséquences de sa conduite scandaleuse.

Alice était vêtue d'une robe de soie saphir, dont les manches bouffantes s'ornaient de dentelle ivoire. Observant la dernière mode, le style n'en était pas moins élégant, et la couleur du vêtement était semblable à celle de ses yeux.

En effet, elle était ce soir-là d'une beauté à couper le souffle. Le collier en diamants qui parait son cou brillait de mille feux tandis qu'elle s'avançait dans la lumière scintillante de la salle de bal, éveillant une lueur de jalousie dans les yeux des femmes, et d'envie dans ceux des hommes.

Et cependant, si quelqu'un avait pris la peine de mieux l'observer, alors cette personne aurait vu une forme de détachement dans l'attitude de cette éblouissante créature, une indifférence à son environnement qui s'apparentait à de la mélancolie.

Lorsque tout le monde fut présent, Simpson s'avança vers la comtesse et demanda l'attention générale. Les conversations s'interrompirent, et les invités se tournèrent lentement vers leur hôtesse.

— Mesdames et messieurs, déclara alors Lady Marchington d'une voix qui portait loin, j'ai le grand honneur d'annoncer ce soir les fiançailles de ma nièce, Roberta Hislop, avec le vicomte Pemberton. Je vous prie de lever vos verres à leur bonheur. Je leur demanderai d'accomplir leur premier devoir formel en tant que futur couple, en ouvrant officiellement notre bal.

Simpson fit signe aux musiciens de commencer à jouer.

La foule observa avec ravissement le séduisant vicomte Pemberton prendre la main de Roberta et la conduire vers la piste de danse.

Émue par le bonheur de Roberta, Alice suivit des yeux les silhouettes des fiancés, qui se reflétaient dans les hauts miroirs soigneusement polis de la fastueuse salle de bal, tandis qu'ils dansaient devant les plus riches et les plus influentes personnes de Londres.

Mais peu à peu son humeur changea. Prenant conscience de la situation misérable dans laquelle elle se trouvait, elle fut envahie par un besoin insistant de fuir. C'était une urgence primitive, un héritage peut-être d'un lointain ancêtre. Il ne s'agissait pas de lâcheté, car Alice n'avait pas peur d'affronter les situations difficiles, mais plutôt d'un besoin de s'abriter des regards inquisiteurs, et de se réfugier dans le silence et dans la solitude.

Le banquet fut une réussite. Seule la nourriture la plus fine y fut servie, les plats étant si élaborés qu'ils furent abondamment admirés et commentés avant d'être goûtés. Au-dessus des tables recouvertes de nappes d'un blanc immaculé, les lustres en cristal d'Italie embrasaient de leur éclat les sculptures de glace, représentant des cygnes, qui trônaient sur les tables, et faisaient scintiller verres et argenterie.

L'extravagance était le mot d'ordre de cette soirée, une armée de domestiques menant un ballet parfaitement orchestré autour des invités, et l'objectif d'en faire un événement inoubliable fut pleinement atteint.

Alice sourit, but un peu de vin et discuta avec un groupe de ladies. Elle dansa avec de séduisants jeunes hommes, avec qui elle conversa poliment. Elle parvint même à faire bonne figure quand un ardent gentleman qui avait consommé trop de vin lui murmura à l'oreille des propos passablement lestes.

Il ne fut pas le seul à la contempler avec un désir non dissimulé qui la dégoûta au plus profond d'elle-même. On eut dit un troupeau de rats se ruant sur l'unique morceau de fromage disponible, songea-t-elle avec amertume.

Conséquemment au tort que Philippe avait fait à sa réputation, serait-ce désormais l'unique genre d'hommes qu'elle pourrait attirer ?

Lorsque donner le change finit par être au-dessus de ses forces, Alice alla s'excuser auprès de Lady Marchington et, prétextant un fort mal de tête, regagna sa chambre.

Alice se sentait soudain très fatiguée.

La tension nerveuse qui l'avait taraudée depuis sa rencontre avec Duncan Forbes la laissait à présent épuisée, vidée de toutes ses forces, et n'aspirant plus qu'à la paix.

Fermant la porte derrière elle, elle se dirigea vers l'une des deux portes-fenêtres, ouvrant à la française, qui permettait d'accéder à un balcon agrémenté d'une balustrade en fer forgé.

Elle écarta les rideaux. Il avait cessé de neiger. Le ciel piqueté d'étoiles jetait un éclat argenté sur les statues qui agrémentaient le jardin.

C'était une nuit pour les amoureux, et Alice soupira contre le coup du sort faisant que, malgré le désir qu'elle inspirait à tant d'hommes, elle semblait vouée à une perpétuelle solitude à cause de sa désastreuse liaison avec Philippe.

Tournant le dos à la nuit, elle souffla les bougies sur le manteau de la cheminée, ne laissant pour tout éclairage que la petite lampe à huile sur la table de chevet.

Baignée d'une lumière diffuse qui projetait des ombres mystérieuses sur les murs, la pièce au silence feutré devint dès lors un monde à part qui n'appartenait qu'à elle.

Dans cette ambiance propice à la réflexion, Alice résolut de vendre quelques-uns de ses bijoux le lendemain matin, afin de pouvoir payer à Duncan Forbes les cent livres qu'il lui avait réclamées pour lui livrer des informations au sujet de son père. Elle était décidée à mener cette opération quelles qu'en soient les conséquences si Lady Marchington l'apprenait.

Elle savait qu'elle ne trouverait pas le repos tant qu'elle ne saurait pas la vérité. Ensuite, elle écrirait à William.

Mais assez réfléchi pour ce soir, songea Alice. Elle devait à présent se dévêtir.

Ôtant les épingles qui retenaient ses boucles, elle secoua sa chevelure à deux mains, la laissant cascader comme un épais voile noir jusqu'au creux de son dos.

La robe offrit plus de difficulté et, l'espace d'un instant, agacée par les innombrables agrafes, Alice faillit sonner sa femme de chambre. Puis elle se souvint que Philippe l'avait admirée dans cette robe et, saisie d'un brusque élan de colère, elle tira comme une damnée sur la fragile étoffe, se souciant peu de la déchirer par endroits, et jeta la robe sur une chaise.

En chemise et jupon, elle s'assit sur le lit et ôta ses chaussures.

Au moment où elle s'apprêtait à se redresser, Alice se figea, en proie à un étrange pressentiment.

Il lui semblait qu'elle n'était pas seule, que quelqu'un l'observait.

Lorsqu'elle leva les yeux, sa gorge se serra, et la peur la submergea.

Aussi immobile qu'une statue, un homme se tenait à la fenêtre, écartant les rideaux pour la regarder, paraissant sombre et dangereux dans la pénombre.

Sa tenue révélait qu'il n'avait pas été invité au bal. Entièrement vêtu de noir, il portait un manteau à la coupe ajustée, un pantalon fuselé, et des bottes cavalières qui lui prenaient la jambe jusqu'au genou. Ses longs cheveux châtain foncé, striés de mèches grises, étaient noués en un catogan quelque peu négligé.

Il fit un pas en avant, et Alice put distinguer ses traits.

La moue cynique des lèvres, la dureté du regard... Ce visage lui laissait une impression de déjà-vu.

— Vous ! s'écria-t-elle.

C'était l'homme du parc.

— Pardonnez-moi cette intrusion, dit-il.

— En aucune façon, monsieur ! Si vous vous approchez davantage, je vais crier.

D'un geste dû à la panique, Alice bondit du lit et se précipita vers la porte.

— Pour l'amour du ciel, je n'ai pas l'intention de vous faire de mal, grommela l'inconnu.

Aussi rapide qu'une panthère, il se rua derrière elle, la saisit par le bras et la tira en arrière.

Avant qu'Alice n'ait eu le temps de comprendre ce qui lui arrivait, ses pieds se prirent dans les plis de son jupon. Déséquilibrée, elle bascula au sol, entraînant son assaillant dans sa chute.

Elle poussa un petit cri de douleur, et des larmes de colère impuissante emplirent ses yeux. Son épaisse chevelure était prisonnière du bras de l'homme, et elle ne pouvait plus bouger la tête.

Le voyant penché au-dessus d'elle, le visage si près du sien qu'elle sentait son souffle chaud sur sa peau, Alice redouta qu'il n'abuse d'elle.

Désespérée, elle fit une prière muette pour que cela ne se reproduise pas.

N'avait-elle pas assez souffert des mains de Philippe ? Il avait ordonné, et elle avait obéi, se soumettant passivement à ses caresses, sans comprendre ce qu'il faisait, ni où cela allait la mener. Tandis qu'il se satisfaisait à sa guise, lui affirmant qu'elle apprécierait bientôt ces ébats, Alice s'était demandé ce qu'elle avait fait de mal pour souffrir un abus d'une telle cruauté.

Avec l'énergie du désespoir, elle se débattit

comme un animal piégé et parvint à mordre la main de son assaillant.

— Maudit chat sauvage ! jura-t-il.

Puis il se releva et, la saisissant par les bras, l'aida à se remettre sur pied.

— Calmez-vous, bon sang. Je ne vous ferai aucun mal.

Alice lutta, mais l'inconnu la maintint fermement, la laissant s'épuiser jusqu'à ce qu'elle se calme.

Le souffle court, elle fixa le froid regard gris qui tentait de l'intimider. L'homme était indéniablement séduisant. Avant que Philippe ne lui ait volé son innocence, peut-être aurait-elle rêvé d'un tel homme.

— Ôtez vos sales pattes de ma personne, dit-elle entre ses dents serrées. Je ne sais pas qui vous êtes, mais je vous hais, je vous méprise ! Je ne veux pas que vous me touchiez.

La réponse de l'homme fut prononcée d'une voix étonnamment calme.

— Je vous assure que telle n'était pas mon intention, jusqu'à ce que vous me menaciez de crier à en réveiller toute la maison.

L'attitude d'Ewen Tremain était presque flegmatique tandis qu'il observait la jeune femme qui lui faisait face.

Une personne plus observatrice qu'Alice aurait remarqué le durcissement de ses traits, la crispation de sa mâchoire, la froideur de son regard, et aurait pris ces signes pour un avertissement.

[illegible] parvient à prendre la main de [illegible]

[illegible]

Puis il [illegible] par les bras [illegible]

— [illegible]

[illegible]

[illegible]

[illegible]

[illegible]

d'un tel homme.

[illegible]

[illegible]

— Je vous assure que [illegible]

[illegible]

[illegible]

[illegible]

[illegible]

Chapitre 2

— Rentrez vos griffes, jeune dame.

Alice sentit un frisson de répulsion la traverser, tandis que le regard de l'homme enveloppait tout son corps en une lente et grossière évaluation, profitant du fait que ses atouts étaient à peine couverts.

— Contrairement à ce que vous semblez penser, reprit-il, je ne suis pas ici pour attenter à votre pudeur. Aussi ravissante que vous soyez, je n'ai ni le temps ni l'inclination pour un tel comportement. Je ne vous veux aucun mal, croyez-moi. Si je vous libère, promettez-vous de rester tranquille ?

Alice ne vit aucune passion, aucun désir dans les yeux de son assaillant.

Après un moment d'indécision, elle hocha la tête.

Il l'observa avec rudesse quelques secondes de plus, avant de lâcher son bras.

Aussitôt, Alice s'empara de sa robe de chambre, drapée sur une chaise, et l'enfila comme s'il s'agissait d'une armure.

Se sentant ainsi moins exposée, elle redressa le menton et fit face à l'intrus.

— J'attends vos explications !

Les traits anguleux de l'homme étaient dénués de douceur mais, s'il n'était pas vraiment beau, son visage implacable ne manquait toutefois pas d'attrait.

Cela tenait sans doute à son expression cynique et à un je-ne-sais-quoi de résolument viril qui émanait de sa personne…, songea Alice.

Son regard gris, froid comme la glace sous deux épaisses franges de cils noirs, la détailla à nouveau de la tête aux pieds, s'attardant sur la rondeur pleine de sa poitrine qui se gonflait et se creusait au rythme altéré de sa respiration.

Lorsque l'intrus releva les yeux vers le visage d'Alice, qu'elle sentait rougissant, les coins de ses lèvres se retroussèrent en une évidente approbation.

— Qui êtes-vous ? demanda-t-il.

— En quoi est-ce pertinent ?

L'homme tiqua. Sans doute était-il habitué à ce que les femmes soient intimidées en sa présence.

— J'aime savoir à qui je m'adresse.

— Vous n'avez pas été invité à entrer dans ma chambre, je ne me sens donc nullement tenue de vous donner mon nom. Ce serait plutôt à moi de vous questionner. Qui êtes-vous ?

— Ewen Tremain, répondit-il aussitôt, avec un arrogant haussement de sourcil.

Le nom fit à Alice l'effet d'une gifle.

Il s'agissait ni plus ni moins de l'insaisissable fiancé de Roberta ramené à la vie.

Miséricorde ! Que faisait-il là ?

Ses yeux avaient la pâleur et la férocité de ceux d'un animal prédateur. D'une puissance effrayante, il ressemblait à un guerrier prêt à combattre.

Il sembla à Alice que la pièce se mettait à tourner autour d'elle, et elle faillit se laisser tomber sur le lit. Puis elle se ressaisit. Elle ne laisserait transparaître aucune faiblesse.

En dépit du fait qu'elle était, de plus, peu vêtue, elle refusa de se laisser intimider.

Gratifiant son interlocuteur d'un regard de profond dédain, elle s'exclama :

— Ainsi, le fameux Lord Tremain daigne enfin honorer Roberta de sa présence ! Dites-moi, milord, avez-vous pour habitude d'entrer sans y être invité dans la chambre d'une lady, ou bien avez-vous perdu votre chemin ?

— Les deux.

Ewen s'avança lentement vers l'inconnue qui lui faisait face.

Il voyait une femme jeune, avec un visage aux traits ciselés d'une incroyable beauté. Elle avait de hautes et délicates pommettes, un petit nez mutin, des lèvres généreuses et une légère et intrigante fossette au centre du menton. Sous ses sourcils noirs à l'arc parfaitement dessiné, des yeux couleur saphir lançaient des éclairs.

— Quand vous en aurez fini de scruter mon

visage, sir, j'apprécierais que vous m'expliquiez ce que vous faites dans ma chambre.

La voix était glaciale, les inflexions élégantes, trahissant la meilleure éducation et une excellente naissance.

— Lorsque je vous ai vue regarder par la fenêtre, j'ai reconnu en vous la femme que j'avais brièvement rencontrée dans le parc cet après-midi.

— Vous étiez dans le jardin ?

Ewen hocha la tête.

— Il m'a été fort aisé de me hisser jusqu'à votre balcon. Si vous souhaitez décourager les intrus, vous devriez donner pour instruction à votre femme de chambre de verrouiller la porte-fenêtre.

— Laissons cela ! Que voulez-vous ?

Ewen baissa les yeux sur le visage levé vers lui, conscient que la jeune femme était probablement terrifiée, en dépit de son attitude bravache.

— Que vous a donc fait cette robe pour que vous la réduisiez en charpie ?

— Cela ne vous regarde pas !

— Lorsque je vous ai vue dans le parc, vous pleuriez. À l'évidence, quelque chose vous préoccupait.

— Je ne pleurais pas ! J'avais de la neige fondue dans les yeux.

Ewen secoua lentement la tête.

— Vous pouvez nier tout votre content, je sais ce que j'ai vu.

— Il vous reste encore à m'expliquer ce que vous faites ici. Et pourquoi réapparaissez-vous précisément ce soir ? Je sais qui vous êtes et j'espère sincèrement que vous n'êtes pas venu causer de l'embarras.

— Je n'ai pas vu ma fiancée depuis longtemps. J'ai pensé qu'il était temps de prendre de ses nouvelles.

— Dans ma chambre ?

Il haussa les épaules.

— Je ne voulais pas alarmer Roberta en me présentant de but en blanc. Je souhaitais préalablement tâter le terrain, si vous me permettez cette expression triviale. Sachant que vous êtes une amie très chère de Roberta, j'ai pensé que vous étiez la personne la mieux placée pour me renseigner.

— Ne lui avez-vous pas causé suffisamment de chagrin et d'inquiétude ? Fallait-il absolument que vous veniez gâcher ses fiançailles ?

— Comment peut-elle se fiancer avec un autre, alors qu'elle est toujours engagée envers moi ? Que vouliez-vous que je fasse ? Que j'ignore l'insulte et que j'abandonne la partie sans combattre ?

D'un petit rire sardonique, Ewen contredit cette éventualité.

— En aucune façon, jeune personne.

La jeune femme le toisa sans faiblir.

— Et qu'allez-vous faire ? Vous rendre dans la salle de bal et mettre un terme à la réception ? Humilier Roberta en public ? N'avez-vous donc aucun cœur ?

— Ayez l'obligeance de faire prévenir la comtesse.

— Je ne ferai rien de tel. Je vous conseille de

partir immédiatement et de revenir demain si vous désirez vraiment lui parler. Bien qu'elle puisse ne pas souhaiter s'entretenir avec vous. Et, s'il vous plaît, soyez aimable de passer par la porte d'entrée, la prochaine fois.

Furieux, Ewen se pencha et lui saisit le menton.

— Milady, laissez-moi vous assurer qu'il est imprudent de s'opposer à moi ou de me désobéir, déclara-t-il entre ses dents serrées. Je ne suis pas ici pour jouer à de petits jeux. Je les connais tous, et vous ne les aimeriez pas, même si vous saviez y jouer. Et maintenant, si vous ne voulez pas le faire vous-même, envoyez un domestique chercher sa Seigneurie.

— Vous osez me donner des ordres ?

— En effet. Faites ce que je dis, sinon toute la maison saura que vous recevez un homme dans votre chambre, ce qui s'avérera grandement embarrassant pour vous. Donc, si vous tenez à votre réputation, vous allez m'obéir avant que je me lasse d'attendre et que j'y aille moi-même.

Se sentant profondément insultée, Alice adressa un regard indigné à Lord Tremain.

Oui, elle tenait à sa réputation. Elle n'avait pas l'intention de causer un nouveau scandale et d'être mise à jamais au ban de la société.

— Vous semblez oublier qu'il s'agit de ma chambre, et que vous y êtes entré sans y avoir été invité !

Lord Tremain lui lâcha enfin le menton et recula d'un pas.

— Faites ce que je dis.

Le cœur battant à tout rompre, Alice observa le visage implacable de l'homme qui la dominait de sa haute silhouette. Un orgueil spécifiquement masculin et une détermination de granit façonnaient ses traits, creusant de sombres et cyniques lignes sur son front, ainsi qu'au coin de ses yeux et de sa bouche.

Sachant qu'il ne la laisserait pas en paix tant qu'elle n'aurait pas obtempéré, Alice céda à son exigence.

Ils attendirent en silence l'arrivée de Lady Marchington.

Sous ses sourcils sombres, Lord Tremain observait Alice avec une patience tranquille et la plus grande attention, tel un chat devant un trou de souris.

Les bras croisés, Alice arpentait lentement le tapis. Consciente du regard de Lord Tremain rivé sur elle, elle essayait de répondre à cet intérêt appuyé par tout le dédain qu'il méritait.

Cependant, il lui était difficile d'être à l'aise alors que le regard gris la suivait avec une intensité à laquelle elle n'était pas habituée. Elle avait l'impression d'en sentir la chaleur et le poids, comme si l'homme caressait sa peau du bout des doigts.

Et comme si cela n'était pas suffisant, Lord Tremain semblait posséder le mystérieux pouvoir de lui faire tourner régulièrement les yeux dans sa direction.

Sentant ses joues s'empourprer, Alice tourna la tête quand la porte s'ouvrit enfin, livrant le passage à Lady Marchington.

Lady Marchington posa les yeux sur l'homme qui se tenait près de la cheminée.

Lorsqu'il tourna la tête et qu'elle vit son visage, elle blêmit et porta la main à sa gorge.

La confusion, puis l'hostilité durent se lire sur son visage, cédant bientôt la place à une mimique amère.

Le salut que l'homme lui adressa fut suffisamment formel pour la faire frissonner, mais cela eut également pour effet de renforcer sa détermination à le tenir éloigné de Roberta.

Lady Marchington avait récemment découvert le passé de Lord Tremain, un passé que l'homme avait essayé de garder secret.

Quel n'avait pas été son étonnement quand elle avait appris qu'il avait été capturé et asservi par des Barbares.

Elle ignorait tout de ce sombre passé lorsque, un an auparavant, elle avait accepté des fiançailles entre Roberta et lui. Si elle en avait été avertie alors, jamais elle n'aurait donné son consentement.

Depuis ce jour, il lui était devenu comme une épine dans le pied. Si elle n'osait imaginer ce qu'il avait subi, il lui paraissait évident qu'aucun homme ne pouvait ressortir indemne de huit ans d'esclavage en Afrique du Nord.

À partir du moment où elle avait découvert la vérité, bien que Tremain ne soit en rien responsable de ce qui lui était arrivé, elle avait décidé de s'opposer à son mariage avec Roberta.

Il était inconcevable qu'une jeune fille aussi naïve et douce que sa nièce puisse s'unir à un tel homme. En outre, Tremain était de moins bonne naissance que le vicomte Pemberton.

Analysant immédiatement le renversement de situation qui s'opérait ce soir-là, Lady Marchington échafauda sur-le-champ sa stratégie.

Cette mise en scène dramatique et la menace de faire irruption au bal démontraient toute l'arrogance et le besoin de pouvoir de cet homme. À l'évidence, il représentait un danger. Mais elle ne pouvait pas, elle ne devait pas se laisser désavantager sur son propre terrain, d'autant que ses invités risquaient d'en avoir vent.

Il fallait à tout prix que ses machinations pour arracher Roberta à son association avec Ewen Tremain demeurent secrètes.

Lorsque son séjour à Paris avec sa nièce s'était achevé, Lady Marchington s'était mise en quête d'un prétendant plus approprié, évitant les gentlemen de basse extraction comme on évite tout contact physique avec un lépreux.

Par bonheur, le vicomte Pemberton était tombé éperdument amoureux de Roberta à l'instant où il avait posé les yeux sur elle. C'était, à n'en pas douter, le signe que la Providence soutenait son ambition pour sa nièce.

Et voilà que Lord Tremain réapparaissait à Londres, après avoir disparu Dieu sait où pendant douze mois.

Le cœur froid et le visage hostile, Lady Marchington fit face à l'importun.

— Il me semble, sir, que vous avez tardé à vous manifester.

— Vous avez parfaitement raison, comtesse. Je me suis trouvé dans l'obligation de reporter mon retour pour raisons familiales. J'en suis désolé, mais cela ne change rien pour autant à mon engagement envers votre nièce.

— Vous faites erreur. Il n'y avait rien d'écrit. Vous n'avez aucun droit sur ma nièce. Absolument aucun droit. Comment osez-vous vous introduire de force dans ma maison ? Et qui plus est dans la chambre de Mlle Frobisher. C'est tout à fait inconvenant !

Ewen jeta un coup d'œil à la jeune femme qui serrait autour d'elle les pans de sa robe de chambre. Frobisher... Le nom lui disait quelque chose, mais il ne parvenait pas à se rappeler où et dans quelles circonstances il l'avait entendu.

— Je suis navré pour le dérangement que j'ai pu causer, répondit-il à Lady Marchington. Ce n'était pas mon intention. Je vous ai écrit pour vous informer que je serais de retour le mois prochain. Cependant, il m'a été possible de rentrer plus tôt. Et il semblerait que mon arrivée se soit faite juste à temps.

Il reprit à peine son souffle, ne laissant pas le temps à la comtesse de l'interrompre.

— J'imagine en effet que les festivités qui se tiennent à l'heure où nous parlons sont destinées à célébrer les fiançailles de Roberta avec le vicomte Pemberton, fils aîné du comte de Winterworth.

— C'est exact.

Ewen eut un sourire amer.

— Je vois que vous avez été très occupée en mon absence, comtesse. M'attendant à être reçu comme un chien galeux, je ne suis pas déçu.

— Grand bien vous fasse. De mon côté, je ne m'attendais certainement pas à ce que vous veniez ici.

Ewen toisa sévèrement la femme qui lui avait joué un si mauvais tour.

— Et pourquoi cela ? Vous deviez bien vous douter que je ne resterais pas absent éternellement.

— Eh bien non, figurez-vous.

Tapie dans l'ombre, Alice observait l'altercation entre Lady Marchington et Lord Tremain, son regard étant de plus en plus attiré vers ce dernier. Ses longues mains à l'ossature fine témoignaient qu'il était un gentleman. Cependant ses doigts portaient des cicatrices, comme s'il avait accompli de pénibles tâches physiques, tandis que les coins de ses paupières étaient marqués de nombreuses ridules, comme s'il avait passé trop de temps à plisser les yeux face au soleil. Un pli amer tordait sa bouche, et Alice eut l'impression que le rire lui était étranger. Cela l'intriguait, car il lui semblait qu'il n'en avait pas toujours été ainsi, que son humeur avait autrefois été beaucoup plus gaie, mais que quelque chose lui avait ôté sa joie de vivre.

Lorsque Lord Tremain la surprit en train de le regarder, Alice baissa les yeux.

— En ce qui me concerne, reprit-il, les promesses que j'ai faites à Roberta m'engagent toujours.

Il n'avait pas élevé la voix, mais son autorité était patente.

— En ne répondant pas à mes lettres, ni vous ni Roberta, vous m'avez forcé la main, ajouta-t-il. Et c'est pour cette raison que je suis ici.

Alice fixa Lady Marchington, dont l'expression n'avait pas changé.

Confuse, elle ne put s'empêcher de faire une remarque.

— Mais, Lady Marchington, vous m'avez laissée entendre que vous n'aviez plus de nouvelles de Lord Tremain depuis qu'il avait pris congé de Roberta à Paris.

Lady Marchington toisa sévèrement Alice, en proie à une vive irritation contre cette petite sotte.

Elle ne fit cependant aucun commentaire tandis qu'elle se tournait vers Lord Tremain.

Son petit stratagème pour l'éloigner de sa nièce venait d'être découvert ?

La belle affaire !

Elle était si déterminée à ce qu'ils ne se revoient pas, qu'elle avait en effet détourné les lettres adressées à Roberta et brûlé toute sa correspondance sans éprouver la moindre culpabilité.

— J'avais à cœur l'intérêt de ma nièce, répondit-elle, indifférente au regard noir que lui lançait Lord Tremain. Je ne lui ai pas transmis vos lettres, je l'admets. Et je n'ai absolument pas mauvaise conscience de l'avoir fait. J'ai appris ce qui vous était arrivé avant que vous ne reveniez à Paris, où Roberta et moi avons fait votre connaissance. Comment aurais-je pu, dès lors, continuer à vous considérer comme un prétendant approprié pour ma nièce ?

Ewen se figea. En dehors de sa famille, personne ne savait rien des années qu'il avait passées en captivité. Comment l'information avait-elle été divulguée ?

— Qu'est-ce que cela changeait ? demanda-t-il.

— Mais tout, voyons ! Vous ne vous êtes pas montré honnête avec moi. J'étais inquiète de la façon dont Roberta réagirait en l'apprenant. Je voulais la protéger.

Ewen eut conscience qu'une flamme dangereuse s'allumait dans ses yeux. Mais, si Lady Marchington se rendit compte de la colère meurtrière qui vibrait derrière son regard figé, elle n'en laissa rien paraître.

— Voyez-vous, reprit-elle, je me suis demandé si les épreuves que vous avez traversées aux mains de vos ravisseurs vous avaient affecté. Roberta est d'une nature douce et timide. La donner en mariage à un homme dont le passé était si sombre et si troublé était un risque que je ne voulais pas prendre.

Les paupières d'Ewen s'étrécirent jusqu'à ne plus être que deux fentes. La remarque lui avait fait l'effet d'une gifle en plein visage.

Coulant dans ses veines tel un poison, des dizaines de souvenirs affluèrent, lui rappelant les jours assombris par l'ombre de la mort, et la peur qui torturait son âme.

Il se pencha légèrement en avant, le regard vibrant.

— Milady, vos paroles sont de la plus vile nature ! Vous pouvez vous dissimuler derrière votre richesse et vos titres mais, sous vos grands airs, vous avez les façons d'un manant. Si vous étiez un homme, je vous demanderais immédiatement réparation.

Lady Marchington le contempla avec mépris.

— Je n'en doute pas. J'imagine que vous avez appris ce genre de brutalité auprès des Barbares.

Les paroles qu'Ewen aurait voulu prononcer se transformèrent en cendres dans sa gorge. Son orgueil l'empêcha de divulguer le tourment qui faisait encore saigner son cœur après tant d'années.

— J'espère avoir exprimé clairement ma position, insista Lady Marchington.

— C'est aussi limpide que du cristal, comtesse. Même un rustre tel que moi est en mesure de le comprendre.

— Roberta épousera le vicomte Pemberton. Aucune femme dotée de bon sens ne renoncerait à son titre et à sa fortune pour un homme ayant vécu comme vous avez vécu.

— En esclave, énonça Ewen, avec une précision glaçante. Et pas de mon plein gré, je vous l'assure.

— J'en suis consciente. Mais vous ne pouvez nier que la marque de l'esclavage pèse toujours sur vous. Vous ne serez probablement jamais en mesure de vous défaire de son emprise.

Le visage de la comtesse se pinça davantage, si cela était possible.

— Je me vois également dans l'obligation de vous rappeler que vous êtes un catholique romain, et un défenseur des Jacobites.

Ewen redressa fièrement le menton.

— Il n'est pas nécessaire de me rappeler ma foi. Je défends ma famille.

— Laquelle comprend votre frère qui fomentait pour remettre un Stuart sur le trône. Un frère qui s'est battu à Culloden, et dont tous les proches ont été considérés comme des traîtres.

— C'est de mon frère Simon que vous parlez ! Quoi qu'il ait fait dans le passé, il faut avant tout se rappeler qu'il a souffert aux mains de ceux qui voulaient du mal à l'Église catholique.

La comtesse eut un soupir hautain.

— Si j'avais été votre frère, je me serais convertie au protestantisme depuis longtemps. Tous vos problèmes auraient alors été résolus.

— Mon frère a fait ce qu'il croyait être juste.

Si j'avais été en âge de combattre, il aurait pu compter sur mon soutien complet et actif.

Ewen ressentit un plaisir mauvais à voir la comtesse blêmir. Il fut également surpris par la colère que sa remarque avait déclenchée.

Il ne s'était certainement jamais considéré comme un défenseur des Jacobites, pas même de sa propre religion, mais la comtesse avait fait ressortir une loyauté qu'il ne croyait pas posséder.

— Quoi qu'il en soit, reprit Lady Marchington, cela fait partie des raisons pour lesquelles je ne peux accepter un mariage entre vous et ma nièce. C'est ainsi, et je ne changerai pas d'avis.

— Croyez-vous ?

Ewen laissa passer un silence, avant de reprendre :

— Faites attention, comtesse, car je n'hésiterai pas à exposer votre linge sale devant l'illustre compagnie qui profite actuellement de votre hospitalité.

Lady Marchington blêmit davantage.

— Vous n'oseriez pas.

— Ah non ? Nous savons tous les deux qu'un membre de votre famille se trouve lui aussi lié aux Jacobites. Je pense que vous voyez de qui je parle.

Ewen sut qu'il avait touché une corde sensible quand il vit Lady Marchington se recroqueviller sur elle-même.

— Comment osez-vous ? demanda-t-elle d'une voix à peine audible.

— Où est-il maintenant, comtesse ? Peut-être n'en avez-vous aucune idée, puisque vous l'avez tranquillement répudié après qu'il eut, lui aussi, combattu à Culloden. Vous n'avez d'ailleurs sûrement pas envie de le savoir, mais je vais vous le dire quand même. Il est en Italie, et parfois en France, avec Charles Edward Stuart, notre *Bonnie Prince Charlie*, comme nous le nommions entre nous. Encore que, après toutes ces années d'inactivité et de copieux repas, le prince ne soit plus aussi charmant que le laisse entendre son surnom.

Figée dans un silence horrifié, Lady Marchington ne pouvait détacher les yeux de Lord Tremain, tandis qu'elle considérait ses paroles.

Si l'on découvrait que son unique frère était un Jacobite qui avait autrefois pris les armes contre le roi, le scandale serait d'une ampleur inouïe.

De nombreuses personnes seraient ravies de la voir, elle, la puissante comtesse de Marchington, mise à terre.

Mais elle ne le permettrait pas.

— Qui que vous prétendiez être, sir, vous n'êtes pas un gentleman.

Son interlocuteur eut un sourire ironique.

— Vous attendiez-vous à en trouver un parmi les esclaves des Marocains ?

— Qu'essayez-vous de faire ? Détruire Roberta ?

— Détruire Roberta ? Oh non, je ne suis pas là pour lui faire du mal. J'ai l'intention de l'épouser. Dieu m'en est témoin, comtesse, je ferai en sorte que notre accord aille à son terme.

Sur ces mots, Lord Tremain pivota brusquement sur ses talons, et se dirigea vers la porte.

Alice fit un pas en avant, se demandant si Lord Tremain lui prêterait attention, mais il était tellement prisonnier de sa colère et de son ressentiment qu'il ne la vit pas.

Elle le regarda partir, avec le sentiment qu'il n'était pas homme à savoir pardonner.

La porte se referma derrière lui, avec un bruit sourd qui fit écho au plus profond du cœur d'Alice.

Se redressant, Lady Marchington posa sur elle un regard implacable.

— Vous ne devez parler à personne de ce que vous venez d'entendre. Me comprenez-vous, Alice ? Roberta ne doit pas savoir.

— Oui, oui, murmura Alice. Bien sûr.

Sans un mot de plus, Lady Marchington quitta la pièce.

Un peu plus tard, étendue dans son lit, les yeux grands ouverts, Alice pensait toujours à l'étrange conversation qui s'était déroulée dans sa chambre, et à l'homme qui avait perturbé le déroulement de la soirée.

Qu'était-il arrivé à Lord Tremain pour qu'il se montre aussi belliqueux ?

Ce que Lady Marchington avait révélé du passé du fiancé de Roberta l'emplissait de confusion.

La comtesse avait dit que Lord Tremain avait été un esclave.

Comment cela était-il possible ?

Ewen quitta Hislop House en proie à une rage folle. Son cœur battait violemment tandis qu'il rejoignait Amir.

En épousant Roberta, il espérait entamer une nouvelle vie aussi normale que possible. Aussi avait-il été médusé d'apprendre que Lady Marchington l'avait fiancée à quelqu'un d'autre.

Il serra les dents de honte pour ce qu'il était devenu.

La douleur était de retour. Pas la douleur physique provoquée par les coups de fouet, mais l'autre, insidieuse, qui se trouvait en lui.

À son retour de captivité, il avait décidé de ne pas laisser ce qui lui était arrivé le détruire. Mais il n'était plus le même homme. C'en était fini de l'insouciance et de la joie de vivre.

Quand il avait rencontré la douce et innocente Roberta, il avait cru trouver sa chance de renouer avec la normalité.

Il ne laisserait pas Lady Marchington lui dérober cela.

Il était Lord Ewen Tremain, maître de Barradine. Certes il avait perdu sa dignité pendant huit ans, c'est pourquoi il était important pour lui de s'affirmer au sein de la société, et de remplir ses obligations passées.

Il avait presque réussi à reprendre la main sur Lady Marchington, mais pas tout à fait.

Il lui restait à jouer sa dernière carte.

Sortant une lettre cachetée de sa poche, ainsi qu'une petite bourse emplie de pièces de monnaie, il les tendit à Amir.

— Trouve un domestique qui acceptera de délivrer cette lettre à Mlle Hislop. Soudoie-le s'il le faut, mais demande-lui de se montrer discret.

Le lendemain matin, alors que les domestiques remettaient de l'ordre dans la maison, et tandis que Roberta et Lady Marchington étaient toujours au lit, Alice demanda qu'on lui prépare une calèche.

L'idée de vendre quelques bijoux la rebutait, mais elle n'avait pas le choix. Étant sous la tutelle de Lady Marchington, elle n'avait pas accès à l'argent que William avait placé pour elle. Il lui faudrait pour cela avoir atteint l'âge de vingt et un ans ou être mariée.

Un usurier de Drury Lane estima ses bijoux à un quart de leur valeur et lui prêta la somme correspondante. Ce serait assez pour payer Duncan Forbes, lorsqu'elle le retrouverait plus tard dans l'après-midi.

Lorsque Alice fut de retour à Hislop House, Roberta la suivit dans sa chambre, l'air préoccupé.

Alice s'inquiéta.

— Que se passe-t-il, Roberta ?

— Je suis tourmentée par un grave problème. Une chose positivement effrayante m'est arrivée, et j'ai besoin de ton aide.

Elle se tordit les mains.

— Il n'y a personne d'autre à qui je puisse m'adresser.

Alice la dévisagea, en se demandant ce qui avait bien pu se produire.

— Je ne peux pas t'aider si je ne connais pas la nature du problème. Qu'est-ce qui te trouble, Roberta ? Pourquoi dis-tu une telle chose ?

— Une lettre m'a été délivrée de la part de Lord Tremain. Il semblerait qu'il soit à Londres. Oh ! Alice, que vais-je faire ?

Alice feignit la surprise.

— Lord Tremain ? Que dit-il dans cette lettre ? Et pourquoi n'est-il pas venu à la maison ?

— Il est venu ce matin. Mais, d'après ma femme de chambre, tante Margaret a ordonné à Simpson de dire qu'elle n'était pas là pour lui. Il veut me rencontrer. Mais comment le pourrais-je ? Après tout ce temps ?

— Où suggère-t-il que vous vous rencontriez ? Et quand ?

— Cet après-midi, à 16 heures, au parc. Mais bien sûr, je ne puis y aller. Tante Margaret en aurait une attaque. Il n'en est absolument pas question.

— Oui, oui... Bien sûr.

Les sourcils d'Alice se rapprochèrent en un froncement pensif.

À l'évidence, Lady Marchington n'avait rien dit

à sa nièce de la visite nocturne de Lord Tremain et n'avait pas l'intention de le faire.

Alice ne reviendrait pas sur sa promesse, mais elle avait l'impression de trahir Roberta en agissant ainsi.

— Je ne veux pas compromettre mes fiançailles avec Hugh.

Les yeux de Roberta se remplirent de larmes.

— Oh ! Alice, je ne le supporterais pas. Peux-tu m'aider ? Voudrais-tu aller voir Lord Tremain et lui expliquer que je ne peux pas le rencontrer ? Compte tenu des circonstances, ce serait totalement déplacé.

Il y avait tant d'anxiété dans son regard qu'Alice en fut bouleversée.

— Je vais faire ce que je peux, promit-elle. Où puis-je le trouver ?

— Il a dit qu'il me guetterait. Je t'en prie, Alice, ne dis rien à tante Margaret. Lorsque tu expliqueras à Lord Tremain que je suis fiancée à quelqu'un d'autre, je suis sûre qu'il comprendra et ne viendra plus nous importuner.

Extrêmement mal à l'aise à l'idée de sa rencontre avec Lord Tremain, Alice attendit la dernière minute pour quitter Hislop House. Elle devait rencontrer Duncan Forbes une demi-heure après son entretien avec Lord Tremain.

Quand il fut temps pour elle de partir, elle s'éclipsa par une porte de service.

La capuche de sa cape rabattue sur la tête, elle se faufila dans le parc.

Des nuages menaçants assombrissaient le ciel, et on n'y voyait guère sous les arbres. Il avait cessé de neiger, mais un vent glacé balayait le parc en laissant entendre une complainte affligée.

Heureusement, le mauvais temps avait dissuadé les promeneurs de sortir, et l'endroit était presque désert. Alice aperçut néanmoins un groupe de personnes qui marchaient d'un pas pressé, qu'elle reconnut ensuite comme étant des voisins. Ils la croisèrent sans la saluer mais, à leurs regards curieux, elle fut certaine qu'ils savaient qui elle était.

Regardant vers sa droite, elle vit un coche attelé de deux chevaux, qui semblait attendre. Le conducteur, enveloppé d'un gros manteau, était recroquevillé de froid sur son siège.

Frissonnant tant l'air était glacial, Alice pressa le pas. Mais une étrange sensation l'incita soudain à tourner la tête.

Deux hommes vêtus de capes et de chapeaux à large bord la suivaient.

— C'est elle, dit une voix étouffée.

Puis un homme cria.

— Arrêtez-vous, mademoiselle. Nous voudrions vous parler.

Redressant les épaules, Alice pressa un peu plus le pas.

— Bon sang ! Elle est en train de filer. Va chercher quelque chose pour l'attacher, Taff. Tu as vu comme il était impatient de la récupérer. Nos vies ne pèseront pas lourd si nous revenons les mains vides.

Mue par une énergie nouvelle, Alice n'hésita pas un instant de plus et fila vers l'endroit où elle devait rencontrer Duncan Forbes.

Mais le sol était glissant, et sa lourde jupe entravait ses pas.

Les deux hommes la rattrapèrent avant qu'elle n'ait couvert la moitié de la distance.

Un bras se referma autour de sa taille et la souleva de terre, la plaquant contre un large et solide torse.

Choquée par ce rude traitement de sa personne, Alice se débattit de toutes ses forces, donnant des coups de pied dans les jambes de son assaillant.

— Lâchez-moi, espèce de porc.

L'homme éclata d'un rire sarcastique.

— Cela ne risque pas ma jolie. Vous venez avec nous.

L'autre protesta.

— Docile comme un agneau, qu'il avait dit. On dirait plutôt un chat sauvage.

Alice voulut crier, mais une main s'abattit sur sa bouche. Puis elle fut enveloppée dans une sorte de grande couverture, dont une extrémité fut rabattue sur son visage.

— Presse-toi, Hicks.

— Je fais ce que je peux.

Terrifiée, Alice se trouva dans une obscurité

totale et suffocante, tandis qu'une corde était enroulée autour d'elle.

— Restez tranquille, mademoiselle. Nous ne voulons pas vous faire souffrir sans raison.

— Brutes ! Comment osez-vous ?

— Nous obéissons aux ordres du maître.

Alice se figea.

Le maître. Quel maître ?

Qui étaient ces hommes, et que voulaient-ils ?

Elle sentit qu'on la soulevait. Elle ne pouvait pas crier car sa bouche était maintenant bâillonnée.

Après un temps très court, on la posa au sol. Non pas avec rudesse comme elle le redoutait, mais au contraire avec un certain soin, comme si on ne voulait pas lui faire de mal.

Elle devait être étendue sur le plancher d'un coche, probablement celui qu'elle avait vu attendre à l'entrée du parc, car cela tanguait, et elle percevait un grincement de roues mêlé au martèlement étouffé par la neige de sabots de chevaux.

Après quelques minutes, le coche prit de la vitesse.

Dans son confinement suffocant, Alice comprit qu'ils laissaient Picadilly derrière eux, mais pour quelle direction ?

Cette terrifiante mésaventure était comme un cauchemar qui ne connaîtrait pas de réveil. La couverture, retenue par des cordes, limitait ses mouvements et maintenait ses bras tendus le long de son corps.

Réfléchissant à ce qui lui arrivait, Alice comprit qu'elle avait été enlevée.

Mais par qui ? Et pour quelle raison ?

— Elle n'est pas un peu trop calme ? demanda l'un des hommes.

— À mon avis, elle s'est évanouie, répondit son acolyte. C'est mieux pour nous.

Le voyage s'éternisa, et l'inconfort d'Alice ne fit qu'augmenter. Elle grimaça quand le coche pencha dans une courbe. Les creux et les bosses de la route se répercutaient douloureusement dans son corps.

Graduellement, ses membres s'ankylosèrent, et son esprit, cherchant un soulagement à sa détresse, se mit à vagabonder.

Dans l'espace confiné, ses paupières se fermèrent, et elle se laissa emporter dans un semblant de sommeil.

Le coche avait manifestement atteint sa destination.

Il s'était arrêté brutalement, tirant Alice de sa somnolence.

Les deux hommes, qu'elle avait entendu s'appeler entre eux Taff et Hicks, échangèrent quelques mots à mi-voix, puis une portière s'ouvrit.

On la sortit du coche, et la couverture glissa sur sa tête, laissant passer un peu d'air au niveau de sa bouche.

En respirant l'air glacé, Alice eut l'impression

que la vie revenait dans son corps. Un petit cri plaintif s'échappa de ses lèvres, avant qu'une main ne s'abatte sur sa bouche.

Elle fut à nouveau soulevée de terre, transportée en haut d'un perron, puis certainement à travers un hall dont le sol dallé résonnait avec force sous les bottes de ses assaillants, et enfin déposée sur une banquette.

Se débattant pour faire glisser le drap sous ses yeux, Alice découvrit deux hommes qui ne semblaient ni affreux ni dangereux.

Celui qu'elle reconnut pour être Hicks, d'après la voix, était grand et puissamment bâti, avec des cheveux châtain clair et de doux yeux bruns. L'autre, Taff, était petit et mince, avec une chevelure brune en bataille, et de pétillants yeux bleus. Ni l'un ni l'autre ne semblaient taillés pour la mission qui leur avait été confiée.

Mais c'était ridicule ! Comment pouvait-elle éprouver de la sympathie pour eux, après ce qu'ils lui avaient fait subir ?

La colère commençait maintenant à prendre le pas sur la peur, réactivant son instinct de survie.

— Espèces d'idiots ! cria-t-elle, en se débattant derechef. Cervelles d'oiseaux ! Pourquoi avez-vous fait cela ? Qui vous a donné l'ordre de m'enlever ?

Une voix étouffée au travers de la couverture mais aux intonations distinguées s'éleva.

— Que diable avons-nous là ? Ôtez immédiatement cette couverture.

Les deux hommes sursautèrent, soudain alarmés.

Une large et haute silhouette enveloppée d'une cape venait d'apparaître dans le hall, comme apportée par le blizzard qui se déchaînait à l'extérieur.

Claquant la porte sur les tourbillons de neige qui menaçaient d'envahir le hall, l'homme se dirigea vers eux en ôtant sa lourde cape qu'il jeta négligemment sur le dossier d'une chaise.

Hicks fut le premier à réagir.

— C'est la jeune maîtresse, milord, dit-il d'une voix enrouée, comme s'il souffrait d'un mal de gorge. Nous l'avons amenée comme vous l'avez demandé.

— Saine et sauve, j'espère. Je vous ai demandé de veiller à sa sécurité et à son confort, si elle acceptait de venir me parler.

— Eh bien, milord, c'est-à-dire qu'elle a fait quelques difficultés.

Alice, qui avait de nouveau la couverture jusqu'en haut de la tête mais pensait avoir reconnu son ravisseur à sa voix alors qu'il s'approchait, parvint à crier sous l'effet de la colère qui lui donnait toutes les audaces :

— Imbéciles ! Je ne peux pas respirer. Pour l'amour du ciel, détachez-moi. Je vous ferai pendre pour ça, espèces de rustres !

Ewen s'avança, impatient de s'expliquer et de rassurer la jeune femme.

Observant la forme méconnaissable, il s'étonna qu'une telle démonstration de colère puisse être le fait de la douce Roberta dont il avait gardé le souvenir.

— Restez tranquille, ordonna-t-il, tandis qu'une silhouette commençait à émerger de sous la couverture.

Un torrent sauvage de boucles noires masquait le visage de sa prisonnière, mais Ewen n'eut pas besoin d'en voir plus pour comprendre que sa ruse avait échoué.

Chapitre 3

— Ainsi, c'est vous !

L'exaspération qu'elle perçut dans la voix de Lord Tremain fit bondir Alice.

Repoussant complètement la couverture, elle fixa le regard gris qui scintillait de colère.

L'espace d'un instant, elle pensa qu'elle avait peut-être perdu la tête.

Rien de tout cela ne semblait réel. Le moment. L'endroit…

— Lord Tremain ! J'aurais dû me douter que vous vous cachiez derrière cet enlèvement. Maintenant, je comprends tout.

— Où est Roberta ? demanda Lord Tremain, en regardant derrière l'épaule d'Alice, comme s'il s'attendait à voir son ancienne promise sortir de l'ombre.

— À Londres, avec le vicomte Pemberton, comme toute nouvelle fiancée qui se respecte. Ou bien allez-vous encore prétendre qu'elle est toujours engagée envers vous ?

— Je ne discuterai pas ce point avec vous,

mademoiselle Frobisher, déclara Lord Tremain d'un ton rageur.

— Et je ne le souhaite pas, répliqua Alice. Ainsi, vous avez envoyé ces deux idiots enlever Roberta, et ils se sont trompés de personne.

Avec une moue de dédain, elle toisa les deux hommes qui, comprenant leur erreur, n'en menaient pas large.

— Comme vous devez être déçu… Et vous pensiez la trouver là, attendant votre bon plaisir ? Si c'est le cas, vous êtes aussi sot que vos laquais, Lord Tremain.

D'un air excédé, Lord Tremain se tourna vers ses hommes.

— Vous vous rendez compte de ce que vous avez fait ? Vous avez enlevé la pupille de la comtesse de Marchington. Votre incompétence va me coûter cher. Qui plus est, je ne vous ai jamais demandé de saucissonner la femme que vous deviez m'amener comme du gibier et de la jeter au fond d'un coche…

Son ton se durcit un peu plus.

— Vous n'aviez pas le droit de la contraindre à me rejoindre. Et, pourquoi diable ne vous êtes-vous pas assuré que vous aviez affaire à la bonne personne ?

— Elle était là où vous aviez dit, répondit Taff.

— Nous étions certains que c'était elle, ajouta Hicks. Des cheveux bruns, vous aviez dit.

— Bruns, pas noirs. Êtes-vous aveugles ?

— Il faisait sombre, milord, plaida Taff. On n'y voyait guère.

Lord Tremain s'impatienta.

— Cette erreur n'aurait jamais dû se produire ! Vous deviez me ramener Mlle Roberta Hislop. À condition qu'elle soit d'accord, avais-je bien précisé.

Visiblement excédé au plus haut point, il agita la main pour les renvoyer.

— Laissez-nous. Je réglerai cela plus tard.

Les deux hommes ne se le firent pas dire deux fois.

Se faisant trébucher l'un l'autre dans leur hâte, ils se ruèrent vers le hall et disparurent comme s'ils avaient le diable aux trousses.

Se passant la main dans les cheveux, Lord Tremain se tourna vers Alice.

Elle s'était levée et le fixait d'un air outré. Mais soudain, elle comprit la crainte des laquais vis-à-vis de son ravisseur. Par sa simple présence, il dominait la pièce et semblait redoutable.

Laissant passer un silence, Lord Tremain s'exprima d'une voix étonnamment radoucie.

— Malheureusement, ce qui s'est produit ne peut être changé, déclara-t-il.

Il désigna la cheminée d'un geste de la main.

— Venez vous réchauffer. Vous devez être épuisée après ce long et pénible voyage.

Au début, Alice n'en crut ni ses yeux, ni ses oreilles. Mais elle comprit bien vite qu'elle ne rêvait pas.

Cependant, elle ne se laisserait pas amadouer de la sorte.

À cause de ce ridicule enlèvement, elle avait probablement perdu toute chance de retrouver son père.

Tandis que tout en elle se rebellait, un cri de rage s'échappa de ses lèvres, et elle se rua de toutes ses forces sur Lord Tremain.

La puissance de son attaque le prit par surprise, mais il ne lui fallut pas longtemps pour réagir.

Alors qu'elle s'apprêtait à le frapper à la tête, il recula. Dans le même temps, il passa un bras autour de sa taille et la souleva contre lui.

Avec un petit cri étranglé d'outrage et de douleur, ressentant à la fois la terrible force de ce corps puissamment musclé, et sa propre impuissance, Alice lutta, horrifiée que son ravisseur se montre si familier avec elle.

Bien qu'elle ait fait appel à toute sa volonté, elle ne parvint pas à se libérer de la poigne de fer de Lord Tremain.

— Petite sotte ! s'exclama-t-il furieusement. Bien des hommes plus forts que vous ont essayé d'avoir raison de moi et ont échoué.

Il la poussa sans ménagement dans un fauteuil, où Alice atterrit le souffle court, médusée par le fait qu'il se comporte avec une telle violence.

— Avez-vous donc oublié ce que cela fait d'être capturé, milord ? demanda-t-elle d'un ton pincé.

Lord Tremain se pencha, de sorte que son

visage soit au même niveau que celui d'Alice, et lui prit le menton.

— Je n'ai rien oublié, mademoiselle Frobisher. Et je n'ai certainement pas besoin que vous m'en fassiez la remarque.

Se redressant, il se dirigea vers une console, et prit une carafe en cristal contenant du sherry.

— Restez où vous êtes, dit-il en voyant qu'Alice faisait mine de se lever.

Il versa le sherry dans un verre et s'approcha.

— Peut-être des petites libations calmeraient-elles vos nerfs…

Les mots furent prononcés avec un rictus sardonique.

— Mes nerfs ne sont pas un problème, protesta Alice. Ce sont les vôtres qu'il faudrait maîtriser.

Elle prit malgré tout le verre que Lord Tremain lui tendait, et but l'alcool à petites gorgées, ravie de son pouvoir fortifiant. Elle devait cependant rester prudente et garder les idées claires si elle voulait échapper à cette nouvelle et effrayante situation.

Comme Lady Marchington avait eu raison de tenir Roberta éloignée de cet homme épouvantable !

Alice se demandait ce qui avait pu le pousser à un geste aussi fou.

Ce n'était, en tout cas, certainement pas par amour envers Roberta. S'il l'avait aimée, il ne l'aurait pas laissée seule pendant si longtemps.

Elle posa le verre sur une table à côté d'elle, d'un geste passablement brusque.

— Je ne souhaitais nullement me trouver ici,

Lord Tremain, je puis vous l'assurer, déclara-t-elle, en s'efforçant d'imiter le ton pincé de Lady Marchington. À dire vrai, je me rendais à un rendez-vous très important quand j'ai été enlevée par vos laquais qui m'ont traitée de manière abominable.

Elle le fusilla du regard.

— Si Roberta compte à ce point pour vous, pourquoi n'êtes-vous pas venu la rencontrer vous-même, au lieu d'envoyer deux incompétents ?

— C'était mon intention, mais j'ai été retenu par une autre mission.

Ewen avait dû escorter sa mère, son beau-père et son oncle à Douvres, d'où ils rejoindraient Calais. Si le temps le permettait, ils se rendraient à Bordeaux après un court séjour à Paris.

Il s'inquiétait pour eux. Ils avaient tous les trois plus de soixante-dix ans et n'étaient pas en état de voyager avec des conditions climatiques aussi désastreuses.

Il avait pensé avoir le temps, après avoir accompagné sa famille, de revenir à Londres et de s'entretenir avec Roberta, mais il n'avait pas prévu qu'il neigerait autant. Toutefois, il avait pris la précaution de demander à Hicks et Taff d'aller au rendez-vous à sa place, au cas où il serait retardé, et de conduire Mlle Hislop à Mercotte Hall.

En dépit de l'engagement de Roberta envers Lord Pemberton, il avait eu bon espoir qu'elle ait encore des sentiments pour lui, et qu'elle ne résiste pas à cette opportunité de le revoir.

Il était malencontreux que Mlle Frobisher se soit rendue à sa place au rendez-vous. Ewen ne s'attendait pas toutefois à ce que Taff et Hicks la brutalisent de la sorte. Il imaginait aisément sa fureur et combien elle avait dû se débattre pour tenter de leur échapper.

Quoi qu'il en soit, il était entièrement responsable de la situation et il devait en assumer les conséquences.

Comment avait-il pu lui faire subir une telle chose ? Lui qui avait vécu la terrible expérience de la captivité, la peur de l'inconnu… n'était-il pas précisément le mieux placé pour savoir ce qu'elle avait dû ressentir ?

Se haïssant avec une virulence qui l'empêchait presque de respirer, il regarda avec embarras son invitée involontaire, en sachant qu'il ne serait pas aisé de la calmer.

Ses craintes ne tardèrent pas à être confirmées.

— J'exige que vous me raccompagniez immédiatement à Londres, dit la jeune femme d'un ton hautain.

Ewen plissa les yeux.

— Vous n'êtes pas en position de formuler des exigences, mademoiselle Frobisher. Il n'est pas envisageable que vous rentriez maintenant. Il neige à nouveau, et les routes sont dangereuses. Même un voyageur aguerri ne s'y aventurerait pas.

Voyant qu'elle s'apprêtait à protester, il leva la main pour l'interrompre.

— Cependant, j'enverrai un cavalier à Londres

dès que ce sera possible, afin d'informer la comtesse que vous êtes ici et qu'il ne vous est rien arrivé.

La jeune femme se leva comme une furie, la tenue en bataille, les cheveux tombant sur son visage, et ses yeux saphir lançant des éclairs.

— Il ne m'est rien arrivé ? J'ai été ficelée comme du gibier, malmenée par deux ruffians et jetée au fond d'un coche de la plus dégradante manière. Et cela sur vos ordres. Vous êtes un être méprisable, un monstre !

Un instant auparavant, Ewen avait commencé à s'adoucir à l'égard de Mlle Frobisher, mais ses insultes et son refus de considérer intelligemment la situation réveillèrent sa colère.

Il lui opposa un regard aussi dur et froid que la glace.

Durant ses années de captivité, il s'était endurci, tant physiquement que mentalement. Il n'avait plus rien à voir avec le jeune lieutenant parti chercher l'aventure au-delà des mers.

Ce n'était certainement pas une péronnelle qui allait l'impressionner.

Il haussa les épaules.

— Vous m'insultez, mademoiselle Frobisher. Mais peu importe. J'ai enduré la haine d'ennemis plus féroces que vous.

Elle accepta sa remarque d'un battement de paupières.

— Jusqu'à ce que je puisse me faire une meilleure opinion de vous, il faudra vous contenter de ce constat.

Ewen hocha la tête.

— Comme il vous plaira. Il est évident que nous n'avons guère d'affection l'un pour l'autre. Mais je crains que nous ne soyons prisonniers d'une situation sans issue immédiate. Je ne puis vous renvoyer à Londres, et vous ne souhaitez pas rester avec moi. Je vous propose donc un cessez-le-feu.

— Il n'y a pas de cessez-le-feu qui tienne. Je veux rentrer chez moi.

— Impossible.

Ewen soupira, s'efforçant de tempérer son impatience vis-à-vis de la jeune femme.

— Il est bien malheureux que vous n'ayez pas le même caractère que votre amie.

— Roberta et moi sommes très différentes. Mais c'est mon amie, et nous partageons tout. Ne pouvez-vous pas comprendre que son plus grand souhait est d'épouser le vicomte Pemberton ?

— Et que faites-vous de mes souhaits ?

— Vous ne donnez pas l'impression d'un amoureux transi. Vous auriez pu entrer en contact avec elle à la maison. Avez-vous donc si peu d'honneur que vous deviez ruser pour l'attirer à l'extérieur ?

— De l'honneur ? Oh si, j'en ai. Croyez-moi.

Ewen secoua la tête, ne voulant pas se lancer dans cette discussion.

— Cependant, j'en déduis que la comtesse n'a pas parlé à Roberta de ma visite nocturne.

— Pouvez-vous l'en blâmer ? Je considère quant à moi que Lady Marchington a eu raison.

*
* *

Alice prit un moment pour observer son environnement.

Il régnait une température des plus agréables dans le salon, grâce à un feu allumé dans l'immense cheminée de pierre encadrée d'imposantes colonnes. La pièce était entièrement lambrissée de panneaux de chêne bordés de moulures, tandis que le plafond s'ornait de plaques de plâtre moulées représentant des formes géométriques complexes.

Conduite vers une destination inconnue, elle était à la merci de cet homme.

Elle n'avait pas la moindre idée de l'endroit où se situait ce refuge, hormis qu'il se trouvait à environ une heure de Londres.

— Vos sbires m'ont arrachée du parc et m'ont conduite Dieu sait où, s'exclama-t-elle.

Laissant passer un silence, Alice regarda ostensiblement autour d'elle.

— Est-ce votre maison de famille ?

Elle avait du mal à imaginer le sombre et fougueux Lord Tremain vivant dans une telle maison, dont il se dégageait une atmosphère de calme et de sécurité. Cet endroit lui rappelait un peu le domaine où elle vivait en France.

— Où sommes-nous ? insista-t-elle.

— À Mercotte Hall. La demeure appartient à mon oncle, Sir John Tremain. Il se trouve actuellement à Douvres, en compagnie de ma mère et de son mari, Matthew Brody. Ils doivent y embarquer pour la France. Ils séjourneront ensuite à

Bordeaux, chez mon frère Simon et son épouse, Henrietta. Comme vous le voyez, Mercotte Hall est une maison très plaisante.

— Je ne suis pas ici pour admirer l'architecture, ou parler décoration.

— Ne cherchez pas à faire de l'esprit ! Et si vous tenez à savoir où est la maison, elle se situe au nord de Londres.

— Où j'exige de retourner immédiatement.

Lord Tremain ne chercha pas à masquer son irritation face à l'insistance d'Alice.

— Croyez-moi, mademoiselle Frobisher, rien ne me ferait davantage plaisir que de vous reconduire séance tenante. Mais je vous ai déjà dit que c'était impossible. Sans doute n'êtes-vous pas stupide au point de vouloir vous aventurer dehors par ce temps.

Désespérée, Alice réfléchit à un moyen de le faire céder. Elle n'avait qu'une idée en tête, celle de retrouver Duncan Forbes et d'obtenir les informations au sujet de son père.

— Vous avez conscience, je l'espère, que Lady Marchington pourrait vous faire pendre pour cela. Mais…

Songeant que, si elle ne pouvait gagner la partie en s'opposant à Lord Tremain, elle y parviendrait peut-être par la ruse féminine, Alice adoucit ses manières.

— … Si vous me fournissiez un cheval, je suis sûre que je pourrais trouver mon chemin, même dans la neige.

Elle s'avança sur le rebord du fauteuil, un sourire charmeur aux lèvres.

— Je ne dirai pas à Lady Marchington que vous m'avez enlevée, si c'est ce que vous craignez. Je pourrai prétendre que j'ignore l'identité de mon ravisseur et que j'ai réussi à m'échapper.

Loin de s'en laisser conter, Lord Tremain ricana dédaigneusement.

— Ne réagissez pas ainsi, protesta Alice, vexée que son offre n'ait pas obtenu l'effet escompté. Ne voyez-vous pas que je vous offre une sortie de secours ?

— Il s'agit d'une promesse absurde, reconnaissez-le.

Alice lui opposa un silence furieux, sachant qu'il avait raison.

— Vous ne pouvez pas sérieusement vous attendre à ce que je vous croie, ajouta Lord Tremain.

— Et vous, croyez-vous que je sois prête à vous livrer le fond de mes pensées alors que ma vie est en jeu ?

— Ne dramatisez pas. Je comprends que vous ayez peur, mais votre vie n'est pas en jeu. Vous avez ma parole que vous ne courez aucun danger, sauf si vous le créez vous-même.

— Votre parole ! s'exclama Alice d'un ton dédaigneux. Votre parole ne signifie rien pour moi.

— Peu importe. Je vous la donne. Et, considérant que la comtesse de Marchington n'a aucune autorité ici, je n'ai pas à redouter la potence.

Alice se leva d'un bond.

— Mais vous devez me laisser partir. Je dois absolument retourner à Londres. Il vous faut comprendre que je…

Elle se tut, ne souhaitant pas trop en révéler sur elle-même.

— J'ai l'impression que vous redoutez autre chose que la colère de la comtesse. De quoi s'agit-il ?

— Il y a… Il y a quelqu'un que je dois à tout prix rencontrer.

Lord Tremain haussa un sourcil.

— C'est pour cela que vous vous êtes rendue au parc ?

— Et aussi pour vous voir. Votre message a bouleversé Roberta. Elle ne voulait pas vous rencontrer. Elle m'a donc demandé d'aller à sa place au parc pour l'entrevue que vous lui aviez proposée et de vous expliquer la situation. Étant donné que je devais rencontrer un peu plus tard quelqu'un d'autre au même endroit, j'ai accepté.

Lord Tremain la dévisagea avec un étrange sourire.

— Maintenant, je commence à comprendre. Vous aviez un rendez-vous clandestin avec un galant. Veuillez m'excuser si j'ai gâché votre tête-à-tête avec votre amant.

Les joues en feu, Alice écarquilla les yeux de stupéfaction.

— Il ne s'agissait pas de… Je n'ai pas de… Oh ! vous ne pourriez être plus éloigné de la vérité.

Lord Tremain l'observait d'un air si narquois

qu'elle eut soudain une folle envie de lui lacérer le visage avec ses ongles.

— Vos hommes m'ont enlevée, ligotée et jetée dans un coche, où j'ai souffert un tel tourment que j'ai cru ne pas y survivre.

— J'en suis sincèrement désolé, mais je crois que vous avez très bien survécu.

— Taisez-vous ! J'ignorais leurs intentions. Ils auraient pu être des voyous abusant des femmes, ou des meurtriers.

L'amusement disparut du regard de Lord Tremain.

— Vous avez raison. Je reconnais que je me suis mal conduit envers vous. Le Seigneur sait à quel point j'ai souffert aux mains des Barbares quand j'étais captif. En aucune façon je ne voudrais infliger la même chose à un autre être humain. Je suis profondément désolé si mes actes vous ont causé quelque douleur que ce soit.

— Vos excuses ne suffisent pas.

Son ravisseur semblait sincère, mais Alice n'était pas d'humeur à se laisser attendrir.

— Je suis désolé que vous voyiez les choses ainsi, répliqua Lord Tremain. Mais vous devez comprendre que vous n'avez d'autre choix que d'accepter mon hospitalité.

Alice serra les dents devant ce brutal refus d'accéder à sa demande.

Tout espoir de retrouver son père était désormais perdu.

Un terrible silence s'ensuivit, durant lequel ses pensées vagabondèrent follement.

Elle avait l'impression de vivre un cauchemar dont elle ne se réveillerait jamais.

Soudain, elle eut envie de hurler, de pleurer, pour soulager sa déception et sa frustration.

Elle se contrôla avec difficulté, enfouissant les mains dans les replis de sa cape.

— Je vous préviens, Lord Tremain, si vous persistez à me garder ici contre mon gré, je ferai de votre vie un enfer, au point que vous regretterez de m'avoir amenée ici. Dois-je vous rappeler que je ne suis pas Roberta ?

— Je ne le sais hélas que trop. Aurait-elle été à votre place, je suis sûr qu'elle aurait été ravie de rester.

— Qu'en savez-vous ? Lui avez-vous posé la question ?

— J'en avais l'intention. Je voulais le faire la nuit dernière. Je suis certain que j'aurais pu apaiser ses craintes concernant les modalités de sa rupture avec Pemberton.

— C'est bien le genre de déclaration arrogante à laquelle je m'attendais de votre part !

La voyant rougir de colère, Lord Tremain posa la main sur son épaule.

— Calmez-vous, mademoiselle Frobisher, et ne dites plus rien. Il serait ridicule de ma part de me justifier devant une personne aussi jeune que vous.

— Faites à votre guise, milord, rétorqua Alice en repoussant sa main. Mais je vous promets que je vous tourmenterai jusqu'à ce que vous me laissiez partir.

S'il fut impressionné par sa ténacité, Lord Tremain n'en laissa rien paraître.

— Si vous n'êtes pas raisonnable, je vous enfermerai dans votre chambre, et monterai la garde devant la porte si nécessaire. Je suis déterminé à vous ramener à la comtesse en un seul morceau.

— Voulez-vous que je serve le souper dans la salle à manger, milord ?

Une femme âgée venait d'apparaître, vêtue de noir de la tête aux pieds, un sourire de bienvenue éclairant son visage rond encadré de cheveux blancs.

— À votre convenance, Mme Mullen. Je suis certain que cela sera égal à Mlle Frobisher.

Alice lança un regard mauvais à Lord Tremain.

— Si vous croyez que je vais prendre mes repas avec vous, milord, vous vous trompez grandement. Mais, comme il faut bien que je me nourrisse si je veux survivre à ce calvaire, je le ferai dans la chambre que vous avez préparée pour Roberta… Seule.

Son ravisseur eut le toupet d'en sourire.

— Comme vous voudrez.

Se tournant vers Mme Mullen, il ajouta :

— Je pense que nous pouvons prendre cela pour un refus.

— Très bien, milord, dit la vieille femme, avant de s'esquiver.

La suivant des yeux, Alice remarqua un jeune homme qui se trouvait au pied de l'escalier. De taille moyenne, la peau mate et les cheveux noirs, il se tenait aussi immobile qu'une statue, et son visage ne laissait filtrer aucune émotion.

— Il s'appelle Amir, expliqua Lord Tremain. Il vous escortera jusqu'à votre chambre quand vous le souhaiterez. Vous y trouverez tout ce dont vous avez besoin.

Se désintéressant d'elle, il s'approcha de la cheminée, et repoussa de son pied botté une bûche sur les chenets, envoyant une gerbe d'étincelles dans le foyer noirci par la suie.

— Vous allez le payer, s'exclama Alice, au comble de la frustration. Vous n'avez pas plus de respect pour une femme et ses sentiments que pour cette bûche que vous venez de pousser dans le feu. Vos viles actions sont dignes d'un ruffian. Mais vous, monsieur…

Elle le détailla de haut en bas, d'un regard insolent.

— Vous êtes supposé être un gentleman. J'espère ne pas avoir à souffrir de propositions déplacées.

Lord Tremain n'eut aucune réaction.

— Insultez-moi autant que vous le voudrez, si cela vous fait plaisir, mais je n'ai jamais forcé une femme qui me faisait comprendre que mes attentions n'étaient pas les bienvenues. Je crois pouvoir dire que j'ai toujours eu un comportement exemplaire avec les personnes du sexe opposé.

— Vous êtes bien le seul à le penser, pérora Alice d'un ton moqueur.

Lord Tremain serra les mâchoires mais ne fit pas de commentaire.

— Ce n'est pas avec Roberta que vous avez un compte à régler, mais avec Lady Marchington, reprit Alice. N'essayez pas de l'atteindre à travers sa nièce qui a vécu hier le plus beau jour de sa vie en se fiançant avec Hugh Pemberton. Elle ne l'épouse pas contre son gré, bien au contraire. Elle l'adore. Être sa femme est ce qu'elle souhaite le plus au monde. Ne faites rien pour la blesser. Vous êtes le seul à blâmer pour la façon dont les choses ont tourné. Vous êtes parti longtemps, sans donner de nouvelles à Roberta…

Lord Tremain l'interrompit brutalement.

— C'est ce que la comtesse vous a dit. La réalité, c'est qu'elle a détruit mes lettres sans scrupule.

— Admettons. Il n'empêche qu'à présent Roberta et Hugh forment un très beau couple, et je suis ravie de leur projet d'union.

— Projet auquel vous avez largement contribué, j'imagine.

— Aucunement. Je n'ai pas de talent pour ce genre d'intrigue. Mais, quoi que vous en pensiez, Lady Marchington se souciait avant tout du bonheur de Roberta.

— Et vous, mademoiselle Frobisher ? Aviez-vous également en tête son bonheur ?

— Que voulez-vous dire ?

— Une réception pour des fiançailles est une occasion de s'amuser, n'est-ce pas ?

— Naturellement. Le bal a été un véritable succès, et tout le monde était ravi.

— Tout le monde sauf vous, semble-t-il. Une

jeune femme qui souhaite le bonheur de son amie ne quitte pas la réception donnée pour ses fiançailles alors que celle-ci bat son plein.

Lord Tremain regarda Alice avec insistance, cherchant probablement à lire une réaction sur ses traits.

— Elle ne détruit pas non plus une robe qu'elle a dû prendre grand soin à choisir, reprit-il. Êtes-vous réellement aussi proche de Roberta que vous le prétendez, mademoiselle Frobisher ?

Alice ressentit du remords. Elle avait honte de s'être montrée aussi capricieuse et égoïste. Ce n'était pas parce que ses fiançailles avaient été catastrophiques qu'elle avait le droit de jalouser le bonheur de Roberta.

— Est-ce vraiment ce que vous pensez ? Vous ne pouvez pas être plus loin de la vérité. Je ne connais pas Roberta depuis longtemps, Lord Tremain, mais j'ai beaucoup d'affection pour elle, et c'est réciproque. La raison pour laquelle j'ai quitté prématurément la réception et la destruction de ma robe n'ont rien à voir avec elle. Et cela ne vous regarde pas non plus.

Lord Tremain la fixa longuement, avant de s'adresser à Amir.

— Conduis Mlle Frobisher à sa chambre, et veille à ce qu'elle ne nous joue pas de mauvais tour.

Il se tourna ensuite vers Alice.

— Quant à vous, je vous somme de ne pas vous aventurer en dehors de vos appartements. La maison est très vaste et ancienne, et il est aisé de s'y perdre. C'est un véritable labyrinthe qui peut déconcerter des invités imprudents.

— Je ne suis pas votre invitée, Lord Tremain, je suis votre prisonnière. Mais je pense que vous devez mieux que quiconque comprendre qu'il est légitime pour tout prisonnier de vouloir échapper à son geôlier.

Le visage de Lord Tremain se durcit.

— Pour un esclave, vous voulez dire ?

— Exactement. Quoi qu'il en soit, je ferai tout ce qui est en mon pouvoir pour quitter cet endroit.

À part un soupir exaspéré, Lord Tremain ne fit pas de commentaire.

Mais Alice n'en avait pas fini avec lui.

— D'après la conversation que vous avez eue hier soir avec Lady Marchington, j'ai compris que vous avez passé un temps considérable en captivité, avant de vous fiancer avec Roberta. Pour des raisons que j'ignore, vous avez choisi de le cacher.

— En effet, cela ne regarde que moi.

— Mais, Lady Marchington ne saurait tolérer que le nom de sa famille soit entaché. Or, ce serait un scandale si on apprenait que Roberta a épousé un ancien esclave. Elle-même en serait profondément choquée. Vous auriez dû le comprendre de vous-même. Cela aurait évité bien des désagréments.

— Des désagréments ? En ce qui me concerne, mademoiselle Frobisher, le terme est bien loin de recouvrir la réalité.

— Je suppose.

Alice haussa les épaules.

— Je ne puis le savoir.

— Comment le pourriez-vous ? Les seuls liens que vous connaissez sont ceux qui vous relient aux jupes de la comtesse. Et il vous faudrait peu d'efforts pour les rompre.

— Vous êtes ici à présent, Lord Tremain. Vous êtes donc la preuve vivante qu'il est possible d'échapper aux pires situations.

— C'est une chose de rompre les chaînes de l'esclavage, mademoiselle Frobisher. C'en est une autre d'être libre.

À court d'arguments, Alice redressa dédaigneusement la tête et se dirigea vers l'escalier.

La journée avait été longue, et elle était épuisée. Elle avait besoin d'être seule.

Frustré, ruminant une réponse qu'il n'avait pas réussi à formuler en temps utile, Ewen regarda son invitée s'éloigner.

Forçant son esprit à dériver vers des pensées plus agréables, il songea à son estimée fiancée. Roberta était par nature une jeune femme d'une très grande douceur, d'une placide réserve, et c'était ce qui avait attiré son attention.

Après avoir passé huit ans comme un paria de la société, il avait eu besoin de clamer sa valeur et sa place. Il avait donc résolu de trouver une épouse à Paris, une ville où il avait passé une grande partie de son enfance.

Roberta était précisément en visite en France à ce moment-là, avec sa tante, la comtesse de

Marchington. Cependant, à peine avaient-ils eu le temps de faire connaissance qu'Ewen avait été convoqué à Bordeaux par son frère, Simon.

N'ayant que peu de souvenirs des quelques moments qu'il avait passés avec Roberta, il avait aujourd'hui un peu de mal à se rappeler ses traits.

Des yeux doux, une bouche souriante, la délicatesse d'un menton… Tout cela se confondait dans une sorte de brouillard, tandis qu'Ewen essayait d'évoquer son visage. Étrangement, il n'éprouvait en songeant à Roberta ni tendre émotion, ni emballement des sens.

Que lui avait-il pris, quand il était arrivé à Londres, de vouloir maintenir ces fiançailles ? Était-ce parce que rien ne s'était passé comme il l'avait envisagé qu'il avait voulu se venger en enlevant Roberta, comme l'avait suggéré Mlle Frobisher ?

Prudemment, Ewen testa la précision de sa mémoire des événements de la nuit précédente, quand il était entré dans la chambre de Mlle Frobisher.

Il avait encore à l'esprit le trouble qu'il avait éprouvé à la vue de ses seins à peine couverts par sa chemise, dont la fine étoffe laissait deviner les pointes dressées.

Avec un étonnant souci du détail, il revoyait les courbes voluptueuses de la jeune femme, la glorieuse masse de ses cheveux d'un noir lustré, ses yeux d'une étrange nuance de bleu, frangés de longs cils, et ses douces lèvres roses.

Mlle Frobisher possédait une beauté épanouie, sans conteste beaucoup plus ardente que celle de la pâle Roberta. Là où cette dernière évoquait une image de douceur et de fragilité, son amie semblait exsuder l'essence même de la vie.

Mais Ewen se souvint bien vite de quelle façon sa mâchoire s'était crispée tandis qu'elle l'insultait, comment cette petite péronnelle bornée s'était dressée devant lui et lui avait dit ce qu'elle pensait, testant sa patience, le poussant dans ses retranchements.

Ewen jura entre ses dents quand il sentit ce que ces impressions provoquaient en lui : de l'irritation, de la frustration, du désir…

Cette prise de conscience le laissa à la fois outré vis-à-vis de lui-même, et surpris de ce nouveau rebondissement dans sa vie.

Animé par un regain de colère, il se rua dans le hall, ouvrit la porte et sortit sous la neige.

Amir montait les marches devant Alice, sans dire un mot. Ils arrivèrent sur un palier ouvrant sur une longue galerie.

Alice jeta un regard curieux aux portraits qui tapissaient le mur. Il se dégageait des personnages à l'air sévère, engoncés dans leurs tenues d'apparat aujourd'hui démodées, une impression d'arrogance et de suprême ennui. Il s'agissait probablement des ancêtres de Lord Tremain.

Au bout de la galerie, ils bifurquèrent vers un couloir plus étroit, passant devant plusieurs portes avant qu'Amir ne s'arrête devant l'une d'elles et l'ouvre.

— Vous voici arrivée, milady, dit-il en s'effaçant pour lui livrer passage.

Au grand étonnement d'Alice, la voix douce du jeune homme, à peine teintée d'un léger accent, n'était pas le moins du monde inamicale.

— Vous aurez ici tout le confort souhaitable, reprit-il. J'espère que la chambre vous plaira. Comme vous le voyez, tout est préparé.

Alice entra dans la pièce qu'elle passa rapidement en revue.

Imposant et majestueux, un grand lit à baldaquin occupait presque tout un mur. Les colonnes en acajou étaient reliées à leurs sommets par une corniche moulurée d'où tombaient de somptueuses tentures en brocart bleu nuit. Le dessus-de-lit, taillé dans la même étoffe, s'ornait de ravissants coussins.

Retenus par des cordelières de soierie or, les rideaux des fenêtres avaient été écartés pour permettre à Alice de profiter de la vue sur le jardin.

Face à la lumière chatoyante du feu qui pétillait dans l'âtre, disposées sur un tapis aux motifs floraux dont les teintes s'étaient légèrement fanées avec le temps, deux élégantes et délicates bergères tendues de damas ivoire invitaient à la détente.

Partout où les yeux d'Alice se posaient, ce n'étaient que ravissants bibelots en porcelaine ou en cristal, petits meubles en marqueterie, bouquets de fleurs, coussins brodés et tableaux.

Elle se sentit aussitôt à l'aise dans cette pièce confortable, élégante et pleine de charme, où tout avait été préparé pour lui rendre la vie agréable.

Ou plutôt pour la rendre agréable à Roberta, se rappela soudain Alice, non sans une pointe d'amertume.

— Une femme de chambre viendra s'occuper de vous, précisa Amir, et un repas vous sera apporté lorsque vous en exprimerez le souhait. Si vous désirez prendre un bain, nous pouvons vous faire monter de l'eau chaude. Sinon, vous avez de l'eau froide dans le broc.

Amir conclut en souriant avec bienveillance.

— Y a-t-il quoi que ce soit que je puisse faire pour vous avant de partir ?

Alice secoua la tête. La façon de s'exprimer du jeune homme était un peu formelle, mais son intention n'en paraissait pas moins sincère.

— Non, merci. Si je m'y sens encline, je prendrai peut-être un bain demain matin.

Amir hocha la tête.

— Eh bien, bonne nuit, milady.

Lorsque la porte se referma, Alice se mit à faire les cent pas.

Elle était amèrement désappointée, bouillant de rage et de frustration, et impuissante à modifier le cours actuel de son destin.

Il était intolérable d'être piégée ainsi, alors que sa vie semblait contenir tellement de promesses, alors que sa liaison avec Philippe était désormais derrière elle, et qu'elle avait commencé à formuler quelques espoirs pour l'avenir.

Son enlèvement par Lord Tremain ternirait sa réputation de façon irrémédiable.

C'était vraiment plus qu'elle n'en pouvait supporter.

Elle pouvait sans peine imaginer l'état d'agitation dans lequel Roberta et Lady Marchington avaient sombré quand elles avaient découvert qu'elle n'était pas rentrée, et elle éprouvait un profond remords de leur causer une telle angoisse.

Elle n'osait pas, en revanche, penser à Duncan Forbes, et à ce qu'il avait éprouvé quand il avait compris qu'elle ne viendrait pas au rendez-vous.

Qu'avait-il fait ? S'était-il présenté à Hislop House pour demander à lui parler ? Avait-il conclu qu'elle n'était pas intéressée par les informations qu'il détenait ?

Par chance, il avait mentionné où il résidait…

Alice ne se sentit pas très bien tout à coup. Sa tête était lourde, et elle aspirait au sommeil. Et pourtant elle soupçonnait qu'elle ne parviendrait pas à trouver le repos cette nuit-là.

Elle s'assit sur le lit et observa les flammes qui dansaient dans l'âtre.

La porte s'ouvrit, et une femme de chambre entra avec son dîner. Elle était jeune et semblait gentille. Elle précisa qu'elle s'appelait Lily, mais Alice ne se sentait pas d'humeur à faire la conversation.

Elle déclina sa proposition de lui préparer un bain, mais le délicat fumet qui s'échappait du plat fit gronder son estomac, lui faisant comprendre qu'elle avait faim.

Lorsqu'elle eut terminé son repas, Alice enfila une des tenues de nuit destinées à Roberta.

Comment son amie aurait-elle réagi à cette situation, si elle s'était trouvée à sa place ?

Lily quitta la chambre après avoir jeté un dernier regard par-dessus son épaule.

Hicks et Taff lui avaient expliqué de quoi il retournait.

C'était tellement romantique de la part de Lord Tremain d'avoir enlevé la femme dont il était éperdument amoureux.

Cependant, la jeune lady ne semblait pas du tout heureuse de se retrouver à Mercotte Hall. Son visage était livide et crispé, et tout dans son attitude respirait la rébellion.

Quoi qu'il en soit, elle était d'une rare beauté, et il n'était pas étonnant que sa Seigneurie s'en soit entichée.

Enfin seule, Alice se glissa entre les draps et laissa couler les larmes qu'elle avait retenues jusqu'à présent.

Elle pleura longuement, espérant que ses pleurs agiraient comme un baume réparateur sur son cœur, mais ce ne fut pas le cas.

Peu à peu, les larmes se tarirent, et Alice appela de tous ses vœux le sommeil.

Si elle pouvait dormir, alors elle pourrait oublier.

Quand le sommeil vint enfin, la nuit était déjà très avancée.

Après cette nuit agitée, Alice se réveilla brusquement, et s'assit dans son lit, perplexe.

Il lui fallut quelques secondes pour se rappeler où elle était, et ce qui s'était passé la veille.

Elle s'étira, écarta une des tentures du lit et observa la chambre inconnue.

Ce n'était pas un rêve. Tout cela était bien réel.

Repoussant les couvertures, Alice bascula les jambes par-dessus le matelas. Un courant d'air frais s'enroula autour de ses pieds et remonta le long de ses jambes, lui arrachant un frisson.

Le feu s'était éteint durant la nuit, emportant toute la chaleur de la chambre où régnait désormais une température qui lui paraissait semblable à celle glaciale de l'extérieur.

Enfilant des chaussons et une robe de chambre, elle se dirigea vers la fenêtre et écarta les lourds rideaux.

Il avait cessé de neiger, et la campagne était magnifique, recouverte de son manteau blanc. Les collines et les arbres avaient changé de forme, et ressemblaient maintenant à d'étranges statues sculptées par le vent d'est. Le soleil faisait scintiller de mille feux la plaine gelée, comme si le sol était piqueté de minuscules diamants.

Bientôt lassée par le spectacle de la nature, Alice

se mit à réfléchir à tout ce qui s'était produit la veille et grimaça.

— Il doit bien y avoir un moyen de sortir d'ici, se dit-elle à haute voix.

Puis elle se détourna de la fenêtre et se dirigea vers la table de toilette, où elle versa l'eau du broc dans la bassine et se rafraîchit.

Il devait bien y avoir une écurie avec des chevaux, songea-t-elle, tandis qu'elle s'habillait. Peut-être pourrait-elle en seller un et prendre la poudre d'escampette, avant que quiconque ne remarque son absence.

Elle n'avait jamais chevauché dans une neige aussi profonde, mais elle était prête à essayer.

Lily entra, chargée d'un plateau d'argent où étaient disposés un pichet de chocolat chaud et des pâtisseries. Elle le déposa sur une petite table ronde et s'affaira à raviver le feu.

Dès que la femme de chambre eut quitté la pièce, Alice dévora son petit déjeuner. Puis elle s'enroula dans sa cape et sortit précautionneusement de la chambre.

Ayant mémorisé le parcours qu'elle avait effectué la veille avec Amir, elle traversa le couloir puis la galerie et emprunta l'escalier.

Le hall était vide, et Alice fut soulagée qu'il n'y ait aucun signe, nulle part, de son tourmenteur.

Chapitre 4

Au grand soulagement d'Alice, la porte d'entrée n'était pas verrouillée et pivota sans un bruit sur ses gonds.

Dès qu'elle mit le pied dehors, sa botte s'enfonça dans la neige, mais elle constata que ce n'était pas trop profond pour chevaucher.

Le cœur battant à tout rompre, elle gagna l'arrière de la maison, où elle savait que se trouveraient les écuries.

Là, il y avait des signes d'activité. Quelqu'un avait pris soin de pelleter la neige pour en former des tas copieusement fournis.

Regardant autour d'elle, Alice découvrit Hicks et Taff assis côte à côte devant une série de box.

Ils observèrent d'un air inquiet sa progression vers eux.

Hicks se leva le premier et se dandina d'un pied sur l'autre.

— Eh bien, Hicks, demanda Alice d'un air hautain destiné à l'intimider. Qu'avez-vous de beau à dire aujourd'hui ?

— Que puis-je dire, mademoiselle ? Taff et moi avons commis une terrible erreur, et si vous souhaitez nous punir, nous le méritons.

— En effet. Vous le méritez grandement.

— Je ressens une très forte culpabilité. Si je pouvais vous ramener sur-le-champ à Londres, et vous confier aux bons soins de la comtesse de Marchington, je le ferais immédiatement.

Alice observa l'homme pendant un moment.

Ses ravisseurs étaient des hommes simples. En dépit de la rudesse avec laquelle ils l'avaient traitée, ils la regardaient avec respect. À l'évidence, ils se repentaient de ce qu'ils avaient fait.

Elle laissa échapper un lourd soupir.

— Très bien, Hicks. Vous le ferez dès que nous serons en mesure de voyager. En attendant, je vais marcher un peu.

Hicks ouvrit la bouche pour protester, mais il suffit qu'Alice le toise avec froideur pour qu'il se taise et retourne s'asseoir.

D'une démarche nonchalante, elle longea les box. Deux chevaux avaient sorti leur tête par la partie haute des portes à double ouvrant. Il n'y avait pas signe d'un palefrenier, ou de qui que ce soit d'autre.

Depuis la maison, Ewen avait regardé Mlle Frobisher remonter sa capuche sur la tête et disparaître hors de sa vue.

La colère et la frustration qu'il avait ressenties

la nuit précédente en découvrant que le plan qu'il avait élaboré avait été gâché par ses domestiques avaient à présent disparu, effacées par une nuit de sommeil.

À la lumière crue du jour, il avait compris qu'il avait perdu à jamais Roberta.

Il attendit un moment que son invitée forcée réapparaisse.

Soudain, il se figea, fouillant avidement du regard le paysage enneigé. La jeune femme était passée derrière les écuries, ignorant qu'une mare se trouvait sur son passage. Gelée et couverte de neige, celle-ci ne serait pas visible.

Redoutant un accident, Ewen se précipita vers la porte.

Marchant d'un pas décidé, Alice poussa un cri d'horreur lorsqu'elle sentit quelque chose craquer sous ses pieds.

N'ayant pas compris suffisamment vite ce qui se passait, elle ne put réagir. La glace se brisa sous elle, et elle s'enfonça jusqu'à la taille dans l'eau glacée.

Le souffle coupé, redoutant de mourir gelée, elle attrapa une poignée de roseaux au bord de la mare, et tenta de se hisser à la surface.

Mais elle avait les pieds profondément enfoncés dans la vase et se trouvait dans l'incapacité de bouger.

Regardant désespérément autour d'elle, Alice

comprit qu'elle ne pourrait pas lutter très longtemps contre l'engourdissement qui commençait à s'emparer d'elle.

Soudain, un homme apparut.

Alice distingua bientôt ses traits : il s'agissait de Lord Tremain. Hicks et Taff le suivaient de près.

S'arrêtant au bord de la mare, Lord Tremain la toisa d'un air moqueur.

— Eh bien, eh bien… Qu'avons-nous là ? Vous étiez en train d'essayer de vous enfuir, mademoiselle Frobisher ? Je vous ai vue disparaître derrière les écuries, et la puce m'est venue à l'oreille. Quelqu'un aurait dû vous prévenir à propos de la mare.

— C'est trop tard maintenant. Aussi, ne restez pas là à sourire comme un benêt. Aidez-moi à sortir.

Alice avait prononcé les derniers mots d'un ton suppliant, alors qu'elle craignait de s'évanouir à tout moment de froid.

Sans perdre une minute de plus, Lord Tremain tomba à genoux.

— Prenez ma main, dit-il. Vous serez bientôt tirée d'affaire.

Alice s'accrocha de toutes ses forces à la main tendue.

— Ne me lâchez pas, je vous en supplie, balbutia-t-elle, entre ses lèvres engourdies de froid.

— N'ayez pas peur. Je vous tiens.

Au prix d'efforts redoublés, Lord Tremain parvint à la hisser sur la berge.

Immensément soulagée mais incapable de contrôler les tremblements qui l'agitaient, Alice le laissa la soulever dans ses bras et la porter jusqu'à la maison.

Pénétrant en trombe dans le hall, Lord Tremain héla les domestiques, et donna des ordres pour que tout soit fait pour le confort d'Alice.

Le feu fut ainsi abondamment alimenté dans sa chambre, de l'eau chaude y fut montée pour un bain, et Lily lui apporta un verre de vin chaud.

La tête retournée par cette agitation, éperdue de soulagement et un peu désorientée, Alice tremblait tellement qu'elle ne parvint pas à porter le verre à ses lèvres.

Lord Tremain le lui prit des doigts et le tint pour elle. Elle ouvrit la bouche, tel un enfant obéissant.

— Vous vous sentirez mieux quand vous aurez pris un bain, affirma-t-il, d'une voix étonnamment douce, tout en repoussant délicatement les cheveux humides qui collaient à son visage. Au moins, vous êtes sauve à présent. Je ne pense pas que nous ayons besoin de faire venir un médecin.

Lorsqu'elle eut fini de boire le vin, il lui ôta sa cape trempée et frotta entre les siennes ses mains gelées, jusqu'à ce que leur couleur bleuâtre disparaisse.

Quand Lily revint, suivie par Hicks et Taff qui étaient chargés de seaux d'eau brûlante pour son bain, Alice chercha Lord Tremain des yeux et fut surprise de voir qu'il n'était plus là.

Il était parti sans un mot.

Son absence provoquait un manque, et il y avait en elle un désir de l'avoir de nouveau auprès d'elle.

Un peu plus tard, baignée et enveloppée dans une chaude robe de chambre, Alice se surprit à penser à son ravisseur.

En réalité, elle n'avait pas de sympathie pour cet homme qu'elle jugeait rude, sardonique et sans pitié.

Cependant, il avait montré de l'inquiétude et une sorte de tendresse quand il l'avait sortie de la mare gelée et ramenée dans la maison.

Une étrange sensation agitait Alice tandis que, à genoux par terre devant le feu, elle frottait ses cheveux humides dans un linge.

Elle se rappelait ce qu'elle avait éprouvé quand il l'avait tenue contre lui, combien elle se sentait en sécurité dans ses bras. En dépit de son état de faiblesse, elle avait été submergée par sa proximité, par son odeur envoûtante, mélange de savon, de linge propre, et de senteurs masculines.

Elle avait l'impression qu'il faisait partie d'elle, tant il était proche, et elle avait eu le plus grand mal à rester tranquille alors que leurs corps se touchaient ainsi.

Tous les endroits qui avaient été en contact avec Lord Tremain la brûlaient encore, comme si elle avait été marquée au fer rouge par la chaleur de son corps.

À dire vrai, elle n'avait jamais rencontré d'homme aussi séduisant que lui, et elle imaginait sans peine qu'il devait faire tourner la tête de toutes les femmes.

Voyant où son esprit l'entraînait, Alice s'obligea à se ressaisir.

Comment pouvait-elle penser à son ravisseur de cette façon ?

Après toutes les indignités qu'il lui avait infligées, il n'était pas question qu'elle adoucisse son attitude envers lui.

Faisant dériver ses pensées vers la veille, Alice se remémora délibérément les abus envers sa personne, jusqu'à ce qu'elle sente monter en elle la fièvre de la colère et du ressentiment.

La meilleure façon pour elle de survivre à cette situation, c'était de conserver son aversion initiale pour cet homme.

Se frottant à nouveau les cheveux, Alice se figea en entendant un léger bruit derrière elle.

Tournant la tête vers la porte, elle vit que Lord Tremain se tenait sur le seuil, la chemise ouverte jusqu'à la taille, un bras négligemment en appui contre le chambranle.

Comme elle le toisait d'un air accusateur, il haussa les épaules.

— La porte était ouverte. Je suis venu voir si vous vous sentiez mieux après votre bain.

— Oui, beaucoup mieux. Cela dit, si je ne m'étais pas trouvée ici, je ne serais pas tombée dans la mare.

— Vous aviez l'intention de vous enfuir ?

— Oui. Je voulais prendre un cheval. J'ignorais

qu'il y avait une mare. Elle était invisible sous la neige.

— Quel manque de chance ! s'écria Lord Tremain d'un ton moqueur.

Alice lui opposa une mimique agacée, ressentant malgré elle l'effet que lui faisait la virile assurance de l'attitude de son interlocuteur.

— Je me doute que vous avez dû trouver cet incident du plus haut comique. Mais, si vous ne m'aviez pas secourue à temps, je serais morte de froid, et vous auriez été accusé de meurtre.

Haussant les épaules et ricanant, Lord Tremain s'avança vers elle.

— Mais vous n'êtes pas morte. À part le fait de vous avoir enlevée, je n'ai rien fait de mal. Pour ce que cela vaut, je suis sincèrement désolé. Je ne vous ai pas traitée convenablement et je vous présente mes excuses.

Alice fut tellement surprise par la douceur de son intonation, qu'elle ne trouva rien à répondre.

Après un long silence, Lord Tremain s'impatienta.

— Eh bien, je vous ai présenté mes excuses. Vous pourriez avoir la bonne grâce de les accepter.

Voilà qui lui ressemblait davantage, songea Alice. Elle se sentait plus à l'aise, car en terrain connu, quand il parlait comme cela.

— Bien sûr.

Il y eut à nouveau un silence qui dura presque une minute.

Ewen en profita pour observer la jeune femme à la dérobée, fasciné par ses longs cils soyeux, de la même teinte que ses cheveux, et qui ombraient ses joues, par la courbe délicate de ses lèvres qui, même quand elle ne souriait pas, se retroussaient à chaque coin.

Tandis qu'elle se penchait vers le feu, sa robe de chambre s'entrebâilla, lui offrant une brève et troublante vue sur sa peau crémeuse.

Ewen en ressentit aussitôt les effets dans son corps, tandis que la course du sang dans ses veines s'accélérait.

Soudain, Mlle Frobisher se redressa et vit qu'il la fixait.

Ses joues s'empourprèrent.

— J'apprécierais que vous ne me regardiez pas ainsi. Qu'avez-vous en tête ? Vous cherchez une remplaçante à Roberta ? Vous avez l'intention de m'ajouter à la liste de vos conquêtes ?

Ewen fut piqué au vif.

— Je n'ai jamais envisagé de remplacer Roberta. Quant à vous conquérir… Vous vous trompez à mon sujet, mademoiselle Frobisher. Je n'ai nul désir de vous conquérir. Ce qui vous est arrivé est très malencontreux, mais j'aimerais que nous fassions la paix.

Alice fut surprise par la gentillesse inhabituelle qu'exprimait la voix de Lord Tremain. Un sourcil levé, le coin des lèvres moqueusement retroussé, jamais il ne lui avait semblé aussi provocateur.

Une sensation de malaise la traversa, inexplicable mais tangible, tandis qu'elle détaillait les traits fiers de son interlocuteur.

On aurait dit qu'il avait cessé de penser à elle comme à un embarras et qu'il lui demandait de faire la même chose.

Mais elle ne savait pas comment réagir.

Alors qu'elle observait le troublant regard gris de Lord Tremain, une sorte d'instinct prévint Alice que sa proposition de faire la paix pouvait le rendre plus dangereux que lorsqu'elle le considérait comme un ennemi.

Cependant, son esprit rejeta cette hypothèse, car elle n'avait aucun sens.

Elle était soudain encline à coopérer. Peut-être même pourrait-elle bénéficier d'une sorte d'amitié de surface.

Pour commencer, elle était épuisée et ne se sentait pas en état de se disputer avec Lord Tremain. En revanche, le souvenir de la façon dont il l'avait tenue contre lui quand il l'avait sortie de l'eau et ramenée dans la maison n'avait rien à voir avec sa capitulation.

Absolument rien ! se dit-elle avec fermeté.

— Serait-ce si difficile que cela ? demanda-t-il d'un ton insistant, son regard ne quittant pas Alice tandis qu'il s'accroupissait à côté d'elle.

Un mélange de fierté et de désespoir faisait rage en elle, et sa conscience était mise à mal.

Elle se força à se rappeler la façon dont elle avait été malmenée, jusqu'à ce que son ressentiment se réveille.

Une petite voix au fond de son esprit la prévint à nouveau de faire preuve de prudence.

D'un côté, elle avait envie d'accepter ce qu'il lui disait, de l'autre elle résistait toujours, essayant de ne pas laisser ses émotions prendre le pas sur son intellect.

— Ce que vous me demandez, c'est que je remercie mon ravisseur pour sa clémence. Que je prétende que tout est oublié et que nous sommes amis ?

— Nous n'avons pas à aller aussi loin. Si vous ne croyez pas ce que je dis, pouvez-vous au moins faire semblant, et accepter une trêve pour le temps que nous avons à passer ensemble ? Êtes-vous trop effrayée pour essayer ?

L'esprit d'Alice se mit à fonctionner à vive allure, tandis qu'elle évaluait ce défi.

Réprimant l'envie inexplicable d'acquiescer, elle émit d'un ton prudent :

— Je ne suis pas disposée à vous pardonner aussi facilement. Quel genre de trêve avez-vous en tête ? De quelle façon voulez-vous que je coopère ?

S'asseyant sur le tapis face à elle, un bras négligemment posé sur un de ses genoux relevés, Lord Tremain inclina la tête de côté.

Il y avait dans ses yeux une lueur diabolique, et un sourire du même ordre jouait sur ses lèvres.

— Répondez-moi sans vous énerver, le pressa Alice. Vous avez un caractère impossible, vous savez.

— Ma mère répétait toujours que mon caractère

et mon insouciance étaient mes pires ennemis. Mais discuter à bâtons rompus avec une belle et intelligente jeune femme est un plaisir oublié pour moi. Tout comme les mondanités, aller au théâtre, la musique, la danse, parler du temps qu'il fait…

Il laissa passer un silence avant de reprendre.

— Si vous ne voulez vraiment pas faire la paix, je peux vous proposer de rester à l'écart, jusqu'à ce que je puisse vous raccompagner à Londres. En attendant, je veillerai à ce que tout soit à votre convenance.

Alice hésita, quelque peu surprise que Lord Tremain fasse référence à elle comme à une femme belle et intelligente. Puis elle décida que cela ne signifiait rien de spécial pour lui, qu'il avait dit cela uniquement pour la flatter.

Si elle devait rester à Mercotte Hall jusqu'à ce qu'il n'y ait plus aucun danger à circuler sur les routes, alors il serait plus agréable d'éviter les tensions et les prises de bec.

Ce qu'il demandait était sans danger, n'est-ce pas ?

— Eh bien, c'est d'accord, décida-t-elle soudain. Je vais essayer. Mais je ne peux rien vous promettre.

— Ai-je bien entendu ? demanda Lord Tremain, qui semblait trouver difficile à croire qu'elle ait accepté aussi aisément.

Plaçant un doigt sous le menton d'Alice, il tourna son visage vers lui et l'observa attentivement, avec toujours cette lueur moqueuse dans le regard.

— Êtes-vous sûre que vous n'êtes pas malade ?

Que le temps passé dans l'eau n'a pas affecté vos facultés mentales ? Et que je ne dois pas appeler un médecin pour vérifier votre état ?

Repoussant mollement sa main, Alice fixa les flammes qui s'élevaient dans l'âtre.

— Mes facultés ne sont pas atteintes. Je vais parfaitement bien. Je ne réclame pas le traitement de faveur que vous aviez réservé à Roberta. Je n'exige rien de vous, sauf que vous me rameniez chez moi. En attendant, nous allons essayer de vivre en bonne entente. Même si je sais que vous préféreriez avoir la compagnie de Roberta au lieu de la mienne, nous ne pouvons ni l'un ni l'autre remédier à l'erreur qui a été commise.

Elle regarda une bûche qui achevait de se consumer dans une gerbe d'étincelles rougeoyantes.

La chaleur du feu qui lui caressait les joues la ragaillardit, et elle sentit un confort et une sécurité qu'elle n'avait pas connus depuis longtemps.

Subrepticement, elle observa Lord Tremain, tandis qu'il étirait ses longs doigts vers les flammes.

Les fines cicatrices qu'elle avait remarquées précédemment prenaient un éclat nacré dans la lumière.

Alice comprit qu'elle en connaissait bien peu à propos de cet homme et de ce qu'il avait dû subir, et un frisson courut le long de sa colonne vertébrale.

***

Quelque peu soulagé par ce qu'il interprétait comme une acceptation de la part de Mlle Frobisher de sa proposition de trêve, Ewen était réticent à mettre un terme à ce moment d'intimité.

Assis dans un fauteuil, il étira ses longues jambes devant lui, croisa les bras sur son torse et la regarda, un sourcil levé en signe d'intérêt.

— Dites-moi une chose, commença-t-il, tandis qu'elle s'asseyait sur le tapis et enroulait ses jambes sous elle. Qui deviez-vous rencontrer dans le parc, hier ? S'il ne s'agissait pas d'un galant, alors le rendez-vous devait avoir une forte signification pour que vous vous aventuriez sous une tempête de neige.

La question parut décontenancer la jeune femme.

Comme si elle cherchait à gagner du temps pour savoir comment formuler sa réponse, elle remonta les jambes contre sa poitrine et les entoura de ses bras.

Ewen la trouva incroyablement désirable, drapée dans sa robe de chambre de velours bleu nuit. Il vit aussi que la jeune beauté n'était pas habile à dissimuler ses sentiments et il soupçonna que des larmes lui brûlaient les paupières.

L'expression de Mlle Frobisher était tragique et laissait imaginer un terrible chagrin.

— Dites-moi, insista-t-il gentiment.

Prenant une profonde inspiration, la jeune femme continua à regarder droit devant elle.

— Ce rendez-vous était de la plus extrême importance, répondit-elle à mi-voix. À cause de ce que vous avez fait, je ne saurai peut-être jamais ce qui est arrivé à mon père.

— Votre père ?

Elle hocha la tête.

— Je devais rencontrer un homme qui affirmait pouvoir me donner des renseignements sur ce qu'il est devenu.

— Pourquoi cela ? Il a disparu ?

— Il y a encore trois jours de cela, je croyais qu'il était mort.

— Et maintenant ? Qu'est-ce qui a changé pour vous laisser croire qu'il ne l'est pas ?

Mlle Frobisher tourna la tête et le regarda droit dans les yeux, l'expression tendue.

— Mon père devait être pendu. Il s'est battu à Culloden contre le roi George. Il a été capturé et envoyé à Londres avec d'autres prisonniers. Lorsqu'on est venu le chercher pour l'exécuter, il s'est jeté dans la Tamise.

— Il s'est échappé ?

— Je ne sais pas. Son corps n'a jamais été retrouvé. On a donc présumé qu'il était mort. Ma famille l'a cru en tout cas et a pleuré son décès. Et puis, il y a quelques jours, j'ai reçu une lettre d'un homme me disant qu'il l'avait vu. Il se trouvait sur le même bateau de prisonniers que mon père, mais il a eu la chance d'être gracié.

— Et vous croyez que cet homme a dit la vérité ? Avez-vous confiance en lui ?

— Je ne sais pas... Mais que puis-je faire ? Si ce qu'il dit est vrai, et si mon père est en vie quelque part, alors il faut que je le trouve. Pouvez-vous imaginer ce que c'est pour moi, Lord Tremain, de savoir qu'il est peut-être vivant ? S'il l'est, je ne sais pas où chercher. Et, à cause de vous, je ne le saurai peut-être jamais.

Ewen en fut contrit.

— Je suis désolé. Cependant, il y a quelque chose que je trouve étrange. Si votre père s'est échappé, pourquoi n'a-t-il jamais cherché à contacter sa famille ?

— Je ne le sais pas non plus. En fait, je ne sais absolument rien.

— Donc, il s'est battu à Culloden, a été capturé, et fait prisonnier… Vous êtes jeune. Quel âge avez-vous ? Dix-huit ans ?

— Vous me flattez. J'en ai vingt.

— Vous ne pouvez pas l'avoir connu.

— Non. Je suis née quelques mois avant la défaite de Culloden. Je ne me souviens pas de lui. Deux de mes frères ont été tués durant cette bataille. Ma mère a quitté l'Écosse et nous a emmenés, mon frère William et moi, en France. Après notre départ, notre maison a été pillée et brûlée par les Anglais.

Ewen plissa le front, songeur.

Une pensée le traversa soudain.

— Vous vous appelez Frobisher. Le nom de votre père est-il Iain of Rosslea ?

— Oui, en effet.

— Alors, nos familles étaient voisines. Votre père s'est battu à Culloden avec mon frère Simon.

Son interlocutrice écarquilla les yeux de surprise.

— La coïncidence est surprenante.

— Je crois pouvoir apporter un éclairage sur la raison pour laquelle votre père ne vous a pas cherchés en France.

— Oh ?

— Tout le monde pensait que votre mère, votre frère et vous aviez péri dans l'incendie de votre domaine.

— Je comprends… Cela expliquerait pourquoi il n'a pas entamé de recherches. Votre frère a-t-il survécu ?

— Fort heureusement, oui. Il a été blessé, mais il a eu beaucoup plus de chance que d'autres. Fugitif devant la loi, il a lui aussi cherché refuge en France. Il avait eu la prudence de transférer les titres de propriétés à notre frère Edward quelques mois avant que le prince Charles n'aille en Écosse réclamer le trône de son père. À l'époque, cela avait causé de la confusion à la cour d'Angleterre, mais ils ont fini par reconnaître que c'était légal.

Ewen s'interrompit, le temps de reprendre son souffle.

— Mon oncle John, à qui appartient Mercotte Hal, qui n'est pas d'obédience jacobite et dont la loyauté à l'égard du roi George était totale, avait été chargé d'administrer le domaine en Écosse, jusqu'à ce qu'Edward soit en âge de prendre la relève.

— Où se trouve aujourd'hui votre frère Simon ?

— Il s'est installé à Bordeaux, avec sa femme, Henrietta.

Un sourire étira ses lèvres.

— Il passe son temps à cultiver du raisin. Ils ont deux fils et une fille. Leur fils aîné, prénommé Edward en hommage à notre frère, héritera de Mercotte Hall au décès de mon oncle.

— Votre oncle ne s'est jamais marié ?

— Sa femme est morte peu après leur mariage. Il n'a jamais voulu se remarier. Au moment de la bataille de Culloden, Henrietta vivait dans un cottage aux environs d'Inverness, avec son oncle Matthew Brody. Ce dernier, en épousant ma mère, est devenu mon beau-père. Ils ont offert l'asile à Simon, après la défaite.

Il changea de sujet.

— Mais cet homme qui dit avoir des informations au sujet de votre père, pourquoi n'a-t-il pas pris contact avec votre frère ? Pourquoi vous ? Et pourquoi ne vous a-t-il pas donné l'information lors de votre première rencontre ?

— Il demandait de l'argent en échange, et je n'en avais pas sur moi. Mais je lui ai dit que je m'arrangerais pour rassembler la somme, et que je le retrouverais à nouveau au parc.

Ewen devina la vérité derrière les paroles, et reconnut la malice sans cœur de l'homme.

— Il s'agit donc d'un vilain. Comment s'appelle-t-il ?

— Duncan Forbes. Il a découvert que je me

trouvais à Londres, et c'est pour cela qu'il est venu vers moi.

Ewen vit qu'elle était proche des larmes.

— Cela a dû être un choc pour vous d'apprendre que votre père était en vie.

— Oui.

La voix de la jeune femme devint murmure.

— Je ne peux penser à rien d'autre. Si M. Forbes dit la vérité, si mon père est réellement en vie, je dois absolument le retrouver.

— Naturellement. Je le comprends bien. Je vois aussi que vous êtes une femme de caractère.

— J'ai un cerveau pour penser par moi-même, si c'est ce que vous voulez dire. Et avec des principes élevés.

— Je pense que vous ne vous faites pas justice, et que vous êtes une jeune femme d'une très haute moralité.

Mlle Frobisher soupira.

— J'ai mes idées, mais j'essaie de ne pas négliger les conventions. Cependant, c'est un monde difficile pour les femmes… Pour quiconque n'a pas un endroit sûr dans la vie.

Alice resta silencieuse, observant le feu et songeant à son passé, à ses propres insécurités.

— Que se passe-t-il ? demanda Lord Tremain.

Alice sursauta et tourna la tête vers lui.

— Je suis désolée. J'étais à des miles d'ici. Une autre époque… Une autre vie…

Elle lui adressa un sourire timide.

— Je vais bien. Simplement, il arrive que des souvenirs indésirables remontent à la surface.

Elle balaya cette remarque d'un geste de la main.

— C'est sans importance.

À son grand soulagement, Lord Tremain ne chercha pas à en savoir davantage.

— Avez-vous des ambitions, mademoiselle Frobisher ?

— Mes ambitions ne sont guère différentes de celles des autres femmes. Je suppose que je finirai par me marier. Je prendrai soin de ma famille, et j'aiderai mon mari à développer et faire prospérer sa propriété.

— Rien de plus que cela ?

— Je ne pense pas qu'il y ait autre chose.

Ewen observa attentivement son invitée, tandis qu'elle se perdait un instant dans la contemplation des braises.

Il avait commencé à penser à elle comme à une nuisance et il se retrouvait à écouter ses secrets de famille. Il découvrait son côté vulnérable et il trouvait cela charmant.

Seulement, elle avait une façon de bouleverser ses plans qu'il trouvait inquiétante.

Le plus préoccupant était qu'il commençait à l'apprécier.

En fait, depuis leur première rencontre, il n'avait cessé d'être surpris et fasciné par ce troublant mélange d'innocence et d'assurance qu'il avait découvert chez cette jeune femme.

Chaque trait de son caractère était magnifiquement intrigant, et il n'avait jamais été plus conscient qu'en cet instant de la grandissante attirance qu'elle lui inspirait.

Alice ne quittait pas Lord Tremain des yeux.

Pendant un moment, elle avait oublié les tensions accumulées durant les dernières vingt-quatre heures. Elle avait aussi réalisé qu'il y avait quelque chose de hautement comique à être tombée dans une mare, puis à se trouver assise à même le sol avec un homme inconnu, sans porter d'autre vêtement qu'une robe de chambre.

Soudain, elle était curieuse de savoir des dizaines de choses à son sujet.

Quel genre d'homme était Ewen Tremain ?

Une lumière s'alluma brièvement dans les yeux de son hôte puis disparut. Alice l'observa d'un œil spéculatif, consciente que cette apparence moqueuse cachait une tout autre personnalité. Il y avait en lui une puissance retenue qui était à la fois impressionnante et irritante.

— À quoi pensez-vous ? demanda-t-il. Vous me regardez comme si vous vous demandiez…

Elle l'interrompit.

— J'éprouve de la curiosité à votre égard. Avez-vous réellement été réduit en esclavage en Afrique du Nord ?

Le visage de Lord Tremain s'assombrit.

— Oui, j'ai été un esclave.

Sa voix se durcit.

— Mais j'ai juré de reléguer cela au passé.

Alice le regarda avec compassion.

Sous cette façade de froideur se cachait quelque chose de sombre et de sauvage.

Quelque chose s'éveilla en elle, d'insolite et de totalement étranger à sa nature : un désir qu'elle n'avait jamais ressenti pour Philippe. Ses sentiments d'alors étaient négligeables au regard de ceux que cet homme lui inspirait.

Leurs regards se croisèrent et restèrent un long moment prisonniers l'un de l'autre.

— Je suis désolée, dit enfin Alice. Je n'aurais pas dû poser la question.

Une émotion inattendue faisait trembler sa voix.

Elle le regarda.

Il se tenait de côté, et elle ne pouvait voir que son profil de statue.

— Je vous en prie, ajouta-t-elle. Oubliez que j'en ai parlé.

Il tourna la tête et la regarda.

— Mais vous l'avez fait.

Alice baissa les yeux.

— Regardez-moi.

Elle obéit, et des larmes montèrent au ras de ses cils.

— Vous êtes bouleversée. Que se passe-t-il ?

— Je ne sais pas. Je ne peux pas vraiment expliquer.

— C'est probablement mieux que vous ne le fassiez pas. Mais je peux imaginer votre perplexité, les questions qui doivent vous tarauder.

— Cela ne me regarde pas.

Ewen ne répondit pas tout de suite. Il resta assis un moment, la tête penchée, méditant.

Il hésitait, songeant à refuser cette soudaine et surprenante curiosité.

Puis il céda.

Mais il ne pouvait pas tout lui dire. En particulier concernant Etta.

Il se redressa, fort de la décision qu'il venait de prendre.

— C'est une histoire ancienne et plutôt triste, commença-t-il. Il y a dix ans, j'étais un jeune lieutenant de la *British Navy*.

— J'en suis surprise, étant donné que vous êtes un descendant d'Écossais et que votre frère a combattu contre le roi à Culloden. Sans compter que vous avez passé une grande partie de votre jeunesse en France.

— Je suis malgré tout britannique, et la marine britannique est la plus puissante du monde. Étant le plus jeune des trois fils, et m'étant établi à Mercotte Hall après avoir terminé mes études, j'ai pu choisir ce que je voulais faire.

— Et ce fut donc la marine ?

— L'appel de la mer battait dans mes veines. Et comme j'ai toujours pensé qu'un homme devait choisir son propre chemin vers la gloire, j'ai rejoint la marine. À l'époque j'étais un jeune homme exalté et je ne pensais qu'à cela.

— Que s'est-il passé ? Comme avez-vous été capturé ?

— Après avoir été engagé dans des opérations au large de la côte ouest de l'Afrique, mon navire rentrait en Angleterre quand nous avons été attaqués par des Barbares.

Il chercha le regard de la jeune femme.

— Vous avez entendu parler d'eux, probablement ?

— Oui, j'en ai eu connaissance. Au moins pour ce que William m'en a dit. Je crois qu'ils opèrent sans ordres, attaquant les bateaux au hasard, et vendant les membres d'équipage et les passagers comme esclaves. C'est ce qui vous est arrivé ?

Ewen hocha la tête.

— Nous étions trop affaiblis pour opposer une quelconque résistance. Nous avons été capturés et emmenés enchaînés au marché de Marrakech.

Sa voix vacilla, et il marqua une courte pause.

— Pendant huit ans, j'ai rêvé de ma famille, de ma maison, et de la liberté. Je n'offenserai pas vos oreilles en entrant dans les détails de ma captivité. Je puis seulement vous dire que ce fut épouvantable. Parmi les membres d'équipage qui avaient survécu à l'attaque, certains furent envoyés dans les mines. Les moins chanceux se retrouvèrent aux galères.

— Et vous ?

— Au début, j'ai eu de la chance. J'ai retenu l'attention d'un pacha et j'ai été choisi pour être son esclave personnel. Puis ma situation a changé.

Tandis que des souvenirs brutaux l'assaillaient, Ewen sentit son visage se crisper, et sa voix prit une intonation métallique.

— Il s'est passé quelque chose. J'ai été condamné aux galères à perpétuité. Nous étions six par rame, enchaînés ensemble par les chevilles. Il n'y avait pratiquement aucun espoir de s'échapper ou de survivre.

— Mais vous y êtes parvenu.

— La galère a été prise dans une tempête au large de l'Espagne. Le capitaine a fait preuve d'une rare humanité en ordonnant aux sous-officiers d'ôter nos chaînes. Après, ce fut chacun pour soi. Il n'y eut que deux survivants.

Silencieuse, les yeux écarquillés d'horreur, Alice dévisagea Lord Tremain comme si elle le voyait pour la première fois. Il n'y avait plus aucune forme de colère en elle, seulement une immense tristesse et de la pitié.

Elle fut la première à rompre le silence, parlant d'une voix mesurée et teintée de respect malgré elle.

— Le souvenir de cette époque doit grandement vous peiner, murmura-t-elle.

— En effet.

— Amir… Votre serviteur. Il était avec vous ?

— Amir n'est pas mon serviteur. Il est avec moi

par choix et y restera tant que cela lui conviendra. Il est né en captivité. Il n'a nulle part où aller. Nous avons été enchaînés à la même rame, côte à côte, pendant douze mois. Nous sommes devenus très proches. Comme des frères.

— Quel âge a-t-il ?

— Je ne peux le dire. Vingt-trois ans, peut-être. Il ne connaît pas sa date de naissance.

— Vous êtes sauf, à présent. Mais vous avez dû éprouver une telle haine…

— La haine permet à un homme de rester en vie. Cela le rend fort.

— Avez-vous eu peur ?

— Tout le temps. Tous les jours. Toutes les nuits. C'est ainsi que l'on survit. La peur vous tient en alerte, sur vos gardes.

En un instant, l'humeur de Lord Tremain changea. Posant la main sur celle d'Alice, il lui sourit.

— Cela apaise-t-il votre curiosité, mademoiselle Frobisher ?

— Oui, répondit-elle, en déplaçant sa main afin de rompre le contact. Merci de m'en avoir parlé, Lord Tremain. J'imagine que ce doit être très difficile pour vous de le faire.

— La vérité n'est jamais facile, et je m'appelle Ewen. S'il doit régner entre nous une forme d'harmonie, alors je voudrais que nos relations ne soient pas trop formelles.

— Vous avez raison, et je vous autorise à m'appeler Alice.

Tenant les pans de sa robe de chambre étroitement croisés, afin de ne pas exposer sa nudité, Alice se leva.

— Voulez-vous dîner avec moi ? proposa Ewen Tremain après s'être levé à son tour. Cela me ferait très plaisir.

Alice eut une petite moue hésitante.

— Il faudrait que je m'habille.

— Eh bien, faites-le. Mais dînez avec moi. Le voulez-vous ?

Elle hésita encore quelques instants, avant de hocher silencieusement la tête.

Ewen l'en remercia par un sourire.

— Faisant abstraction de votre souhait d'enfiler une tenue plus appropriée, j'approuve résolument votre apparence.

Brusquement, sans lui laisser le temps de répondre, il se tourna et se dirigea vers la porte.

Puis, jetant un coup d'œil par-dessus son épaule, il ajouta :

— Reposez-vous avant le dîner. Vous souffrez de votre chute dans la mare et de votre rendez-vous manqué avec Forbes. Mais demain, après une bonne nuit de sommeil, tout aura l'air différent.

— Vous ne pouvez pas dire cela. Pour moi, rien n'aura changé.

— Je sais, mais nous discuterons ensemble de ce qu'il convient de faire.

Alice lui adressa un regard empli d'espoir.

— Vous allez m'aider ?

Ewen rit doucement.

— Comment pourrait-il en être autrement ?

C'est bien le moins que je puisse faire. C'est à cause de moi que vous n'avez pu rencontrer Forbes. Et maintenant, reposez-vous. J'ai hâte de vous retrouver au dîner.

Une fois la porte de la chambre refermée derrière lui, Ewen fut pris entre tourment et compréhension quant à ce qu'il avait lu sur le visage d'Alice, lorsque cette dernière avait évoqué sa rencontre manquée avec Duncan Forbes.

Elle semblait si tourmentée, si anxieuse à l'idée de savoir comment retrouver un père qu'elle avait cru mort.

La culpabilité qu'Ewen ressentait était immense. Pour plusieurs raisons, il aurait préféré être seul à la maison, mais il ne pouvait pas tenir Alice à l'écart et faire comme si elle n'était pas là.

Toutefois, après cette heure passée en sa compagnie, c'était exactement ce qu'il avait envie de faire. Parce qu'elle l'avait obligé à parler de choses qu'il avait soigneusement verrouillées au fond de son esprit.

Quand il était arrivé en Espagne, après des années d'esclavage, il avait juré de ne plus jamais regarder en arrière, de ne pas se demander ce que sa vie aurait pu être s'il n'avait pas été capturé.

Et pourtant, ce jour-là, à l'âge de trente ans, alors qu'il était profondément marqué par les choses qu'il avait faites et vues, il suffisait à Ewen de penser à Alice Frobisher pour céder à la tentation de s'interroger.

Si une jeune femme comme elle s'était trouvée sur sa route quand il était plus jeune, aurait-elle été capable de le sauver de lui-même, d'adoucir son cœur ? Avec une femme comme elle dans son lit, aurait-il expérimenté de la même façon les profonds sentiments qu'il avait eus pour Etta, avant qu'elle ne le trahisse ? Aurait-il trouvé quelque chose de plus durable que le simple plaisir charnel qu'il avait éprouvé entre les bras de toutes les femmes qu'il avait connues depuis et dont le visage s'était déjà effacé de son esprit ?

Bien qu'il soit seulement âgé de dix ans de plus qu'Alice, il avait des siècles d'expérience par rapport à elle. Sans compter qu'une grande partie de cette expérience n'engendrerait chez elle ni admiration, ni approbation. Et c'était déjà vrai avant même qu'il ne soit capturé par les Barbares.

Face à la jeunesse et à l'innocence d'Alice, Ewen se sentait terriblement âgé.

Vêtue d'une robe de soie violette, Alice entra dans la salle à manger comme une chaude brise d'été se faufilant par une porte ouverte.

Ewen s'approcha d'elle, un verre de vin dans chaque main.

— Vous êtes absolument ravissante, ce soir, Alice. Prenez ceci, ajouta-t-il en lui offrant un verre. Je serais enclin à dire que vous avez grand besoin d'une libation.

— Oui, dit Alice avec un vaillant sourire. Ces deux dernières journées ont été riches en péripéties.

— Cela vous fera des souvenirs auxquels repenser plus tard.

— Je ne crois pas, non, répondit-elle, avant de boire une gorgée de vin. Plus vite je retournerai à la civilisation et mettrai tout cela derrière moi, mieux je me porterai.

Il rit.

— Qui sait ce qui ressortira de notre association ? Je pourrais décider de mettre de côté mes sentiments pour Roberta, et autoriser cette dernière à épouser son vicomte. Peut-être cela me ferait-il remonter dans votre estime.

Alice ouvrit de grands yeux.

— Pourquoi feriez-vous une telle chose ? Ce que je pense de vous ne devrait pas entrer en ligne de compte.

— Étant donné que je vous ai causé un immense choc, je suis responsable de vos tourments actuels. J'aimerais donc vous être agréable. Si vous me le permettez, j'aimerais aussi passer du temps en votre compagnie. Mais, rassurez-vous, vous serez débarrassé de moi quand la neige aura fondu.

— Je ne serais pas aussi présomptueux, si j'étais vous. Ne croyez pas un instant que je vais vous permettre de me jeter sur le seuil de Lady Marchington, tel un vulgaire colis, et de disparaître sans autre forme de procès. Vous comprenez bien qu'il va vous falloir fournir quelques explications au sujet de mon enlèvement, n'est-ce pas ?

La jeune femme fit une petite moue, comme si elle était découragée.

— Lady Marchington n'aura aucune indulgence vis-à-vis de moi non plus. Je serai sévèrement réprimandée pour avoir accepté la requête de Roberta.

Ewen la conduisit à table, l'aida à prendre place, et s'assit en face d'elle.

— Je me doute qu'elle ne fera guère preuve de clémence. Cela dit, je n'ai pas l'intention de vous déposer sur son seuil. Je suis pleinement préparé à affronter la comtesse. Je n'ai pas peur d'elle.

— Je vous crois. Mais à propos qu'allez-vous faire au sujet de Roberta ?

— Si elle souhaite vraiment épouser Pemberton, alors je lui donnerai ma bénédiction.

— Elle en sera soulagée. Vous ne pouvez imaginer à quel point elle était inquiète. Pourquoi l'avez-vous laissée seule aussi longtemps ? Pensiez-vous vraiment qu'elle vous attendrait ? Même si Lady Marchington n'avait pas détourné les lettres que vous avez écrites à Roberta, ne vous est-il pas venu à l'idée qu'elle pourrait être frustrée et se sentir rejetée ?

Ewen baissa les yeux vers son verre qu'il manipulait machinalement entre ses doigts.

— En fait, mon frère est mort.

Chapitre 5

Alice resta bouche bée.

Elle ne s'attendait pas à ce qu'Ewen lui fasse une telle révélation.

— Oh ! je vois. Je suis désolée.

— Edward vivait en Écosse. À cette époque, ma famille était ma seule inquiétude. Ma mère, qui souffre de problèmes de santé, avait fait le voyage depuis la France avec son mari, mon beau-père. Elle a été bouleversée par la mort d'Edward. Il était malade depuis longtemps, et nous nous y attendions. Néanmoins, ce fut un choc pour tout le monde. Edward n'était pas marié. C'est donc moi qui ai hérité du domaine.

— En Écosse ?

Ewen hocha la tête.

— Barradine.

— Mais… Vous avez un frère aîné. Ne devrait-il pas…

— Simon a été dépossédé de ses droits au titre et au domaine quand il a pris les armes contre le roi. En outre, il est parfaitement heureux avec sa famille à Bordeaux. Il ne retournera jamais en Écosse.

— Si seulement Roberta avait reçu vos lettres ! Si elle avait su, elle aurait…

— Quoi ? Elle m'aurait attendu ?

Ewen secoua la tête, avec un petit rire.

— J'ai honte de la façon dont j'ai agi. Même si j'ai écrit, je n'aurais pas dû rester absent aussi longtemps.

— Lui parlerez-vous des lettres ?

Il secoua à nouveau la tête.

— Si la comtesse a la moindre décence, elle en parlera elle-même. Pour ma part, je préfère ne rien dire.

— Il n'a pas été facile pour Roberta de garder foi en vous. Au début, elle a refusé de croire que vous n'étiez pas honorable et vous a défendu loyalement. Elle a attendu patiemment que vous reveniez. Puis elle a commencé à douter. Et finalement, elle a rencontré Hugh Pemberton.

— J'avoue que ma fierté a été meurtrie quand j'ai appris pour Pemberton. Mais c'est peut-être mieux ainsi, finalement. Vous me dites que Roberta aime le vicomte. Il a de la chance. Nous n'avons jamais été aussi proches, elle et moi.

Alice sentit un léger sourire éclore sur ses lèvres.

— Ne parlez pas ainsi. Si vous n'y prenez garde, je pourrais commencer à être désolée pour vous.

— Croyez-moi, Alice, ce n'est pas le genre de sentiment que j'ai envie de vous inspirer.

— Et… Que voulez-vous m'inspirer ?

— Je vous le ferai savoir quand je l'aurai décidé.

Alice éclata de rire.

— Cela semble bien autoritaire.

Le regard d'Ewen pétilla de malice.

— C'était mon intention.

Le dîner fut particulièrement succulent. Mme Mullen s'était surpassée. Lorsqu'ils eurent terminé, Alice et Ewen s'installèrent au salon, devant la cheminée. Ewen souleva le couvercle d'un coffret en marqueterie empli de pralines et le présenta à Alice.

— Je ne devrais pas, murmura-t-elle. Mais elles ont l'air délicieuses. Je suis incapable de résister.

Quelques instants plus tard, elle reprit :

— Dites-moi comment c'était en mer.

— C'est loin d'être aussi passionnant qu'on pourrait le penser. Les heures étaient longues, le travail ardu…

À son tour, il croqua une confiserie.

— Et vous, Alice, pourquoi avez-vous quitté la France pour venir à Londres ? Et ne me dites pas que Paris était ennuyeux, car je ne vous croirais pas.

Un silence passa. Le bruit du vent qui avait gagné en puissance à l'extérieur résonna de façon lugubre.

— Je ne me suis pas ennuyée le moins du monde à Paris, répondit finalement Alice. En fait, ma vie là-bas me manque… mon frère, mes amis.

— Dans ce cas, pourquoi êtes-vous partie ?

Alice se leva brusquement, et Ewen la regarda se diriger vers une table où était disposé un jeu d'échecs.

— J'ai vécu une grande partie de ma vie en France. Mon éducation s'est faite à la fois en anglais et en français… Un jour, je me suis fiancée…

Ewen fut surpris de l'apprendre.

— Vraiment ? Que s'est-il passé ?

— Nous… Il n'y avait pas d'entente entre nous.

— Vous avez donc décidé de rompre ?

La jeune femme hocha la tête.

— C'est à peu près cela.

Ewen remarqua que la voix d'Alice tremblait.

— Cela n'aurait pas fonctionné, ajouta-t-elle.

— Qui a pris la décision de rompre ? Lui ?

— Non, c'était moi.

— Je vois.

En dépit de son calme apparent, Ewen était rongé de curiosité. Pourquoi Alice avait-elle mis un terme à ses fiançailles ? Quelque chose avait dû mal se passer, mais quoi ? Elle semblait agitée en en parlant.

Il décida de ne pas la questionner davantage pour le moment.

— Je suis étonné, dit-il simplement.

— Oui, je suis certaine que vous devez l'être.

Alice rit nerveusement.

— Généralement, quand des fiançailles sont rompues, c'est souvent du fait de l'homme. Celui que je devais épouser était un gentilhomme, mais ce n'était pas une bonne personne. Je ne vous cache pas que ma décision de rompre a fait scandale. William, mon frère, a donc pensé qu'il me serait profitable de passer quelque temps en Angleterre, avec l'espoir que je trouve quelqu'un d'autre à épouser.

Elle soupira.

— Et qui mieux que Lady Marchington pour m'enseigner ce qu'est une véritable lady anglaise ? La femme de William est la fille de la meilleure amie de Lady Marchington. Elle a accepté que je m'installe chez elle pour tenir compagnie à Roberta.

Les lèvres de la jeune femme se tordirent en une moue amère.

— Je ne doute pas qu'une fois que Roberta aura épousé le vicomte Pemberton Lady Marchington me mariera avec le premier prétendant disponible.

Ewen se leva et la rejoignit devant la table de jeu.

— Oh ! ma chère, j'en déduis que cela ne vous agrée pas.

— En effet.

— Mais, que voulez-vous faire de votre vie ?

— Pour commencer, retrouver mon père… À condition que M. Forbes n'ait pas menti, et qu'il soit réellement en vie. Je ne trouverai pas de repos tant que ce ne sera pas fait.

— Vous n'évoquez pas le désir d'être libre, remarqua Ewen.

— Je crois que vous connaissez déjà ma position sur le sujet.

Alice lui glissa un sourire narquois, avant de reprendre, d'un ton plus sérieux :

— Étrangement, ma liberté a cessé d'être une priorité.

Alice fixait Ewen sans réellement le voir.

L'image de Philippe la taraudait. Il l'avait souillée de façon irrémédiable, et le chagrin qu'elle éprouvait à cette évocation était insupportable.

— Que se passe-t-il, Alice ? Quelque chose ne va pas ?

La voix rauque d'Ewen s'immisça dans ses pensées.

Alice entendit son inquiétude. Puis elle sentit la pression de sa main sur son bras et elle reprit pied dans la réalité.

Elle ne put retenir une larme unique qui roula sur sa joue.

Lentement, elle secoua la tête, honteuse d'avoir laissé transparaître ses sentiments.

Elle autorisa Ewen à la reconduire vers la banquette, où elle s'assit à côté de lui. Puis sa fierté reprit le dessus. Elle était membre de la gentry écossaise, avec un vigoureux et fier héritage derrière elle. Il lui fallait tourner la page sur ce qui s'était passé.

Philippe lui avait appris à attendre le pire venant d'un homme.

Quel mauvais juge de caractère elle avait été. Naïve et complètement innocente, elle n'avait pas pu s'imaginer combien son promis pourrait se montrer convaincant.

Durant la courte période de leurs fiançailles, il l'avait tenue en son pouvoir. Il avait été charmant, jusqu'à ce qu'il réussisse à la mettre dans son lit, où il avait abusé d'elle de la plus cruelle façon.

Au début, elle avait accepté stoïquement ce qu'il se passait, croyant que cela faisait partie des fiançailles. Mais, d'une étrange façon, elle n'avait pas laissé les actes qu'il avait commis sur sa personne l'entacher de leur obscénité.

Elle avait compris que, si elle ne s'éloignait pas de lui, et non seulement de lui mais de la vie qu'il la forcerait à mener, elle serait perdue à jamais.

Quand elle avait rompu, il l'avait durement critiquée, l'accusant d'être froide, passive… Il l'avait diffamée en public, mettant en cause sa moralité, et déclarant qu'il était beaucoup mieux sans elle. Sa disgrâce avait été si totale, que la mort n'aurait peut-être pas été pire.

Pour autant, avait-elle tort de juger tous les hommes à l'aune de ce monstre qu'avait été Philippe ? En particulier Ewen Tremain ?

Ewen posa la main sur la joue d'Alice et balaya sa larme du bout du pouce.

À ce contact, la jeune femme se figea, comme si elle avait peur. Puis elle tourna son visage rougissant vers lui.

Il songea qu'elle était jeune et désirable. Le

savait-elle ? Son visage était à ce moment-là un masque incompréhensible d'émotions retenues, et Ewen ne pouvait suivre le cours de ses pensées.

Alice croisa son regard et sourit.

Voilà qu'ils étaient là, rien que tous les deux, dans cette pièce confortable et chaleureuse, alors que les éléments se déchaînaient à l'extérieur.

— Veuillez m'excuser, murmura-t-elle, j'ai laissé mes pensées dériver.

La lumière du feu révéla un pli soucieux sur son front, tandis que ses sourcils se rejoignaient en une mimique songeuse.

— Je pensais à mon père.

Était-ce vraiment cela qui tracassait la jeune femme ? songea Ewen.

— Il semble si peu probable qu'il ait survécu, ajouta Alice.

— Je vois combien vous êtes inquiète. Vous avez ma parole qu'une fois que nous serons de retour à Londres je ferai tout mon possible pour vous aider à retrouver ce Duncan Forbes.

Observant son visage aux traits forts et virils, Alice sut qu'Ewen ferait ce qu'il disait.

Malgré elle, son visage s'empourpra violemment.

Il y avait encore en elle beaucoup d'innocence et de timidité malgré les épreuves qu'elle avait traversées, et cet homme semblait avoir le don de les faire remonter à la surface.

Malgré le ressentiment qu'elle éprouvait pour lui, elle était exagérément consciente de sa présence, de son corps puissant, de son visage aux traits rudes mais infiniment séduisants.

Petit à petit, sans le vouloir, elle s'était laissée circonvenir par son charme.

Elle essaya de modifier ses pensées, trouvant ses émotions détestables.

Mais Ewen lui effleura la main, et ce contact lui coupa le souffle. La chaleur de sa peau allumait un incendie dans ses veines, et l'intensité de ses yeux gris la transperçait jusqu'au plus profond de l'âme. La puissance de son regard la pétrifiait, faisant courir des frissons le long de sa colonne vertébrale.

Cela ne ressemblait à rien de ce qu'elle avait pu vivre jusqu'à présent.

Confuse, Alice détourna brièvement le regard. Elle était irritée par la façon dont son hôte avait démantelé son attitude supérieure, la posture qu'elle avait prise pour se sauver de lui.

Ewen l'observait, le regard indéchiffrable.

Aimantée par ces prunelles grises, Alice se passa innocemment la langue sur les lèvres.

L'espace d'un instant, elle fut à nouveau assaillie par le souvenir de Philippe. Son sang se figea, et un grand froid s'abattit sur elle, la laissant terrorisée. Philippe l'avait-il marquée de son sceau diabolique, la laissant incapable de répondre à la caresse d'un amant ?

Son esprit se rebella.

Non, Philippe ne triompherait pas.

Sans se rendre compte de ce qu'elle faisait,

Alice se pencha vers Ewen et lui effleura les lèvres d'un baiser.

Pourtant, l'idée de l'embrasser ne lui avait jamais traversé l'esprit. C'était comme une impulsion sortie de nulle part.

À l'évidence, Ewen fut choqué, mais il s'en remit très vite et l'embrassa en retour avec un enthousiasme non dissimulé. Il n'y avait rien d'hésitant dans ce baiser. Il fut instantanément passionné, remarqua Alice.

Après un moment, elle se ressaisit et repoussa Ewen en hoquetant.

— Oh ! Seigneur… Je… Je ne sais pas ce qui s'est passé.

Ewen haussa un sourcil, l'air ironique.

— Vous m'avez embrassé.

— Je… Je n'en avais pas l'intention. Je vous en prie, veuillez m'excuser.

Choquée et honteuse de ce qu'elle avait fait, Alice sentit un grand froid l'envahir, comme si son sang se retirait de ses veines.

Comment avait-elle pu se laisser aller à faire une chose pareille ?

Elle tourna la tête, mordant sa lèvre tremblante.

Le geste d'Alice, pour audacieux qu'il soit, avait laissé Ewen complètement enchanté.

Cette innocence était tellement rafraîchissante.

La jeune femme était intacte et pure, si inexpérimentée qu'elle n'avait pas conscience de l'effet que cela avait produit sur lui. Ce qui faisait naturellement tout son charme.

Mais, était-elle vraiment si innocente que cela ?

Un doute s'insinua soudain dans l'esprit d'Ewen.

Elle avait été fiancée et avait mis fin à cet engagement. Pourquoi ? Quelle raison avait pu l'y pousser ?

Et voilà qu'elle prenait l'initiative de l'embrasser, ce qu'aucune autre femme n'avait fait avant elle.

Sauf Etta.

Ce qu'il avait vécu avec elle au début avait été parfait. Intense, passionné... Et c'était pour cette raison que sa trahison l'avait tellement affecté.

Mais il se montrait injuste envers Alice. Il ne la connaissait pas assez bien pour préjuger de son caractère. Et il était évident qu'elle n'avait rien en commun avec Etta.

— Il n'y a rien à pardonner, dit-il.

Il prit le menton d'Alice entre ses doigts et tourna son visage vers le sien.

— Je suis content que vous l'ayez fait, ajouta-t-il.

Et, sans lui laisser le temps de réagir, il l'embrassa à nouveau.

Alice avait envie de se dégager, mais la poigne d'Ewen était solide, et sa propre volonté était faible.

Elle sentit la main d'Ewen courir sur son corps. Elle se crispa lorsque sa large paume se referma sur son sein.

Ses caresses étaient d'une extrême douceur, et Alice se laissa aller aux délicieuses sensations qui l'envahissaient et qu'elle n'avait jamais ressenties avec Philippe.

Et puis soudain elle se demanda ce qu'elle était en train de faire.

Elle était une femme respectable, et voilà qu'elle se laissait toucher et caresser par un homme qu'elle connaissait à peine. Un homme qui s'était mal comporté à son égard et qu'elle avait toutes les raisons de tenir à distance.

Que lui arrivait-il ?

Ewen continuait à parcourir son corps de caresses, ses gestes se faisant plus audacieux.

— Arrêtez ! cria-t-elle soudain, en repoussant sa main.

Ewen soupira et se redressa.

— Comme vous voudrez, dit-il, avec un regret évident dans la voix.

Il chercha son regard, mais Alice détourna la tête, bouleversée jusqu'au plus profond de son être.

— C'est ma faute, admit-elle. L'erreur vient de moi. J'ai agi de façon inconsidérée.

Elle esquissa un sourire embarrassé.

— Cependant, ne croyez surtout pas que j'en fais une habitude.

— J'allais dire la même chose.

— Je ne sais pas ce qui m'a pris.

— Le regrettez-vous ?

Alice hocha vigoureusement la tête.

— Oui, bien sûr que je le regrette. Pendant un moment, j'ai oublié qui vous étiez et ce que vous m'aviez fait.

— Je pensais que nous avions dépassé cela.

Lentement, il leva la main, et Alice lutta contre le besoin de fuir, alors qu'il lui touchait la joue.

Tout son corps trembla, et il lui fallut une immense volonté pour ne pas broncher tandis qu'Ewen suivait du bout des doigts les pleins et les déliés de son visage.

Il l'observait avec curiosité, et Alice vit passer une étrange flamme dans son regard.

Immédiatement, elle quitta le fauteuil, pivota sur ses talons, et s'enfuit.

Elle entendit qu'Ewen l'appelait mais continua à courir, en proie à la panique.

Une fois dans sa chambre, la porte soigneusement fermée derrière elle, Alice s'autorisa à reprendre son souffle.

Était-ce le soulagement d'avoir échappé à son ravisseur ? La fatigue provoquée par sa course ? Ou simplement la peur ? Quoi qu'il en soit, son cœur battait à tout rompre.

Les jambes tremblantes, elle appuya son dos contre le solide panneau de bois, en espérant confusément qu'il la protégerait contre Ewen Tremain et les nouvelles et contradictoires émotions dont elle était la proie.

Soudain elle ressentit, à se tenir là toute seule, le cœur cognant fort contre sa cage thoracique, qu'il y avait en elle un vide dont elle n'avait jamais voulu jusqu'à présent reconnaître l'existence, un peu comme s'il s'y trouvait une horloge qui aurait cessé de fonctionner.

*
* *

Le lendemain, le soleil fit une rare et brillante apparition, dispersant partiellement la neige. Le parc et les bois se transformèrent en une masse spongieuse et dégoulinante.

Alice était toujours horrifiée et mortifiée par ce qu'elle avait fait la veille, et beaucoup plus profondément choquée qu'elle ne l'aurait pensé.

C'est pourquoi, réticente à affronter son ravisseur, elle garda la chambre, se faisant monter ses repas et écoutant le bruit répétitif de la neige qui fondait sur le toit.

Elle s'obligea à étouffer toutes pensées et sentiments à l'égard d'Ewen, après l'expérience de la veille.

C'était quelque chose qu'elle voulait vraiment oublier. Elle espérait que c'était le cas aussi pour Ewen, mais elle en doutait.

Plus rien n'était pareil à présent.

Elle avait été enlevée par un homme qui s'était par ailleurs mal comporté avec sa meilleure amie. Une femme honnête et décente aurait haï son ravisseur et tout ce qu'il représentait. Elle l'aurait évité comme la peste et aurait tout fait pour échapper à ses griffes.

Mais elle n'était pas une femme respectable et elle n'avait rien fait de la sorte, songea Alice, avec amertume et écœurement envers sa propre personne.

Au lieu de cela, elle s'était jetée sur lui et l'avait embrassé.

Ce faisant, elle avait eu l'impression de faire entrer quelque chose de troublant et de dangereux dans sa vie.

Son geste avait été guidé par une vigoureuse impulsion, elle-même intensifiée par la conscience que cela ne devait pas se produire.

En fait, elle avait découvert que son attitude à l'égard d'Ewen avait complètement changé.

Ce mélange de douceur et de passion en lui quand il avait répondu à son baiser avait laissé transparaître quelque chose de l'homme qu'il était vraiment sous la surface rude et expérimentée qu'il affichait, et cela avait suffi à faire fondre la résistance d'Alice.

En tout cas, elle se sentait soulagée qu'il ne l'ait pas poursuivie de ses assiduités. Cela dit, elle serait bien obligée de l'affronter un jour ou l'autre.

Elle décida de voir ce qu'il en serait le lendemain. Les routes seraient probablement praticables, et elle ne serait peut-être pas obligée de rester plus longtemps à Mercotte Hall.

Le lendemain matin, Alice était déjà levée et habillée avant même que Lily ne lui ait apporté son petit déjeuner.

Même si de grandes plaques blanches demeuraient visibles à l'abri des murs et des buissons, le chemin était à présent dégagé.

Il était temps de partir, et Alice n'avait pas

l'intention de perdre une minute pour se mettre en route.

Le dégel semblait avoir levé la chape de plomb qui pesait sur la maison depuis son arrivée. Après avoir vaqué à travers la chambre avec vivacité et enthousiasme, Lily faisait maintenant voltiger ses mains tandis qu'elle passait vigoureusement la brosse dans les boucles noires d'Alice.

En un rien de temps, Alice fut coiffée et prête à rencontrer l'homme qui avait profondément bouleversé sa vie.

Dédaignant sa propre cape, elle couvrit ses épaules d'un luxueux vêtement doublé de fourrure et doté d'une large capuche, qui avait été prévu pour Roberta, et quitta la chambre.

En haut de l'escalier, elle marqua une pause pour se donner une contenance.

Posant une main sur son cœur, dans un effort dérisoire pour en calmer les battements effrénés, Alice observa d'un regard absent une servante qui épongeait une flaque d'eau près de la porte.

S'obligeant à descendre les marches, elle traversa ensuite le hall en faisant claquer ses talons sur le sol de marbre et s'approcha du salon, dont la double porte était ouverte en grand.

Faisant face à la cheminée, Ewen semblait perdu dans la contemplation des flammes.

Grand, les hanches étroites et les épaules larges, il était aussi attirant de corps que de visage.

Entièrement vêtu de noir, un pied botté posé sur la base du pare-feu en cuivre, il était tout à fait conforme à l'idée qu'on pouvait se faire d'un lord.

Puisant en elle un peu de courage, Alice toussota pour signaler sa présence.

Tournant la tête, Ewen l'étudia de la tête aux pieds, avant de croiser son regard d'un air interrogateur.

— Je sais que vous aviez prévu cette cape pour Roberta, commença Alice. Mais, compte tenu des circonstances, je suis sûre qu'elle ne s'offusquera pas de mon emprunt, étant donné qu'elle aura bientôt un mari pour lui offrir des vêtements aussi précieux.

Ewen se rembrunit.

Cela l'ennuyait qu'on lui rappelle Roberta mais, étrangement, ce n'était pas pour la raison qu'Alice pouvait imaginer.

Son sentiment de culpabilité le rongeait.

C'était comme s'il avait tourné le dos à tous les engagements qu'il avait pu prendre avec Roberta avant son absence.

Cela dit, s'il y réfléchissait un peu, Roberta s'était assez vite consolée.

— Je souhaiterais partir, dit Alice d'un ton ferme. Je suis sûre que les routes ne sont plus aussi mauvaises à présent. Je vous serais reconnaissante de m'escorter jusqu'à Londres. Vous ne pouvez pas me garder ici plus longtemps.

— Et je ne le souhaite pas non plus.

Il observa longuement Alice, tandis que les

flammes dessinaient d'étranges reflets sur son visage.

— Vous m'en voulez toujours, Alice.

— Pas le moins du monde. Qu'est-ce qui vous fait croire une telle chose ?

— Vous n'avez cessé de m'éviter.

Semblant mal à l'aise, Alice rougit.

— Oui, c'est vrai. Mais, je vous en prie, ne m'humiliez pas davantage. Je pense que c'est le vin qui m'a encouragée à m'oublier, mais vous avez ma promesse que cela ne se reproduira plus. Je n'étais pas moi-même et j'apprécierais que vous n'en fassiez plus jamais mention.

— Comme vous voudrez. Mais, moi, je ne pourrai jamais l'oublier, aussi longtemps que durera ma vie.

— Je vous en prie, permettez-moi de m'en aller.

— Vous êtes bien pressée.

Elle rougit à nouveau. Et c'était si charmant qu'Ewen reconnut, à part lui, qu'il adorait faire ainsi monter la couleur à son visage.

— Il faut que je parte d'ici.

Ewen hocha la tête.

Depuis que la beauté brune avait précipitamment quitté le salon après leur baiser, ses pensées avaient été entièrement centrées sur elle.

Il en avait presque occulté les circonstances qui avaient conduit la jeune femme à Mercotte Hall.

— À votre guise. Le temps paraît s'être amélioré, et je crois que les routes sont praticables. Il me semble cependant qu'il nous sera plus facile de gagner la ville à cheval. C'est pourquoi j'ai demandé que l'on mette deux montures à notre disposition.

Alice écarquilla les yeux.

— Donc, vous aviez l'intention de me ramener aujourd'hui ?

— Je vous avais dit que je le ferais dès que les conditions le permettraient.

Il désigna la porte d'un signe de tête.

— Y allons-nous ?

Tout en enfilant ses gants, Alice trottinait dans le hall derrière Ewen.

Ajustant sa capuche sur sa tête, elle sortit sur le perron et observa l'environnement.

Même si le soleil brillait intensément, se reflétant sur les vitres et les épais monticules de neige, un vent froid rafraîchissait l'atmosphère.

Lentement, Alice descendit les marches, et se dirigea vers Taff et Hicks qui tenaient les rênes de deux chevaux.

Ewen, qui avait de son côté enfilé sa cape, lui indiqua la monture la plus petite et la plus fine, une jument baie. Avec ses grands yeux expressifs, sa longue crinière parfaitement brossée et sa silhouette gracieuse, l'animal était d'une qualité tout à fait appropriée pour une lady.

— Il vous sera peut-être plaisant de savoir que j'ai choisi avec soin cette jument pour vous. Elle est superbe, n'est-ce pas ?

— Absolument, répondit Alice qui ne pouvait cacher son plaisir, tandis qu'elle inspectait l'animal.

Elle était touchée qu'Ewen ait sélectionné pour elle une monture aussi élégante.

La selle d'amazone et les brides étaient également de toute beauté.

— Il me semble que je vais faire mon entrée à Londres en grande pompe, remarqua Alice.

Elle leva les yeux vers Ewen et lui sourit gentiment.

— Je ne m'attendais pas à ce que vous vous donniez autant de peine. Merci.

La soulevant sans effort, Ewen la hissa en selle. Alice prit un moment pour ajuster sa cape et sa robe et accepta la courte cravache que lui tendait Hicks.

— Avez-vous besoin de quelque chose ? demanda ce dernier.

Comme Alice secouait la tête, il insista :

— Vous avez assez chaud ? Vous êtes bien assise ?

Elle inclina la tête.

— Parfaitement. Merci. Pouvons-nous y aller ? s'enquit-elle, s'adressant à Ewen.

Ewen se hissa en selle et rassembla ses rênes.

Il se tourna vers Alice, tandis qu'Amir mettait sa monture au trot pour les rattraper.

— Amir va nous accompagner. Si vous avez besoin de quoi que ce soit, appelez-le.

Ewen fit un signe de main à ses deux serviteurs

puis, d'un léger coup de talons dans les flancs, mit son cheval au pas.

Il prit la tête du convoi, et ils empruntèrent le chemin jusqu'à la grille.

Souple et humide sous les sabots des chevaux, le sol était encore marqué ici et là par des plaques de neige. Redoutant de glisser, Alice avançait très lentement, déterminée à arriver à Londres en un seul morceau.

Peu à peu, alors qu'ils chevauchaient sur la route, elle commença à se détendre.

Se pouvait-il que ce soit la présence de son compagnon de voyage qui l'apaise ainsi ?

Les deux jours qui venaient de s'écouler avaient mis à mal ses émotions. Le peu de temps qu'elle avait passé avec Ewen, à l'ombre des murs de Mercotte Hall, avait érodé ses défenses. Les chaleureuses et aimables manières de son ravisseur avaient fait naître un changement en elle.

Observant l'homme qui chevauchait devant elle, Alice fit le constat que le cavalier et sa monture semblaient ne faire qu'un. Il fallait une main ferme pour contrôler l'étalon, mais Ewen le faisait avec une aisance que seule pouvait apporter l'expérience. Il fallait voir avec quelle douceur il commandait le puissant animal, d'un léger mouvement de rêne, ou d'un discret placement de pied. Le cheval dansait presque en dessous de lui, comme s'il appréciait la manière de faire de son maître.

Ewen agissait-il de même avec les dames, dosant subtilement douceur et pression ? Auquel cas, il devait être difficile de lui résister…

Il était midi quand ils arrivèrent dans les faubourgs de Londres.

— Duncan Forbes. Où peut-on le trouver ? demanda soudain Ewen. Vous a-t-il donné une quelconque indication ?

— Il a dit qu'il était hébergé à Southwark, à la taverne Hart, répondit Alice. Mais, comment pourrai-je m'y rendre ? Lady Marchington me surveille comme le lait sur le feu et, après cet épisode, elle ne m'autorisera plus à quitter la maison. En outre, M. Forbes a peut-être quitté cet établissement à l'heure qu'il est.

— S'il a des informations à échanger contre de l'argent, il sera toujours au même endroit. Mais ne vous mettez pas martel en tête pour savoir comment le retrouver. Laissez-moi m'en occuper. J'irai avec Amir.

— Nous pourrions y aller maintenant. Avant que vous ne me raccompagniez à Hislop House.

Ewen se tourna sur sa selle et lui lança un regard sévère.

— Certainement pas, Alice. Ne soyez pas ridicule.

Alice réprima un mouvement d'humeur.

— Je vais avec vous, décida-t-elle. Ce sont mes affaires, et j'insiste pour parler à M. Forbes.

— Les tavernes de Bankside ne sont pas des endroits qui conviennent aux jeunes femmes respectables.

— Je n'en doute pas, mais j'ai pris ma décision. J'irai. Donc, plus vite nous aurons terminé cette discussion et traversé le pont, plus vite ce sera fini.

Elle s'attendait à ce qu'Ewen argumente encore, mais il se contenta de hausser les épaules.

— Je doute que vous me laissiez en paix tant que je n'aurai pas consenti. Vous êtes une femme têtue, Alice Frobisher.

— Vous n'êtes pas le premier à me le dire. Quoi qu'il en soit, je viens avec vous, Ewen. Cela me concerne. Si nous y allons maintenant, Lady Marchington n'en saura rien.

Bankside, situé sur le versant sud de la Tamise, était un lieu de débauche.

Ils menèrent prudemment leurs chevaux à travers des rues encombrées de piétons, de porteurs équipés de charrettes à bras, et de toutes sortes de véhicules. D'étroites allées, où des chiens fouillaient des tas d'ordures, menaient à des courettes et des jardinets mal entretenus.

La taverne Hart semblait plus propre que les autres brasseries du quartier. Ewen héla un domestique qui traînait dehors pour qu'il s'occupe de leurs montures.

À l'intérieur, un lit de sciure fraîche avait été répandu, et un feu nourri réchauffait la salle. Des clients étaient attablés autour d'une chope de bière qu'accompagnait un assortiment de viandes et de fromages, ainsi que d'épaisses tranches de pain.

Ewen parla à l'aubergiste, qui confirma que Duncan Forbes avait bien une chambre chez lui. Il envoya un jeune valet vérifier s'il était là, mais le garçon revint en secouant la tête.

— C'est un habitué, précisa l'aubergiste. Il va et il vient.

— Nous allons l'attendre, décida Ewen.

Ils prirent une table dans le bow-window, d'où ils pourraient surveiller la rue.

L'aubergiste leur apporta de la bière, du vin, et un peu de nourriture.

Incapable de manger quoi que ce soit, Alice se mit en devoir d'observer les hommes qui passaient dans la rue.

Au bout de trente minutes, sa patience fut récompensée.

— Le voilà ! s'exclama-t-elle, légèrement essoufflée, tandis qu'elle regardait Duncan Forbes émerger de la foule et se diriger vers la taverne.

Duncan n'était pas rasé, et ses vêtements avaient connu des jours meilleurs.

À bout de ressources, il commençait à se ronger les sangs. Il avait pourtant fait des études et aurait pu aspirer à un emploi décent, mais la vie ne lui avait pas fait beaucoup de cadeaux.

Et surtout pas ces derniers temps.

Il comptait sur l'argent de Mlle Frobisher, en échange de renseignements sur son père, mais elle avait été enlevée juste sous son nez par deux hommes qui l'avaient jetée au fond d'un coche.

En entrant dans la taverne, Duncan regarda machinalement autour de lui et fut surpris de découvrir ladite personne, encadrée par deux hommes.

Il s'adressa à Mlle Frobisher.

— Que se passe-t-il ?

Un homme à la stature imposante, entièrement vêtu de noir, se leva et lui indiqua une chaise.

— Voulez-vous vous joindre à nous, monsieur Forbes ?

Mal à l'aise, ne sachant à quoi s'en tenir, Duncan obéit néanmoins.

Son regard fit l'aller-retour entre le gentleman et son compagnon à la peau mate.

À nouveau, il quêta une information auprès de Mlle Frobisher.

— Qui sont-ils ?

— Des amis. Pensiez-vous que je viendrais seule ici ?

— J'ai cru comprendre que vous aviez des informations sur le père de Mlle Frobisher, dit le gentleman. Elle devait vous rencontrer, il y a quelques jours, mais elle en a malheureusement été empêchée.

— Je sais. J'étais là et j'ai tout vu. Je ne pensais pas la voir réapparaître. Que voulez-vous ?

— Cette information, si vous le voulez bien.

Le gentleman se cala contre son dossier et le fixa sévèrement.

Duncan ne s'en laissa pas conter et soutint son regard.

La tension entre eux devint palpable, tandis qu'ils s'affrontaient, ni Duncan ni le gentleman n'étant décidés à lâcher prise.

— Et si je ne veux pas ? lança finalement Duncan.

— Je vous en prie, dites-le-moi, demanda Mlle Frobisher d'un ton suppliant. J'ai l'argent que vous avez demandé… Voici.

Elle plaça une bourse sur la table, entre eux.

— Cent livres.

Duncan tendit la main, mais le gentleman s'empara de la bourse.

— Dites-nous d'abord ce que vous savez au sujet de Iain Frobisher. Si vous mentez, vous aurez affaire à moi. Est-il vrai qu'il est en vie ?

Duncan hocha la tête.

— Il l'était la dernière fois que je l'ai vu.

— Quand était-ce ?

— Il y a huit mois.

— Où l'avez-vous vu ?

— Ici, à Londres. Dans le quartier de Lambeth.

— Il y est toujours ? demanda Mlle Frobisher, d'un ton empli d'espoir.

Duncan secoua la tête.

— Il est parti. Il a dit qu'il rentrait chez lui.

— Chez lui ? Qu'entendait-il par là ? Sa maison ne se trouve-t-elle pas à Londres ?

— Non, en Écosse.

— Comment était-il ? Avait-il l'air en bonne santé ?

— Il n'avait pas l'air en forme. Mais il ne m'a pas dit grand-chose. À part qu'il voulait rentrer chez lui.

— Ne savait-il pas que sa famille avait réussi à se réfugier en France ?

— Il croyait qu'il n'avait plus de famille, que sa femme et ses enfants avaient trouvé la mort dans l'incendie de leur maison.

— Mais vous, quand vous avez vu mon nom dans les journaux, comment avez-vous su que j'étais sa fille ?

Duncan haussa les épaules.

— Je l'ignorais. Mais, Frobisher n'est pas un nom si courant que cela. J'ai tenté ma chance.

— Pouvez-vous me dire autre chose ? Où il vivait jusqu'à présent… Avec qui il était…

— Je suis désolé. Je vous ai dit tout ce que je savais.

Mlle Frobisher prit la bourse que tenait le gentleman et la lui remit.

— Merci, monsieur Forbes.

Ewen attendit que la taverne soit loin derrière eux, avant de tourner la tête et de regarder Alice, qui chevauchait à côté de lui.

Regardant devant elle, elle ne lui prêtait pas

attention. En lui voyant l'air si préoccupé, Ewen pouvait presque deviner sa frustration.

— À quoi pensez-vous, Alice ?

Elle tourna brièvement les yeux vers lui.

— J'ai beaucoup de choses en tête.

— Avez-vous cru ce que disait Forbes ?

— Il le faut bien. Mais je ne sais pas quoi faire. Je n'ose imaginer mon père se retrouvant seul en Écosse, sans famille, et dans l'incapacité de réclamer la restitution de ses propriétés.

Prenant visiblement sur elle, elle lui sourit.

— Mais ne vous inquiétez pas. Je vais trouver quelque chose.

Ils chevauchèrent à travers les rues encombrées de Piccadilly et arrivèrent enfin à Hislop House.

Pour impatiente qu'Alice soit de rentrer, elle éprouvait une profonde hésitation à mettre pied à terre et à entrer dans la maison où elle allait devoir affronter la colère de Lady Marchington.

De son côté, Ewen se surprit à observer sa compagne de voyage et à ressentir un soudain et pressant besoin de la revoir rapidement après qu'ils se seraient quittés.

Son intention avait été de disparaître dès qu'il l'aurait remise saine et sauve entre les mains de la comtesse, mais cela, c'était avant qu'elle ne l'embrasse.

Le souvenir de la façon dont elle s'était abandonnée dans ses bras, la douceur envoûtante de son baiser… Tout cela l'avait grandement perturbé.

D'une beauté peu commune, Alice exerçait sur lui une emprise à laquelle il ne s'attendait pas. Et, s'il ne se reconnaissait pas comme étant amoureux d'elle, tant s'en faut, il était fasciné par elle.

Peut-être était-ce parce qu'il avait soudain découvert sa vulnérabilité qu'il éprouvait ce besoin de la protéger…

Peut-être était-ce sa candeur qui le touchait autant, ou bien la douceur de ses lèvres, ou encore le bleu si étrange de ses yeux…

La tragédie qu'il avait vécue à cause des Barbares avait brouillé ses émotions. Ses relations avec les femmes se limitaient depuis à l'aspect charnel.

Et pourtant, comprenait-il non sans étonnement, la vie pouvait encore le surprendre.

Lui qui n'avait jamais eu besoin de personne vibrait d'un besoin presque douloureux de sentir encore une fois sur les siennes les douces lèvres de cette jeune femme qu'il connaissait à peine. Même s'il avait éprouvé un léger manque de confiance quand elle avait pris l'initiative de l'embrasser, redoutant qu'elle ne soit comme Etta.

Mais, prenant en compte la façon brutale avec laquelle elle avait été enlevée, Ewen comprenait qu'Alice ait toutes les raisons de lui en vouloir.

En dépit de tout cela, il était réticent à se trouver séparé d'elle. Durant le voyage vers Londres, il s'était désespérément creusé la tête afin de trouver une excuse pour pouvoir rester avec elle.

Il en était arrivé à la conclusion qu'il n'y avait qu'une seule chose qu'il pouvait faire.

Alice lui sourit tandis qu'il l'aidait à descendre de cheval.

— Eh bien, Ewen, nous voici arrivés.

Les mains en appui sur ses bras, elle sauta gracieusement à terre.

— Savez-vous vous incliner respectueusement, et faire le baise-main ? demanda-t-elle.

— Je sais faire beaucoup de choses, Alice, répondit Ewen en tendant les rênes des deux chevaux à Amir. Mais les mondanités ne figurent guère à mon registre. Je m'attends à subir les foudres de Lady Marchington, cependant je n'ai pas peur d'elle.

Il prit le bras d'Alice et l'escorta vers les marches, prêt à affronter les ennuis qui l'attendaient, quels qu'ils soient.

Chapitre 6

Simpson ouvrit la porte.

En découvrant Alice sur le seuil, il se redressa, ses sourcils s'arquant de surprise, son regard exprimant un immense soulagement.

— Mademoiselle Frobisher !

— Oui, c'est moi, Simpson.

Elle se glissa dans le hall, suivie d'Ewen.

— Lady Marchington est-elle là ?

— En effet. Elle se trouve dans le boudoir avec Mlle Hislop, et elles seront bien soulagées toutes les deux de découvrir que vous êtes rentrée saine et sauve.

Ils suivirent Simpson qui ouvrit cérémonieusement une porte sculptée, avant de s'écarter pour leur livrer le passage.

Roberta bondit du canapé en poussant un cri étranglé et se précipita vers Alice.

Lady Marchington, quant à elle, lui lança un regard assassin.

Se levant avec une grâce étudiée de son fauteuil

disposé près de la cheminée, elle observa Ewen d'un air accusateur.

— Je me demandais quand vous la ramèneriez, dit-elle d'un ton pincé. Avez-vous la moindre notion de la gravité de la situation ? Ce que vous avez fait est outrageant. J'étais sur le point d'envoyer les *constables* à sa recherche.

— Dans ce cas, je suis heureux de vous avoir épargné cette peine, répliqua Ewen sur le même ton. Mais une chose m'étonne. Comment saviez-vous qu'Alice était avec moi ?

— Lorsque Roberta m'a parlé de la lettre que vous lui aviez envoyée, j'ai tout de suite compris qu'Alice ne pouvait être qu'avec vous.

Du coin de l'œil, Alice observait Ewen.

Se rappelant combien il était furieux la dernière fois qu'il avait quitté cette maison, elle savait comme cela devait être difficile pour lui.

— Oh ! Alice ! s'exclama Roberta, en la serrant dans ses bras avec enthousiasme, j'étais tellement inquiète. J'ai cru que tu ne reviendrais jamais. Et je te retrouve, toujours aussi belle, bien qu'un peu pâle. J'espère que tu as été bien traitée.

Lorsque le regard de Roberta se porta au loin, et qu'elle découvrit Ewen, elle se mit à balbutier.

— Oh ! Lord Tremain…

Elle rougit violemment.

— Je… Je ne m'attendais pas…

— Assieds-toi, Roberta ! ordonna la comtesse. Tu te donnes en spectacle.

Obéissante, Roberta se percha sur l'extrême

bord de son siège et croisa sagement les mains sur son estomac.

Une lueur de haine féroce dans le regard, Lady Marchington s'adressa de nouveau à Ewen.

— Ce que vous avez fait, Lord Tremain, est inqualifiable. N'avez-vous pas pensé à notre inquiétude ? Qu'espériez-vous obtenir ainsi ?

— Roberta. On voulait me prendre ce qui m'appartenait, et mon intention était de faire savoir que je m'y opposais.

Ewen se tourna vers son ancienne fiancée et plongea les yeux dans le regard empli d'appréhension de la jeune femme.

Il était certain que la comtesse ne lui avait pas parlé des lettres, et Ewen n'avait pas l'intention d'ajouter à son trouble en évoquant cela.

— Roberta, je ne sais comment m'excuser pour ma conduite envers vous. Je vous demande pardon si mon absence et le manque d'explications de ma part vous ont causé de la peine. Je peux simplement vous dire que mon frère Edward qui vivait en Écosse est décédé. Ma mère était désespérée, et il était important que je reste avec elle.

La compassion se lut immédiatement sur le visage de Roberta.

— Oh ! je suis tellement désolée. Si seulement vous m'en aviez fait part… J'aurais compris, naturellement. Comment va votre mère à présent ? Mieux, j'espère.

— Beaucoup mieux. Elle est retournée en France, avec mon beau-père et mon oncle.

Laissant passer un bref silence, Ewen ajouta :

— De tout mon cœur, je vous souhaite d'être heureuse avec le vicomte Pemberton.

Le sourire de Roberta fut éblouissant.

— Merci.

— Vous vous en tirez bien, Lord Tremain, commenta froidement Lady Marchington. Roberta a trop bon cœur. Cependant, je m'attendais à mieux de votre part. Vous agissez comme un jeune garnement. Pas comme un homme de votre condition et de votre expérience.

— Je suis d'accord avec vous.

— Dois-je croire que votre conscience s'est réveillée, et que vous êtes venu vous excuser d'avoir enlevé Mlle Frobisher ?

— Ma conscience n'a rien à voir avec cela. Mais je regrette profondément ce que j'ai fait. J'aurais dû demander à vous rencontrer à nouveau, afin de parler de mes fiançailles avec Roberta.

— Où avez-vous emmené Mlle Frobisher, et pourquoi n'êtes-vous pas revenus plus tôt ?

— Nous étions chez mon oncle, à Mercotte Hall, au nord de Londres. Le mauvais temps nous a empêchés de prendre la route avant ce jour. Je vous donne ma parole que Mlle Frobisher a été bien traitée.

— C'est fort possible, mais vous avez ruiné sa réputation de la même façon.

— Pas forcément.

— Eh bien, moi, je vous dis que si, Lord Tremain ! Je vous ai interdit de communiquer avec Roberta, et vous m'avez désobéi. Elle m'a dit qu'elle avait reçu une lettre de votre part et qu'Alice avait accepté de vous rencontrer à sa place…

Elle s'adressa à Alice.

— Vous n'auriez jamais dû accepter. À quoi pensiez-vous, petite sotte ? Vous auriez dû venir m'en parler. Comme toujours, vous avez agi de façon irresponsable. À présent, vous allez devoir en payer le prix.

De nouveau, elle tourna les yeux vers Ewen.

— En l'enlevant, vous avez entaché son nom et sa réputation. Il est fort dommageable qu'elle ait été reconnue, dans le parc, par des personnes qui l'ont vue être jetée au fond d'un coche. Naturellement, ces personnes se sont empressées de répandre la rumeur. Il a suffi de quelques heures pour que cela fasse le tour de la ville.

— J'en suis désolé. Mais, si quiconque fait un scandale parce qu'il a vu une femme se faire enlever, alors il doit se faire examiner par un spécialiste des simples d'esprit.

— Pas s'il s'agit de ma pupille. Cette petite sotte a toujours eu le don de chercher les ennuis. C'est à croire qu'elle n'a rien appris de ses mésaventures parisiennes. Il faudrait pourtant qu'elle comprenne qu'elle marche déjà sur des œufs.

Observant l'air perplexe d'Ewen, Lady Marchington parut ravie de son petit effet et prit visiblement un malin plaisir à ne pas en dire davantage.

*
* *

De son côté, Alice était mortifiée de voir ainsi son passé resurgir.

Décidément, Ewen semblait être le seul homme dans cette ville à ne pas être averti du scandale qui l'avait suivie jusqu'à Londres.

Il est vrai qu'à l'époque il se trouvait en Écosse, et que la rumeur londonienne n'avait pas dû parvenir jusqu'à lui.

Face à Lady Marchington, Alice se sentait terriblement misérable, et elle comprit enfin pourquoi elle n'aimait pas la comtesse. C'était dans la nature de Lady Marchington de blesser cruellement autrui. Et, depuis qu'elle était venue s'installer à Hislop Hall, Alice avait eu beau essayer de lui faire plaisir et de lui obéir, rien de ce qu'elle faisait n'était jamais assez bien pour elle.

À présent, la comtesse venait de lui infliger le coup de grâce. Et les mots qu'elle avait prononcés faisaient d'autant plus de mal à Alice que cela avait été fait devant Ewen.

Elle était si mortifiée qu'elle n'osait même pas le regarder.

Un muscle jouait furieusement dans la mâchoire d'Ewen tandis qu'il dardait sur Lady Marchington un regard furieux. À cet instant, il avait pour elle une détestation féroce.

Face à l'injustice dont était victime l'innocente

Alice, ses instincts chevaleresques se réveillaient avec force.

— Le scandale vous détruira complètement, ma pauvre Alice, continua sans merci Lady Marchington. Quant à vous, Lord Tremain, vous avez fait en sorte qu'elle ne puisse plus contracter un mariage décent. Je vous félicite !

Le regard d'Ewen se fit plus glacial que jamais.

— Franchement, comtesse, je trouve cela ridicule !

— Vraiment ?

Ils se toisèrent à distance, offrant devant les jeunes filles le spectacle d'une lutte acharnée de deux volontés, ni l'un ni l'autre ne voulant baisser les yeux.

— Vous avez soumis Alice à un scandale public, l'accusa la comtesse. Et vous croyez qu'il suffit de me ramener ma pupille et de disparaître pour que tout s'arrange ? Ne croyez pas vous en tirer à si bon compte, sir !

La mâchoire crispée, Ewen tendit le bras pour prendre la main d'Alice dans la sienne.

— Ce n'est pas mon intention. Mon souhait est d'épouser Mlle Frobisher.

Cette annonce laissa momentanément sans voix Lady Marchington.

Elle ne s'attendait certainement pas à ce qu'il vienne ainsi à la rescousse d'Alice.

— Je vois, finit-elle par dire d'un ton pincé. Mais… N'est-il pas coutume de demander la main d'une jeune femme à sa famille ou, en l'occurrence, à son tuteur ?

— Je vais écrire à son frère pour lui faire part de mes intentions. Vous-même, y voyez-vous un inconvénient, comtesse ?

— Je reconnais que c'est la seule solution pour la sauver du désastre que vous avez causé.

Il était évident que Lady Marchington n'avait pas d'objections.

Sans doute était-elle déjà en train d'imaginer la meilleure façon d'exploiter la situation. C'était pour elle une opportunité de se débarrasser et de Lord Tremain et d'Alice, et elle ne devait pas la gâcher.

Profondément choquée par ce qu'Ewen venait de dire, Alice retira sa main de la sienne.

Elle bouillait d'indignation, et avait le plus grand mal à se contenir.

Ce moment était difficile pour elle. Elle s'attendait à tout sauf à cela.

Comment Ewen avait-il pu oser lui faire cela, sans en discuter avec elle auparavant ?

Elle avait envie d'afficher un air dédaigneux, d'affronter Ewen avec une calme insubordination. Mais son douloureux manque de confiance en l'avenir assaillait son esprit.

L'idée d'épouser Ewen Tremain, un homme qui l'avait traitée de manière inexcusable, un homme qu'elle connaissait à peine, était plus qu'elle n'en pouvait supporter.

— Non, dit-elle d'une voix forte. Je n'ai aucune intention d'épouser Lord Tremain. Cette idée est totalement absurde.

Ewen tourna brusquement la tête vers elle et la dévisagea comme s'il ne l'avait jamais vue auparavant.

— Enfin, Alice, qu'y a-t-il ?

— Je ne peux croire que vous souhaitiez cela. Je ne vous y ai certainement pas encouragé.

À peine eut-elle prononcé ces mots qu'Alice eut envie de les reprendre.

Bien sûr qu'elle l'avait encouragé.

Ne l'avait-elle pas embrassé, parce qu'elle était incapable de s'en empêcher ?

Le visage d'Ewen s'adoucit, et ses yeux se firent plus chaleureux, comme s'il comprenait combien elle se sentait confuse et humiliée.

— Voyez-vous une objection à m'avoir pour mari ? demanda-t-il avec beaucoup de douceur.

— Ce n'est pas ouvert à la discussion ! décréta Lady Marchington. Lord Tremain a accepté de réparer ses torts envers vous, et vous devriez vous en estimer heureuse.

Refusant de se laisser intimider, Alice secoua la tête.

— Mon frère n'acceptera jamais.

Les paupières de Lady Marchington se plissèrent d'irritation.

— Tenez votre langue, Alice. Vous manquez

singulièrement de respect quand vous vous adressez à moi. En vous confiant à ma garde, votre frère m'a demandé de vous trouver un mari.

Elle eut un petit sourire narquois, avant d'ajouter :

— À mon sens, Lord Tremain et vous êtes parfaitement assortis. Vous ferez ce qu'il convient de faire. Peut-être êtes-vous hostile au mariage pour le moment, mais vous comprendrez bien vite qu'il n'y a pas d'autre solution possible.

La comtesse se tourna vers Ewen.

— Il faut naturellement discuter de la question de la dot. Mais son frère proposera un arrangement très généreux, je peux vous l'assurer.

— Je n'en doute pas, répliqua rudement Ewen. Mais la dot n'entre aucunement en ligne de compte, en ce qui me concerne. Je suis parfaitement à même de prendre soin de ma femme.

Son expression se radoucit lorsque son regard se posa sur Alice. Oui, il comprenait à quel point elle était humiliée.

Lui prenant la main, il l'entraîna vers la porte.

Lady Marchington eut un hoquet outré face à tant de grossièreté.

— Comment osez-vous sortir ainsi, sans prendre correctement congé ? J'exige de savoir où vous allez.

— Je souhaite parler en privé avec Alice. Il n'y aura ainsi personne pour influencer sa décision. Elle doit la prendre de son plein gré, sans intimidation. La question de notre mariage ne concerne qu'Alice et moi.

***

Dans le hall, fort heureusement désert, Ewen posa les mains sur les épaules d'Alice et plongea son regard dans le sien.

— Je comprends votre surprise, mais réfléchissez-y soigneusement. Je vous offre ma protection et mon nom. La comtesse a raison : en vous enlevant, je vous ai gravement compromise.

Alice garda le silence un moment, avant de déclarer :

— C'est tellement soudain.

Elle parlait d'un ton mesuré, non parce qu'elle n'était pas sûre d'elle-même, mais parce qu'elle ressentait le besoin de se montrer prudente.

En acceptant la proposition dénuée de sentiments d'Ewen, ne se privait-elle pas de la possibilité qu'un autre homme tombe amoureux d'elle et souhaite l'épouser, non par nécessité, mais par amour pour elle ?

Il était peu probable que cela se produise, elle le reconnaissait bien volontiers.

Et, en y réfléchissant bien, ils avaient ressenti quelque chose l'un pour l'autre quand ils s'étaient embrassés.

Peut-être qu'avec le temps l'amour viendrait…

— Je suis surprise que Lady Marchington accepte une telle proposition. Je trouve cela pour le moins… déconcertant.

— Croyez-vous que je me soucie de ce que pense cette femme ?

— Je n'épouserai pas un homme qui se croit

dans l'obligation de demander ma main parce qu'il m'a compromise.

— Ce n'est pas le cas. J'avais déjà décidé de vous demander en mariage, avant d'être mis au pied du mur par Lady Marchington.

Alice n'y crut qu'à moitié.

— Oh ! vraiment ? Quand cela ?

— Durant notre trajet de retour vers Londres.

— Mais… Il y a encore deux jours de cela, vous ne m'appréciiez pas du tout.

— Vous vous trompez.

Alice lui lança un regard réprobateur.

— Pardonnez-moi d'avoir du mal à y croire mais il me semble me rappeler vous avoir entendu dire à Hicks et Taff qu'ils vous avaient ramené une folle.

Ewen fit un pas en arrière et se massa la nuque d'un geste exaspéré.

— C'était avant de passer du temps en votre compagnie. N'essayez pas d'examiner mon cœur de trop près pour le moment, Alice. C'est une union qui nous conviendra à l'un comme à l'autre. Nous sommes seuls tous les deux. Nous avons tous les deux des origines écossaises. Nos familles respectives vivent en France. Pour le moment, nous ne savons pas ce qu'il est advenu de votre père, mais nous nous en occuperons quand nous irons en Écosse. C'est promis.

Alice le regarda d'un air indécis, attendant qu'il confirme sa proposition.

Ewen hocha la tête pour la rassurer.

— Ne voulez-vous pas accepter ma demande en mariage ?

Alice lutta contre la logique de son discours.

Elle attendait plus du mariage qu'une union dictée par la raison.

— C'est trop tôt, dit-elle d'un ton froid. Il y a encore une semaine, nous ne nous connaissions pas. Nous avons tous les deux des caractères explosifs. Nous pourrions ne pas nous entendre.

— Alice, je n'ai jamais rencontré une autre femme qui soit aussi exaspérante que vous.

— Si vous me trouvez exaspérante, milord, pourquoi prenez-vous la peine de demander ma main ? Il se pourrait que je ne vous apporte rien d'autre que des désagréments.

La bouche d'Ewen se tordit en un sourire narquois.

— Laissez-moi prendre le risque. Qu'en dites-vous, Alice ? Acceptez-vous d'être ma femme ? À moins que vous n'ayez une préférence pour un autre ?

— Il n'y a personne d'autre.

Alice ne lui rendit pas son sourire et attendit qu'il continue.

— Souhaitez-vous que je mette un genou en terre ? proposa-t-il après un moment.

— Surtout pas ! Je trouve cela ridicule.

Elle laissa passer quelques secondes.

— Je vais y réfléchir.

— Je vous suggère de me donner votre réponse très rapidement, car je ne trouverai pas de repos avant de savoir ce qu'il en est. Je ne vous connais peut-être pas depuis longtemps, mais je sais que vous savez prendre des décisions.

Alice était une magnifique jeune femme, songea Ewen.

Sa mère l'apprécierait beaucoup. Après tout, leurs familles étaient autrefois voisines. Simon, son frère aîné, avait combattu auprès du père et des frères d'Alice. Cette dernière était également franche et directe. C'était une femme sur qui on pouvait compter. Une femme qui voudrait, de son côté, que son mari soit solide et loyal, et pas forcément autre chose.

Il aurait pu tomber plus mal.

— Aimez-vous les enfants, Alice ?

— Oui. Je n'ai pas d'expérience en ce qui les concerne, mais j'espère en avoir un jour.

Elle changea de sujet.

— Lady Marchington vous a laissé entendre que ma dot serait substantielle. Je suis sûre que vous devez vous demander en premier lieu si je ferai une épouse acceptable.

Il rit.

— Cela a le mérite d'être franc.

— Je suis ainsi. En tout cas, il faut qu'il se passe quelque chose. Je ne peux pas rester ici pour toujours. Avec le mariage de Roberta qui se profile, mes jours sont comptés à Hislop House.

— Vous pourriez retourner chez votre frère à Paris.

Alice évita son regard.

— C'est impossible.

Plaçant un doigt sous son menton, Ewen l'obligea à relever la tête vers lui.

— Pouvez-vous me dire à quoi la comtesse faisait référence, en disant que vous marchiez déjà sur des œufs ? Vous m'avez dit que vous avez été fiancée et que, lorsque vous êtes partie, cela a fait scandale. Avez-vous autre chose à ajouter ?

Écartant sa main, Alice secoua la tête.

— Non.

— Il est forcément arrivé quelque chose dans votre passé pour qu'elle fasse cette remarque.

Elle haussa les épaules.

— Vous savez comment sont les gens. Lorsqu'on ne respecte pas les conventions, on se trouve vite traité comme un paria. Je me suis retrouvée coupée de mon passé et de toutes ses connexions. À l'époque, cela m'a paru à la fois effrayant et décourageant. Mais je ne retournerai jamais en arrière.

— Je dois admettre que je suis curieux de connaître votre vie avant que vous arriviez à Londres.

— Je vous l'ai dit, il n'y a rien de spécial à raconter. J'ai été fiancée et j'ai rompu.

La voix de la jeune femme était devenue glaciale et inflexible.

La vulnérabilité qu'Ewen avait trouvée si attirante avait disparu à la vitesse du soleil se cachant derrière un nuage d'orage.

La bouche pleine et douce d'Alice était étirée en une ligne crispée, et ses yeux s'étaient durcis.

— Seigneur, Alice, qu'ai-je dit ? Vous êtes, croyez-moi, la femme la plus entêtée et la plus encline à la controverse que j'aie jamais rencontrée. Je sais qu'au début mon attitude envers vous a été outrageante, mais je suis prêt à faire amende honorable. Je souhaite vous donner mon nom, et vous arracher aux critiques acerbes de la comtesse. Je vous pose une question, et vous réagissez comme si je vous avais insultée. Mais, après tout, si vous voulez taire votre passé, cela vous regarde.

— Je suis désolée.

Ewen observa l'expression de la jeune femme se radoucir. Mais elle était encore si sérieuse qu'il eut envie de la prendre dans ses bras. Toutefois, son instinct lui souffla qu'il s'agissait là d'une très mauvaise idée.

Alice était encore très jeune, pourtant elle semblait cacher un secret et une rancœur qu'il avait réveillés par inadvertance. Il n'insisterait pas pour le moment, mais il ne laisserait pas non plus passer cela.

— Et votre passé à vous, Ewen ? Pouvez-vous, en toute honnêteté me dire qu'il n'y a rien que vous vouliez garder pour vous, parce que cela vous ferait trop mal de réveiller ce souvenir ?

Ewen tiqua.

— C'est bien ce que je pensais ! s'écria Alice. Je ne vous demande pas de me le raconter. Aussi, respectez mon souhait de ne pas faire resurgir mon passé.

Ewen resta silencieux un moment, puis il se détendit et hocha la tête.

— Il semblerait que nous ayons tous les deux nos secrets. Ce sera un véritable défi si nous décidons de nous embarquer vers un avenir ensemble. Et je dis cela sans offense.

Un silence tendu s'installa entre eux tandis qu'ils se jaugeaient.

Essayait-il vraiment de se faire pardonner le tort qu'il lui avait causé ? se demanda Alice.

Qu'attendait-il vraiment d'elle ?

Ce n'était certainement pas qu'elle lui offre son corps, étant donné qu'il devait y avoir une ribambelle de femmes ne demandant pas mieux que d'apaiser son appétit.

De toute façon, était-ce vraiment si important de le savoir ?

Les yeux d'Ewen étaient toujours fixés sur elle. Sa bouche était tordue en un sourire narquois qu'Alice commençait à bien connaître, comme s'il la mettait au défi d'accepter sa demande en mariage.

Et pourquoi pas ?

Elle rit pour essayer de masquer sa nervosité.

— Enfin, Ewen, que se passe-t-il ? Pourquoi êtes-vous aussi sérieux ? Seriez-vous déjà en train de regretter votre demande hâtive ?

— J'essaie toujours de remettre de l'ordre dans ma vie depuis que mes deux idiots de laquais ne m'ont pas amené la femme que j'attendais mais une autre. Je ne suis pas certain de pouvoir encaisser une nouvelle surprise.

Alice lui sourit malicieusement.

— Ne seraient-ce pas là les paroles d'un peureux, milord ?

Une lueur amusée dansa dans les yeux gris.

— N'ai-je pas le droit d'avoir quelques craintes ? J'ai encore le souvenir de vos propos désobligeants. J'avais l'impression de recevoir des coups d'épingles et je crois d'ailleurs que cela me pique encore.

Alice rit doucement, tout en se rapprochant de lui.

— Vous vous faites passer pour un innocent, alors que nous savons tous les deux que vous le méritiez.

— Cet argument est contestable.

Ewen prit sa joue en coupe dans le creux de sa main.

— Mais je dois dire que je ne m'attendais pas à ce que cet échange soit aussi stimulant.

Prenant sa main, il fouilla son regard.

— Alice Frobisher, je serais grandement honoré si vous acceptiez de devenir ma femme.

— Vous ne parlez pas d'amour, Ewen.

— Le devrais-je, Alice ?

— Non, si ce n'est pas ressenti.

— Par qui ?

— L'un ou l'autre, je suppose.

Ewen soupira et baissa les yeux vers sa main, qu'il tenait toujours.

— Nous nous en sortirons très bien, j'en suis

sûr. Il y a une forte attirance entre nous. Nous la ressentons tous les deux, cela j'en suis certain. Sachez que je vous traiterai bien, et que je serai un bon mari. Je protège jalousement ce qui m'appartient, et personne ne vous fera de mal, je vous le promets.

— Ainsi, vous êtes vraiment sérieux, murmura Alice, stupéfaite.

C'était presque comme si elle se réveillait d'un long sommeil, car la totale compréhension de sa part de ce que voulait Ewen commençait seulement à lui faire battre le cœur plus rapidement.

— Vous ne regretterez pas notre mariage par la suite ?

— Je ne vous connais que depuis peu de temps, mais cela suffit pour que j'apprécie déjà votre compagnie. Je ne vous demanderai rien que vous ne puissiez donner. Et si vous ne pouvez le donner, je ne suis pas homme à le prendre de force.

Alice réfléchit encore.

Tout cela était arrivé si vite... Elle ne se sentait pas prête.

Elle aurait voulu une période de découverte mutuelle, une délicieuse anticipation...

Elle se demanda si elle ne s'apprêtait pas à céder trop rapidement.

Elle se souvenait de la pompe qui avait entouré la demande de Philippe, mais elle ne se rappelait pas, elle en était certaine, que son cœur ait battu aussi follement qu'après la demande toute simple d'Ewen.

Elle se demanda encore ce que cela ferait d'être mariée avec Ewen et liée à lui pour le reste de sa vie.

Il lui semblait approprié de vivre avec l'homme qui avait éveillé en elle une passion qu'elle n'avait jamais pensé éprouver.

Si elle ne l'aimait pas pour le moment, il était certain qu'elle le désirait.

Et elle ne pouvait pas continuer à vivre sous le même toit que Lady Marchington.

En épousant Ewen, elle serait à jamais débarrassée de la comtesse, et de la culpabilité qui était sa fidèle compagne depuis qu'elle avait quitté Paris.

Alice ressentait une immense obligation envers William qui s'était inquiété et qui avait tant souffert à cause d'elle. Et qui était allé jusqu'à provoquer Philippe en duel pour laver son honneur.

L'annonce de la mort de Philippe l'avait terriblement choquée, et l'avait emplie de culpabilité et de honte. En dépit de ce que Philippe avait fait, elle n'avait jamais souhaité sa mort.

Elle espérait sincèrement que William approuverait son mariage avec Ewen. Mais elle n'avait pas réellement d'inquiétude. Les Frobisher et les Tremain étaient voisins et amis avant la bataille de Culloden. William serait probablement heureux pour elle, et Alice savait qu'elle aurait eu la bénédiction de sa mère. Son seul regret était que son père ne puisse pas assister à son mariage. En tout cas elle continuerait à le chercher. Rien ne changerait cela.

Elle répondit enfin par un lent hochement de tête.

— Oui, Ewen, murmura-t-elle. Je vais vous épouser.

Il y avait cependant des larmes dans ses yeux. Des larmes pour la rapidité de sa capitulation. Des larmes pour tous les autres futurs qui n'arriveraient jamais.

Ewen sembla avoir du mal à y croire.

— Vous acceptez d'être ma femme ?

— Oui.

— Alors, nous nous marierons à Londres. Le plus vite possible.

Malgré ses efforts pour paraître calme, Alice ne put empêcher sa voix de vaciller.

— Comme vous voulez.

— Je vais écrire à votre frère, en France.

— Je doute qu'il ait des objections. Je pense même qu'il sera tout à fait ravi de mon choix, considérant les liens passés de nos deux familles.

Ewen déposa un bref et doux baiser sur ses lèvres. S'écartant, il la regarda avec des yeux brillants.

— Je rêvais de faire cela depuis que vous m'avez embrassé.

À nouveau, il posa les lèvres sur les siennes, mais il l'embrassa cette fois avec une passion différente, qui fit battre le cœur d'Alice plus vite, et éveilla dans tout son corps une étrange chaleur.

Mais, lorsque Ewen glissa la langue dans sa bouche, avec une audace confondante, le souvenir d'un autre moment, avec un autre homme, se réveilla.

Immédiatement, Alice s'écarta et déclara avec un soupir :

— Je crois que nous devrions retourner à l'intérieur et annoncer à Lady Marchington ce que nous avons décidé.

S'il fut déçu, Ewen n'en laissa rien paraître.

— Comme vous voudrez.

— J'ai encore une chose à vous demander. Vous avez dit que vous alliez m'emmener en Écosse. Est-ce là que vous vivez ?

— Oui. Je suis Lord Tremain de Barradine. J'ai hérité du titre et de la propriété au décès d'Edward. Qu'en dites-vous ? Est-ce que l'Écosse vous attire ? J'ai pensé que cela vous serait agréable, après notre discussion avec M. Forbes.

Les yeux d'Alice s'emplirent de larmes.

— J'espère y trouver mon père. Mais au-delà de cela, c'est le pays où je suis née. Comment pourrais-je ne pas être heureuse à l'idée d'y retourner ? Rien ne me ferait plus plaisir que de vivre là-bas.

Après qu'Ewen eut quitté les lieux et que Lady Marchington se fut retirée dans ses appartements, Alice et Roberta eurent enfin l'opportunité de discuter des implications des derniers jours.

— J'ai été très surprise que tu acceptes la demande en mariage de Lord Tremain, commença Roberta, en s'installant confortablement sur le lit d'Alice. Je ne m'y attendais vraiment pas.

Elle soupira.

— Je m'en veux, tu sais. Si je ne t'avais pas demandé de le rencontrer à ma place, rien de tout cela ne serait arrivé. Mais tu n'es pas obligée de l'épouser.

— Si, Roberta. Et de plus je le veux.

— Ne me dis pas que tu es amoureuse de lui. Je ne te croirais pas.

— Et tu aurais raison. Car ce n'est pas du tout cela. L'amour est un luxe que je ne peux pas me permettre. Je ne suis pas une romantique, Roberta. Comme on dit, chat échaudé craint l'eau froide. Ewen m'a compromise. Il en a conscience et veut réparer. C'est un arrangement de convenance pour tous les deux.

— On dirait que tu parles d'un contrat d'affaires, pas d'un mariage.

Alice observa attentivement son amie, pour essayer de déceler sur ses traits une quelconque jalousie.

— Cela t'ennuie que j'épouse ton ancien fiancé ?

— Pas du tout. Épouse-le si c'est vraiment ce que tu veux.

D'un geste absent, Roberta redessinait le contour d'une fleur brodée sur le couvre-lit.

— Mais… Crois-tu que tu seras heureuse avec lui ?

— Je n'ai pas besoin d'un homme, quel qu'il soit, pour me rendre heureuse. Je tracerai mon propre chemin.

— Avec Lord Tremain ? Cela m'étonnerait, Alice. C'est un homme juste et généreux, oui. Je l'ai découvert durant le peu de temps où je l'ai côtoyé. Mais il est aussi arrogant, têtu, possessif et dangereux. Sois prudente dans tes échanges avec lui.

— Je suis sûre que nous trouverons un *modus vivendi*. Comme je te l'ai dit il ne s'agit pas d'une histoire d'amour.

— Et penses-tu que ce sera suffisant ? Tu es encore très jeune.

— Ce sera parfait.

— Si tu le dis.

— De toute façon, je n'ai pas le choix. J'ai besoin d'un mari. Puisque Lord Tremain veut de moi et a promis de bien me traiter, alors je suis prête à l'épouser. Je me moque de ce qu'a été sa vie avant. Ce que je veux, c'est avoir une maison à moi et des enfants. Après cette malheureuse histoire avec Philippe, j'avais renoncé à trouver quelqu'un de bien. Ewen est très bien pour moi. Il va m'emmener vivre en Écosse, près de l'endroit où je suis née. J'en suis ravie.

Alice regarda son amie et, lorsqu'elle reprit la parole, son intonation était presque suppliante.

— Sois heureuse pour moi, Roberta. S'il te plaît.

Roberta sourit et lui prit la main.

— Je suis heureuse pour toi. Si c'est vraiment ce que tu veux, alors je prierai pour que vous trouviez le bonheur ensemble. Et aussi l'amour.

***

Il s'écoula deux semaines avant qu'Ewen ne vienne rendre visite à Alice.

Si elle n'avait pas reçu deux gros bouquets de fleurs à intervalles distants, elle aurait pu penser qu'elle avait imaginé sa demande en mariage.

Mais il était là à présent.

Pendant quelques instants, Alice fut incapable de parler. Elle retenait son souffle, en espérant que son promis ne la décevrait pas avec de mauvaises nouvelles.

— Ewen ! Quelle surprise ! Je ne vous attendais pas.

Ewen ne put se retenir de sourire tendrement en découvrant le candide regard d'Alice et son visage soudain illuminé.

Refusant de la faire attendre, il alla droit au but.

— Je suis navré de ne pas vous avoir rendu visite plus tôt, mais j'avais des affaires urgentes à régler avant de quitter Londres. Étant donné que la comtesse ne supporte pas ma présence, je suis sûr que vous comprendrez pourquoi je me suis tenu à l'écart.

Ewen se tenait devant le massif bureau de chêne de la bibliothèque de Hislop House, où Simpson lui avait dit qu'il pourrait trouver Alice.

— J'ai des nouvelles de votre frère, ajouta-t-il.

Posant la plume avec laquelle elle était en train d'écrire une lettre à des amis en France, Alice repoussa son fauteuil et se leva.

— Lady Marchington lui a écrit et attend toujours sa réponse. Que vous dit-il ?

— Que le mariage peut se faire avec sa bénédiction.

Comme Alice ne réagissait pas tout de suite, Ewen haussa un sourcil.

— Vous voulez toujours m'épouser, n'est-ce pas, Alice ?

Après qu'elle eut bien réalisé ce qu'il disait, Alice sentit son cœur battre plus vite, et un sourire spontané éclaira son visage.

— Oui. Bien sûr.

— William exprime aussi sa surprise et son enchantement que vous épousiez un Écossais, qui plus est un voisin de votre famille. Il espère faire rapidement ma connaissance. Il se rappelle encore la confusion en Écosse quand les *Highlanders* et les *Lowlanders* se sont soulevés pour suivre le prince Charles dans sa marche vers l'Angleterre afin de rassembler des soutiens, et la bataille de Culloden. Mais vous ne pouvez être intéressée pas ce genre de discussion. Ce doit être détestablement ennuyeux pour une jolie jeune femme.

— Cela ne m'ennuie aucunement, Ewen. Après tout, ce qui s'est passé à Culloden a touché nos familles respectives. J'ai grandi en étant bercée d'histoires racontées par ceux qui s'y trouvaient et les avaient vécues. Avez-vous parlé à William de ma rencontre avec M. Forbes, et de ses révélations à propos de notre père ?

— Non. C'est à vous de le lui dire. Je pensais que vous l'aviez déjà fait.

Alice soupira et secoua la tête.

— Non. Pas encore. Je le ferai, bien sûr. Il a le droit de savoir.

— Mais ?

— Je pensais attendre que nous soyons en Écosse. Si ce que nous a dit M. Forbes est vrai, il y a des chances que mon père s'y trouve. Je ne veux pas donner de faux espoirs à William.

— Nous serons bientôt fixés. Si nous ne le trouvons pas dans les ruines de votre ancienne maison, j'enquêterai dans les villages voisins.

Alice savait qu'il tiendrait parole.

— Et la comtesse ? demanda Ewen. Vous ne lui avez rien dit ?

— Non. Pourquoi lui dirais-je quoi que ce soit ? Elle ne s'intéresse nullement à moi ou à ma famille. En outre, nous serons bientôt mariés, et je serai ensuite à des miles d'elle, en Écosse.

— En parlant de mariage, nous devons commencer les préparatifs. Avez-vous une préférence pour l'église ?

— Non. Je laisse cet aspect des choses à Lady Marchington. Ce ne sera pas une réception en grande pompe. Je veux quelque chose de sobre et de discret. Roberta m'aidera. Quand pensez-vous que nous pourrons nous marier ?

— Très vite. Je ne vois pas l'intérêt d'attendre. Vous savez comment sont les choses entre la comtesse et moi. Elle n'apprécierait pas que je traîne éternellement dans les parages d'Hislop House.

— Et ensuite ? Irons-nous directement en Écosse ?

— Non. Nous passerons d'abord quelques jours à Mercotte Hall, jusqu'à ce que le temps soit assez clément pour nous permettre de voyager vers le nord.

Posant les mains sur les épaules d'Alice, il plongea son regard dans le sien, et ajouta :

— J'aimerais vous emmener en voyage pendant quelques mois, mais il faut d'abord que je règle certaines affaires en Écosse. L'année prochaine, peut-être. Nous en profiterons pour séjourner à Bordeaux, afin que je puisse vous présenter à ma famille.

— J'en serais ravie. Et ensuite… Eh bien, j'ai toujours eu envie d'aller en Italie : Venise, Rome…

— Je verrai ce que je peux faire.

— Je ne veux pas vous créer de problème.

— Depuis quand ?

— Depuis que vous m'avez demandé d'être votre femme.

Chapitre 7

Deux semaines plus tard, Alice et Ewen se mariaient au cours d'une cérémonie privée à l'église St George, à Hanover Square.

Ils venaient tous deux de familles catholiques, mais à cette époque, en Angleterre, il était obligatoire de se marier au sein de l'Église d'Angleterre.

La foi d'Ewen avait souffert au cours des années, et il n'avait pas de préférence pour le lieu de la cérémonie, l'essentiel étant qu'ils soient mariés.

Mais il avait compris que cela pourrait avoir de l'importance pour Alice et avait promis qu'un prêtre bénirait leur union quand ils seraient en Écosse, si elle le souhaitait.

Ce fut donc une réunion intime, sans les festivités accompagnant généralement les mariages. Il n'y avait pas d'invités, et pas de demoiselles d'honneur, en dehors de Roberta.

Vêtue d'une robe de mariée en satin ivoire, rehaussée de perles et de dentelle, Alice était totalement indifférente à ce qui se passait autour d'elle.

Ce n'était pas le genre de mariage auquel elle avait rêvé. Il s'en dégageait quelque chose d'irréel et d'un peu factice. Elle aurait adoré que son frère William et sa belle-sœur Anne soient présents, mais cela n'avait pas été possible.

Elle connut un moment de panique qui arriva sans prévenir.

Quelque part au fond de son esprit une voix lui criait qu'elle faisait une terrible erreur en s'engageant avec un homme à qui elle mentait.

Ewen pensait qu'il épousait une innocente, une vierge. Elle aurait dû lui dire. Il avait le droit de savoir ce qu'elle avait fait avant d'arriver à Londres.

Mais Alice ne pouvait se résoudre à le lui avouer. Elle avait trop honte.

À partir de l'instant où le révérend les aurait mariés, elle ne pourrait plus revenir en arrière. Elle avait l'impression d'être prise au piège. Quoi qu'il arrive désormais, elle devrait supporter Ewen pour le reste de sa vie.

Et que se passerait-il si son époux découvrait son passé ?

Mais ses doutes ne durèrent pas.

Après tout, elle avait longuement réfléchi, et c'était la meilleure chose à faire.

D'une voix basse et tremblante, Alice répondit aux questions que posait le révérend.

Les vœux furent échangés, les liant tous les deux, puis les doigts d'Ewen saisirent les siens, en une forme d'engagement muet, tandis qu'il passait l'alliance à son annulaire.

Les yeux gris de son époux prirent possession des siens, et le temps lui-même sembla retenir son souffle quand Ewen se pencha pour déposer un baiser sur ses lèvres.

Ce fut rapidement terminé et, tandis qu'ils signaient des documents, Alice fut saisie par l'étrangeté du moment. Quand elle pensait aux circonstances qui les avaient réunis, combien elle l'avait détesté au début, elle avait du mal à croire qu'ils étaient mariés.

Après la cérémonie, il n'y eut pas de réception à Hislop House. Ewen avait fait savoir à Lady Marchington qu'ils s'en iraient dès que la célébration serait terminée.

Avant qu'Alice n'ait eu le temps de comprendre ce qui se passait, Ewen avait drapé une cape doublée de fourrure sur ses épaules, et ils faisaient leurs adieux.

— Au revoir, comtesse, dit Alice à la femme qui l'avait accueillie chez elle, mais qui ne s'était jamais montrée bienveillante à son égard.

Lady Marchington la regarda avec dédain.

— Je crois que vous irez très bien ensemble. Et… Étant donné que vous avez une fâcheuse propension à créer des scandales, il est bien que vous viviez en Écosse. Ainsi, l'écho de vos frasques ne parviendra pas jusqu'à Londres.

— Je crois que vous en avez assez dit, intervint Ewen d'un ton cassant. Le trouble auquel vous faites référence est de mon fait, et le scandale a été évité.

Lady Marchington se redressa, et ses yeux lancèrent des éclairs.

— Ne me parlez pas comme cela, ou…

— Ou quoi ? N'essayez pas de me menacer. J'ai tout ce que je veux, maintenant.

— Uniquement parce que je l'ai permis. William m'a confié Alice, et je vous la confie à mon tour. J'ai rempli mes obligations.

— Absolument.

Inclinant poliment la tête, mais pas assez pour montrer du respect, Ewen conclut :

— Au revoir, donc, comtesse.

Puis il tourna les talons.

Roberta était en larmes, mais elle leur souhaita beaucoup de bonheur.

Ewen guida Alice vers la porte, tandis qu'Amir les précédait.

Des rafales de vent les frappèrent de plein fouet, soulevant leurs capes, et leur coupant le souffle.

Tandis qu'Alice et Ewen attendaient à l'abri du porche, Amir courut devant pour leur ouvrir la porte d'un coche à la peinture d'un beau noir laqué et déplia le marchepied pour leur permettre d'accéder à l'intérieur. Le conducteur était déjà perché sur son siège, emmitouflé dans une épaisse houppelande.

***

Laissant l'église derrière eux, le coche prit la direction du nord. Les mouvements du véhicule firent glisser la capuche d'Alice de sa tête, et ses cheveux, libérés de leur simple lien, cascadèrent sur ses épaules en luxuriantes vagues de velours noir.

Ewen regarda sa femme.

— Ce n'était pas ainsi que j'imaginais le jour de notre mariage.

— Moi non plus. Mais c'est fait maintenant. Allons-nous directement à Mercotte Hall ?

— C'est un long voyage, par une journée comme celle-ci. Il fera bientôt nuit. Nous pouvons nous arrêter dans une auberge si vous préférez.

Alice secoua la tête.

— Je crois que je préfère continuer.

Ewen la regarda avec toute la chaleur qu'un homme pouvait avoir pour sa femme.

— Nous aurons notre propre célébration quand nous serons à Mercotte Hall.

Alice se recroquevilla sous sa cape, transie par l'air glacial.

Elle accepta avec plaisir la couverture en fourrure qu'Ewen drapa autour d'elle, succombant bientôt à sa chaleur réconfortante.

Était-ce un rêve, ou bien voyageait-elle vraiment avec un homme qu'elle ne connaissait pas, et à qui elle venait de promettre de l'aimer, de l'honorer et de lui obéir ?

Elle commença à se demander si elle n'avait pas

perdu la tête de se lier à jamais avec un inconnu. Et qui plus est avec un inconnu dont le passé était empli de secrets.

Changeant de place, Ewen vint s'asseoir à côté d'elle.

— Venez plus près, Alice, et prenez appui contre moi. Nous aurons plus chaud à deux.

L'hésitation d'Alice ne dura guère plus que quelques secondes.

Blottie contre la chaleur d'Ewen, elle ne put nier que son impression de confort grandissait rapidement.

La plaisante chaleur qui s'insinuait à travers ses vêtements lui donnait une étrange sensation de sécurité.

Ewen avait passé un bras autour de ses épaules, l'attirant contre lui, et Alice ne trouva aucune raison de résister. Sa tête trouva au creux du cou de son mari une niche qui semblait spécialement conçue pour elle.

— J'aurais voulu quelque chose de différent, confessa Ewen à son oreille. De plus joyeux, en tout cas.

— C'est fait, maintenant. Je suis votre épouse.

— Et Lady Marchington est reléguée au passé.

— L'Écosse est suffisamment loin pour que nous n'ayons pas à la revoir, mais…

— Oui ?

Ewen inclina la tête et chercha son regard.

— Mon regret, c'est que je ne serai pas là pour voir Roberta se marier.

— Avec la moitié de la société londonienne qui nous aurait scrutés comme des bêtes curieuses ? objecta Ewen.

— Vous avez sans doute raison.

Après un silence, Alice changea de sujet.

— Ce lien, ces vœux que nous avons prononcés, c'est tellement fragile. Après tout, nous nous connaissons à peine.

— Ces vœux sont permanents pour moi, Alice. Nous aurons tout le temps de faire connaissance à Barradine, ou même à Mercotte Hall. Au moins, vous n'aurez pas en permanence la comtesse sur le dos. Un peu d'intimité n'a jamais fait de mal à personne.

— C'était ce que vous vouliez ?

Ewen lui sourit, gentiment charmeur.

— L'intimité ? Disons que je ne serais pas contre vous garder captive dans ma chambre pendant une semaine, afin de vous faire l'amour comme j'en rêve.

Son intonation se fit langoureuse.

— Vous devez être informée de mon vif souhait en ce domaine. Et je crois que vous n'aurez aucune objection, si le baiser que vous m'avez donné est un indicateur de vos sentiments. Vous m'avez assurément embrassé avec plus d'enthousiasme que les femmes y mettent d'habitude.

— Et vous m'avez rendu mon baiser avec un même enthousiasme, milord.

— Et pourquoi pas ? Il ne m'arrive pas tous les

jours d'être embrassé par une belle jeune femme qui paraît assoiffée de passion.

La tête contre son épaule, Alice pouvait entendre le rythme fort et régulier de son cœur. Ewen était un homme de responsabilités et d'honneur, mais était-il sûr de ses sentiments ? Elle l'avait vu changer d'humeur avec une rapidité surprenante, et devinait qu'il devait être très difficile de savoir à quoi s'en tenir avec lui.

En tout cas, il était pour le moment d'une tranquille gentillesse, et elle en profita pour se détendre entre ses bras.

Ewen ferma les yeux, et Alice se tourna pour mieux le regarder. Ce faisant, son souffle tiède dut caresser le cou de son mari, car elle le vit frissonner.

Ewen rouvrit les yeux à cet instant.

Leurs regards se croisèrent en un chaleureux échange, et Alice ne put maîtriser la palpitation nerveuse au creux de sa poitrine.

Elle avait beau se répéter que ce qui se passerait ce soir-là avec Ewen elle l'avait déjà fait, qu'il n'y aurait pas de surprises, elle ne pouvait s'empêcher d'éprouver une certaine appréhension.

Elle se doutait qu'Ewen avait fait l'amour à de nombreuses femmes. À quoi était-il habitué ? Que lui demanderait-il ? Serait-il patient avec elle ?

Et elle, saurait-elle le satisfaire ? Serait-elle capable de répondre à toutes ses demandes ? En aurait-elle envie ?

Captant l'expression langoureuse du regard d'Ewen, Alice sut qu'il avait une idée en tête.

— À quoi songez-vous ? demanda-t-elle.

Il eut un lent sourire charmeur qui fit battre le cœur d'Alice plus vite.

— Je songe à vous embrasser. Y voyez-vous une objection ?

Alice déglutit avec peine, rongée de nervosité.

— Non, murmura-t-elle, les yeux rivés sur la bouche sensuelle de son époux.

— Enfin… Je ne crois pas.

Ewen glissa une main sur sa nuque. De l'autre, il lui souleva le menton et posa ses lèvres sur la joue d'Alice, y déposant un baiser léger.

Puis il frotta sa bouche contre la sienne, tout en la plaquant plus étroitement contre lui. Du bout de sa langue, il lui taquina délicatement les lèvres, l'incitant à les ouvrir.

Comme la première fois, Alice lui offrit sa bouche. Le baiser fut passionné et grisant. Un léger soupir lui échappa quand Ewen commença à dessiner un chemin de petits baisers le long de son cou.

Ils continuèrent ainsi à s'embrasser, jusqu'à ce qu'ils comprennent qu'ils avaient franchi les portes de Mercotte Hall.

Deux choses angoissèrent alors Alice presque simultanément : premièrement, ils allaient s'arrêter dans moins d'une minute devant une maison où les domestiques les attendraient alignés dans le hall pour leur souhaiter la bienvenue. Et deuxièmement, son reflet dans la vitre du coche la montrait complètement échevelée.

— Mes cheveux, gémit-elle, en essayant de passer les doigts dans les boucles emmêlées. Que vont penser les domestiques ?

Ewen haussa les épaules.

— Peu importe.

— C'est tout de même très embarrassant.

— Ne vous inquiétez pas, ma chère. Ils penseront que vous avez été abondamment embrassée par votre mari.

Le velours de sa voix était follement séduisant, et Alice s'autorisa un dernier baiser, avant que le marchepied ne soit déployé et que la porte ne s'ouvre, révélant les visages souriants de Taff et Hicks.

Posant le pied à terre, Alice se plaça à côté d'Ewen, tandis que Taff se précipitait pour ouvrir la porte d'entrée.

Mme Mullen attendait avec Lily et d'autres domestiques, et leurs visages souriants apaisèrent momentanément l'anxiété d'Alice.

Après force congratulations, Mme Mullen disparut dans la cuisine pour préparer le repas du soir.

Ewen débarrassa Alice de sa cape et l'engagea à aller se réchauffer devant la cheminée du salon.

— Nos chambres ont été préparées, et un excellent souper nous attend. J'espère que vous avez faim.

— Pas pour le moment.

Elle se remettait à peine de leurs baisers, et son estomac était noué de tension tandis qu'elle songeait à ce qui lui arriverait plus tard.

Visiblement conscient de son appréhension, Ewen lui adressa un sourire d'encouragement.

— Je pense qu'un peu de champagne vous fera du bien. Cela vous ouvrira l'appétit et apaisera votre nervosité.

Il se tourna vers Amir.

— Du vin pour ma splendide épouse. Et un toast pour notre avenir.

Amir, toujours courtois et amical, ne tarda à pas à apporter à Alice une coupe de vin de Champagne.

— Puis-je dire, milady, que vous êtes rayonnante, déclara-t-il, la gratifiant de son sourire angélique.

Alice lui sourit en retour.

— Merci, Amir. C'est tellement aimable à vous de dire une telle chose. Mais, êtes-vous sûr de devoir m'appeler milady ?

— Oui. Vous êtes Lady Tremain, désormais.

— Y a-t-il aussi un verre pour moi ? les interrompit Ewen, en plaçant un bras possessif autour de la taille d'Alice.

Amir lui tendit un verre, et adressa un nouveau sourire à Alice.

— À votre santé et à votre avenir. Vous faites un beau couple. Tu es un homme chanceux, Ewen. Mais je pense que tu le sais déjà. À présent, je vais vous laisser.

— Merci, Amir.

Ewen regarda Alice.

— À notre mariage.

Alice reposa son verre.

— J'aimerais me rafraîchir, Ewen. Suis-je dans la même chambre que la dernière fois ?

— Non. Nous avons des chambres communicantes, ce que, j'en suis sûr, vous trouverez pratique.

Il appela Lily qui s'apprêtait à disparaître dans la cuisine. Elle revint promptement vers eux.

— Oui, milord ?

— Veuillez montrer ses appartements à Lady Tremain. Elle souhaiterait se rafraîchir.

Lily fit une révérence.

— Bien, milord.

La femme de chambre se tourna vers Alice avec un grand sourire.

— Suivez-moi, milady. Un bon feu vous attend.

— Je serai dans la salle à manger quand vous serez prête, précisa Ewen.

Tandis qu'elle traversait le hall pour gagner sa chambre, Alice sentit le regard de son mari sur elle.

Tandis qu'il regardait sa femme monter l'escalier, Ewen fut plutôt surpris de la légèreté de son cœur. Alors que peu de temps auparavant il était encore sombre et vide, il semblait maintenant lumineux et empli d'espoir.

Lily ouvrait la marche vers le premier étage, et les pièces qu'Alice partagerait avec son mari.

Elles étaient confortables et simples, mais élégamment meublées.

Les murs étaient tendus de soie crème, ornée de motifs floraux dans les tons abricot. Les tapis et les rideaux de velours étaient quant à eux d'un ton plus soutenu de caramel. Des tableaux représentant de charmants paysages étaient accrochés aux murs. Des figurines délicates embellissaient les meubles, et un arrangement de roses dans un vase de cristal posé sur une commode en acajou apportait une note de gaieté et de couleur.

C'était une pièce faite pour satisfaire les sens, une pièce dédiée à la sensualité.

Lorsqu'elle gagna la salle à manger, Alice s'émerveilla de tout ce qui avait été préparé à son attention.

Petite et intime, la pièce brillait de l'éclat de dizaines de bougies. La table étincelait de l'éclat de l'argenterie, et des bouquets de fleurs fraîchement coupées dans les serres de Mercotte Hall égayaient le tout.

Alice regarda son mari.

Comme elle, il avait ôté sa tenue de cérémonie, et elle admira la façon dont son pantalon ajusté épousait ses longues jambes musclées. Sa chemise blanche était ouverte au col, et sa jaquette noire avantageait merveilleusement ses larges épaules.

Alice espérait qu'il éprouvait le même plaisir que le sien à la regarder.

Ewen regardait Alice comme s'il la voyait pour la première fois.

Pas une fois dans la journée il n'avait commenté son apparence. Mais à présent, alors que son regard passait de sa coiffure à l'ourlet de sa robe, il était fasciné.

Il lui adressa un lent sourire appréciateur.

Les cheveux d'Alice, d'un noir aussi lustré qu'une aile de corbeau, cascadaient en boucles souples sur ses épaules. Sa robe de satin bleu, agrémentée de mousseline argent, dégageait ses épaules et révélait la naissance de sa poitrine puis enserrait sa taille, avant de s'épanouir en une large corolle de jupons tombant jusqu'au sol.

Elle était nerveuse, cela se voyait, mais Ewen percevait aussi chez elle une attente mêlée d'impatience, ce qui était inhabituel.

Une femme était supposée être terrifiée à l'idée de l'expérience qui l'attendait, parce qu'elle ignorait de quoi il s'agissait, et qu'on lui avait simplement dit de le supporter bravement car cela faisait plaisir aux gentlemen.

Bien que brûlant de la faire sienne depuis qu'elle avait accepté sa demande, Ewen s'était promis d'être doux et patient avec Alice. Il ne voulait pas prendre le risque de la dégoûter à jamais.

Il s'avança vers elle pour lui prendre la main et la conduire à la table.

— Mes compliments, Alice. La robe que vous avez choisie pour ce soir est magnifique. Mais pas autant que la femme qui la porte.

— Merci, Ewen. Je suis ravie que vous le pensiez.

— Mme Mullen a préparé un repas digne d'un roi. Voulez-vous dîner ?

— Oui, merci.

Sentant la main d'Alice trembler dans la sienne, Ewen demanda :

— Vous semblez nerveuse. Pourquoi ?

Alice eut un rire qui lui parut quelque peu forcé.

— Eh bien, disons que… je n'ai jamais été mariée auparavant ! Je ne sais pas comment je dois me comporter.

— Moi non plus, je n'ai jamais été marié. Nous apprendrons ensemble.

Alice baissa les yeux vers leurs mains toujours unies.

— Oui mais, un homme sait certaines choses. Je… Je ne veux pas vous décevoir.

Ewen rit doucement, lâchant sa main et lui présentant une chaise.

Lorsque Alice fut assise, il inclina la tête, et laissa son souffle chaud lui caresser la joue, tandis qu'il murmurait à son oreille :

— Croyez-vous que j'accueillerais avec satisfaction dans mon lit une femme qui serait experte dans les choses de l'amour ? J'aime votre naïveté et votre innocence, Alice, mais je sais qu'un feu brûle en vous, et mon plus grand plaisir sera de libérer ce feu pour faire de vous une femme sensuelle qui saura m'apporter toutes les satisfactions.

Contournant la table, il s'assit en face d'elle.

Consciente que ses joues étaient aussi rouges qu'un coquelicot, évitant le regard ouvertement admiratif d'Ewen, Alice fit des compliments sur la coupe contenant des roses blanches encadrée par des candélabres, le tout posé au centre de la table que recouvrait une nappe de lin blanc.

Les domestiques vinrent les servir puis, comme Ewen leur en avait donné l'instruction, les laissèrent seuls.

Ewen leva son verre pour un toast.

— À nous, Alice.

Alice sourit et but une gorgée de vin.

Soudain bouleversée, elle se dit qu'il ne fallait pas qu'elle pleure. Elle allait rester aussi calme et retenue qu'Ewen l'était.

Elle commença à manger et fit de nouveaux compliments, sur la nourriture cette fois.

Ils dégustèrent les plats et les vins, et discutèrent comme si cette nuit n'était pas différente des autres, tout en sachant l'un comme l'autre qu'elle l'était.

Plus tard, Alice se retira, laissant Ewen finir son porto, après qu'il lui eut fait la promesse de ne pas tarder à la rejoindre.

Lily l'aida à enfiler une tenue de nuit faite de fine percale blanche, simplement ornée au col et aux manches de dentelle et d'un étroit ruban de satin blanc.

Dans le miroir, Alice observa son apparence d'un œil critique, en se demandant ce qu'Ewen allait penser d'elle.

De taille moyenne, et selon elle trop brune pour

une époque où l'on aimait les femmes blondes, pourvues de douces rondeurs, elle avait de longues jambes, des hanches étroites et une taille fine. Avec ses pommettes hautes, sa peau dorée et sa masse de boucles d'un noir bleuté, elle ressemblait plus à une gitane qu'à une jeune lady.

Alice eut un soupir de regret en songeant aux beautés pâles et éthérées qu'elle avait croisées à Paris.

Elle essaya de retrouver confiance en se disant qu'Ewen l'avait choisie, même si on lui avait forcé la main. Seulement, il ne lui avait pas dit qu'il l'aimait.

Et cela n'arriverait probablement jamais.

Se détournant du miroir, elle sourit à Lily qui préparait le lit.

Elle fut soulagée que la jeune femme de chambre soit assez délicate pour ne pas lui tenir le discours généralement réservé aux jeunes épousées, choisissant plutôt de se remémorer le jour où Alice était arrivée à Mercotte Hall en compagnie de Taff et Hicks. Qui aurait cru qu'il en résulterait si vite un mariage entre Lord Tremain et son invitée, s'étonna-t-elle.

— Vous êtes très belle, milady, ajouta Lily d'un ton réconfortant. Comme toute épouse au soir de sa nuit de noces, il est normal que vous soyez nerveuse. Mais tout va bien se passer.

— Je l'espère, Lily.

— Voulez-vous que je vous aide à vous mettre au lit ?

— Non. Je préfère… attendre.

Essayant désespérément de penser à autre chose, Alice contempla le feu, et songea à ce qui se passerait une fois qu'Ewen l'aurait emmenée à Barradine.

Trouverait-elle son père ?

Elle espérait de toutes ses forces que Duncan Forbes lui ait dit la vérité, et que son père vivait désormais en Écosse.

Alice était toujours devant la cheminée quand Ewen la rejoignit.

Ressentant un brusque élan d'admiration, elle sourit en le regardant entrer, de cette démarche souple et élégante qui lui donnait un air à la fois assuré et nonchalant.

La lumière du feu dansait sur son visage, ciselant par moments ses traits magnifiques, et les laissant à d'autres dans l'ombre, pour suggérer une sensualité qui devait couver à l'intérieur.

Il ôta sa jaquette, révélant la forte colonne de son cou dans l'ouverture du col de sa chemise.

Dans cette tenue moins formelle, il semblait aux yeux d'Alice incroyablement viril et élégant.

Consciente d'être nue sous sa chemise de nuit, elle fit un pas en avant. Puis elle s'arrêta, intimidée par les étincelles qui éclairaient le regard gris d'Ewen.

Elle avait l'impression de suffoquer sous l'intensité avec laquelle il la scrutait. Mais elle attendit en silence, tandis qu'Ewen continuait à détailler sa tenue dans les moindres détails, une expression indéchiffrable sur le visage.

Alice n'avait pas la moindre indication sur ce à quoi elle devait s'attendre. Et dès lors, elle ne pouvait que se demander, non sans angoisse, si cet inconnu qu'elle avait épousé n'allait pas soudain se transformer en brute dans sa recherche du plaisir.

Pourvu que cela ne recommence pas, songea-t-elle, effrayée. Elle ne le supporterait pas.

— Voulez-vous un verre de vin ? proposa Ewen. Ou peut-être un peu plus de champagne ?

Elle secoua la tête.

— Non, merci, Ewen, répondit-elle en essayant de contrôler sa voix pour qu'elle ne trahisse pas sa nervosité. Je ne veux rien.

Alice se sentait impuissante à maîtriser la situation. Il régnait dans la vaste chambre une chaleur accueillante. L'odeur du brandy qu'Ewen avait consommé avant de la rejoindre lui parvenait à chaque inspiration qu'elle prenait.

Cette puissante combinaison menaçait d'engourdir ses sens et son esprit. Or, elle voulait rester consciente de ce qui lui arrivait.

Mais d'un autre côté, peut-être aurait-il été plus facile pour elle de se laisser sombrer dans la semi-conscience provoquée par l'alcool.

— Vous tremblez, observa Ewen.

— Oui, admit-elle, avec un tremblement dans la voix. Je ne sais pas pourquoi.

Il eut un sourire légèrement moqueur.

— Ne le savez-vous vraiment pas ?

Alice secoua la tête, redoutant et désirant tout à la fois qu'il la prenne dans ses bras.

Les longs doigts nerveux et puissants d'Ewen soulevèrent son visage pour que leurs regards soient à la même hauteur.

— Je suis en effet très chanceux, Alice, dit-il d'une voix étonnamment enrouée. Je ferai en sorte de ne pas vous blesser, je vous le promets. La douleur ne durera pas. Ce sera vite fini. Ensuite, ce sera plus agréable pour vous.

Alice se sentit soudain perdue et hésitante.

La froide et cruelle vérité ne pouvait plus longtemps être ignorée.

Ewen s'adressait à elle comme à une vierge, une jeune personne que l'on devait initier avec délicatesse aux secrets du mariage. Alors qu'elle, qui savait en quoi consistait l'union charnelle avec un homme, n'était pas du tout encline à renouveler l'expérience.

Soudain, Ewen parut hésiter lui-même, et Alice comprit que c'était probablement son expression torturée, et la façon hébétée dont elle le regardait, qui avait provoqué cette réaction.

— Que se passe-t-il, Alice ? Y a-t-il un problème ?

— Ewen, je dois vous parler.

— Ce n'était pas ce que j'avais en tête, se moqua-t-il gentiment.

— C'est très sérieux, Ewen.

— Je ne suis pas un ogre, vous savez. Je ne

vais pas vous forcer à consommer notre mariage, si vous n'êtes pas prête.

Ne s'attendant pas à rencontrer de la résistance, Ewen était intrigué par le comportement d'Alice.

Il percevait qu'elle n'était pas bien, qu'un souvenir de son passé était probablement revenu la hanter.

Dans l'espoir de découvrir de quoi il retournait, il fit un suprême effort pour contenir son impatience.

— Dites-moi ce qui ne va pas.

Alice se détourna d'Ewen, les bras tendus le long de son corps, les poings serrés.

Elle aurait tant voulu pouvoir se confier à lui.

Mais, avec tout ce qui s'était passé entre eux au début de leur relation, elle éprouvait toujours à son égard un léger manque de confiance.

Il était tombé amoureux de Roberta parce qu'elle était pure et parfaite, alors qu'elle-même était bien loin de cela. Elle avait peur qu'Ewen ne la rejette si elle lui disait la vérité. Ne lui avait-il pas dit qu'il n'apprécierait pas d'avoir dans son lit une femme expérimentée ?

Alice avait les yeux brûlants et la gorge douloureuse, mais elle était fermement décidée à ne pas pleurer.

Ewen vint se placer derrière elle et posa les mains sur ses épaules. À ce contact, un long frisson traversa tout le corps d'Alice.

— Alice, demanda-t-il d'une voix très douce, êtes-vous effrayée de me laisser vous faire l'amour ?

S'ébrouant comme s'il lui avait écorché la peau, Alice fit quelques pas pour s'écarter de lui.

— Je vous en prie, Ewen. Ne me touchez pas. Je… Je ne veux pas de cela. Pas maintenant.

Ewen serra les mâchoires.

Prenant à nouveau Alice par les épaules, cette fois avec plus de fermeté, il chercha à capter son regard.

— Voulez-vous bien me dire ce qui vous prend ?

Quand enfin sa femme leva les yeux vers lui, Ewen eut l'impression qu'un masque était tombé sur son visage. Ses yeux étaient sans vie et mornes, comme si quelque chose en elle était mort.

Jamais il ne l'avait vue ainsi.

Il fut tenté d'ignorer sa demande et de la serrer dans ses bras, mais une intuition le prévint de ne pas chercher l'intimité avec elle.

— Pardonnez-moi si je vous parais stupide, commença-t-il.

Il s'efforçait de garder patience, de lutter contre un sentiment de décalage entre ce qu'il ressentait et l'attitude d'Alice envers lui, contre son impuissance à briser la barrière invisible qu'elle avait érigée autour d'elle.

Se passant les doigts dans les cheveux, il se mit à faire les cent pas.

Quand il était entré dans la pièce, il ne savait pas, bien sûr, à quoi s'attendre. Mais jamais il n'aurait pensé qu'Alice le rejetterait de cette façon.

Il revint vers elle et, les mains sur les hanches, s'arrêta à quelques pas de là où elle se trouvait.

— J'admets ne rien comprendre car, à chaque fois que je vous ai embrassée, vous n'avez fait aucune objection et vous m'avez rendu mes baisers avec une ardeur égale à la mienne. Vous avez même pris l'initiative de m'embrasser à une occasion.

Ewen marqua une pause, se souvenant qu'il avait été tendre et respectueux avec elle.

— Alice, vous saviez à quoi vous attendre quand vous avez accepté de devenir ma femme.

Alice prit une profonde et tremblante inspiration, puisant en elle le courage dont elle avait besoin pour ce qu'elle s'apprêtait à lui demander.

— Je vous en prie, Ewen, accepteriez-vous d'attendre ? De me laisser du temps ?

Hormis une légère crispation autour de la bouche, le visage d'Ewen était indéchiffrable.

— Vous comprenez que ce que vous me demandez n'est pas ordinaire ?

— Oui.

— Et si je refusais ?

Sa voix avait pris une intonation dangereuse.

La lèvre inférieure d'Alice se mit à trembler, tandis qu'elle fixait son mari avec effroi, tel un animal cerné par des chasseurs et n'ayant plus aucune issue.

— Vous... Vous ne m'obligeriez pas à me soumettre à vous ?

Haussant un sourcil, Ewen la gratifia d'un regard glacé.

— Je trouve votre choix de vocabulaire détestable. Lorsque j'emmènerai finalement ma femme au lit, je souhaite qu'elle ne trouve pas nécessaire de se préparer mentalement, avant de m'autoriser à la toucher.

Il laissa passer un silence, comme s'il voulait que ses mots s'imprègnent dans l'esprit d'Alice.

— Je n'attends pas non plus qu'elle se soumette à mon souhait ou mon autorité... Qu'elle se soumette à moi comme si c'était une sorte de punition.

Alice soupira.

— Tout ce que je vous demande, c'est de m'accorder un peu de temps. Je me rappelle que vous m'avez dit ne rien vouloir me demander que je ne sois pas prête à donner. Que si je n'étais pas prête à donner, vous n'étiez pas homme à prendre de force.

Ewen ne s'attendait pas à entendre citer précisément les mots qu'il avait prononcés.

Jurant en silence, il se détourna, vibrant de frustration contenue.

Pour la première fois de sa vie, il se trouvait au pied d'un mur qu'il ne pouvait pas franchir.

Traversant la pièce à longues enjambées nerveuses, il ouvrit la porte et s'arrêta sur le seuil.

Là, il se retourna.

— Devant Dieu, Alice, je jure de ne pas vous forcer. Soit vous venez au lit avec moi, soit je franchis cette porte, et elle restera entre nous jusqu'à ce que vous décidiez de me rejoindre. Mais je ne permettrai pas que la situation reste ainsi indéfiniment entre nous.

Il la regarda cette fois avec autorité.

— Le choix vous appartient.

La tentation de capituler et de se jeter dans les bras de son mari fut si forte qu'Alice hésita.

Elle avait tellement besoin de lui.

Mais la peur la retenait et glaçait son cœur.

Le visage crispé, elle le regarda sans savoir ce qu'elle devait dire.

La honte et l'embarras la submergeaient.

Elle avait réellement espéré pouvoir laisser le passé derrière elle. Elle le voulait de toutes ses forces. Et, pour finir, elle s'était comportée de façon stupide.

— Je suis désolée, Ewen, murmura-t-elle, en secouant lentement la tête.

— Je vois.

Ewen laissa passer un silence.

— Je voudrais pouvoir dire que je comprends, mais ce n'est pas le cas. Quand vous déciderez d'être ma femme dans tous les sens du terme, vous saurez où me trouver.

Son expression se fit implacable.

— Mais prenez garde. Ma patience n'est pas inépuisable. Vous ne pourrez pas contourner indéfiniment la question.

Puis Ewen la laissa, fermant la porte avec fermeté derrière lui.

Ce fut à ce moment-là qu'Alice comprit pleinement ce que signifiait l'expression « avoir le cœur brisé ».

*
* *

Seul dans sa chambre, essayant de noyer sa déception dans l'alcool, Ewen se servit généreusement un brandy et avala d'un trait le liquide ambré.

Immédiatement, il se resservit, en sachant qu'il ne trouverait pas le sommeil cette nuit-là, alors qu'Alice se trouvait dans la chambre voisine.

Cette femme — sa femme —, il la désirait plus qu'aucune autre avant elle et ne pouvait se l'ôter de la tête.

Le regard fixé sur la porte close, il trouvait incroyable pour un homme capable comme lui de contrôler ses émotions de se retrouver dans cette situation.

Il s'agissait de sa nuit de noces, et sa femme lui avait refusé son lit. Et le pire, c'était qu'il ne savait pas pourquoi.

Pourquoi le rejetait-elle ainsi ?

Ne le trouvait-elle pas attirant ?

Lui en voulait-elle encore à cause de son enlèvement ?

Ou bien, y avait-il une raison plus sinistre à son refus de faire l'amour avec lui ?

Lorsque le jour se leva, Alice se tourna sur le côté et observa la lumière grise qui s'accordait si bien avec ses pensées moroses.

Incapable de prendre le petit déjeuner au rez-de-chaussée, elle le fit monter dans sa chambre.

Les domestiques se rendirent vite compte, bien sûr, que les choses n'étaient pas comme elles auraient dû l'être entre elle et leur maître.

En réalité, les relations entre Ewen et elle étaient tendues, et la mésentente ne cessa de grandir.

Au début, ils essayèrent d'être aimables l'un envers l'autre, mais ils étaient tous les deux sur leurs gardes, et il n'était pas possible de parler indéfiniment de la pluie et du beau temps.

Ewen trouva à s'occuper sur le domaine, et il se mit au travail avec une détermination pouvant paraître obstinée.

Au bout de deux semaines, la situation devint intolérable, et ils firent tout pour s'éviter.

Les rares fois où ils se retrouvèrent, généralement au dîner, Ewen ne décrocha pas un mot, et Alice dut se retenir de quitter précipitamment la pièce en claquant la porte derrière elle.

Un matin, après sa promenade quotidienne, elle revenait à la maison quand elle trouva Amir en train de transporter deux selles.

— Où allez-vous avec cela ? demanda-t-elle.

— Votre mari s'en va, milady.

— Comment cela, il s'en va ? Mais, où ?

Le regard d'Amir se porta vers la bibliothèque, dont la porte était ouverte.

Incrédule, Alice s'y précipita.

Ewen était debout devant une grande table et

triait des papiers. Il avait ôté sa veste et roulé ses manches.

Elle vit les épaules de son époux se crisper au son du frou-frou de ses jupes, tandis qu'elle s'avançait sur le tapis.

Lorsqu'il leva les yeux vers elle, Alice eut conscience de l'effort qu'il faisait pour contrôler sa colère.

Elle ressentit une attirance si forte envers lui, qu'elle crut en défaillir.

Elle le trouva si beau, si viril, qu'il aurait suffi qu'il lui sourie pour qu'elle se jette dans ses bras et lui demande pardon.

Elle détailla ses traits de granit, espérant un signe d'adoucissement, de compassion. Mais il la fixait avec des yeux perçants et inquisiteurs.

Ewen plongea les yeux dans les prunelles si bleues de sa femme et serra les poings.

L'envie de la prendre dans ses bras était si forte qu'il avait les plus grandes difficultés à se contenir.

Il avait envie de la serrer contre lui, de l'embrasser, et d'effacer ces deux semaines d'enfer.

— Je viens de voir Amir, commença Alice. Il m'a appris que vous partiez.

— C'est mon intention.

Alice le dévisagea avec incrédulité.

— Oh ! je vois… Est-ce que je viens avec vous ?

— Non. Vous restez à Mercotte Hall. Je ne doute pas que vous y trouviez à vous occuper.

La voix d'Ewen était si froide qu'Alice releva le menton d'un air indigné.

— Vous me laissez seule ici ? N'ai-je droit à aucune compagnie ? Je ne connais personne. Puis-je vous demander pourquoi vous avez soudainement décidé de partir ?

— Il me semble que c'est pourtant évident.

La cruauté de sa remarque fit rougir Alice.

— Pour le moment, vous resterez ici, déclara-t-il, en prenant sa jaquette sur le dossier de la chaise.

Alice céda à la colère.

— Vous n'avez pas d'ordre à me donner, Ewen. Vous êtes mon mari, certes, mais pas mon maître. Je n'entends pas passer ma vie comme une nonne recluse parce que je vous ai contrarié.

— La contrariété est un bien faible mot pour décrire la réalité de la situation.

— Puis-je vous demander où vous allez ?

— À Barradine. J'ai l'intention de partir sur-le-champ.

— Je vois. Avez-vous oublié combien il est important pour moi de retrouver mon père ? Ce n'est qu'en allant en Écosse que je peux espérer y parvenir. Et vous me dites maintenant que je dois rester ici ? Comment osez-vous me refuser cela ? Vous êtes délibérément cruel.

— Pas délibérément, non. Ne vous inquiétez pas, j'enquêterai pour vous.

Incapable de supporter l'idée de rester seule à Mercotte Hall tandis qu'Ewen se rendait sans elle en Écosse, Alice se surprit à supplier son mari.

— Je vous en prie, emmenez-moi avec vous, Ewen.

Sa voix tremblait d'émotion, tandis qu'elle cherchait un moyen d'apaiser la colère de son mari.

Elle tendit la main en un geste d'appel muet puis la laissa retomber le long de son corps, en voyant qu'elle n'obtenait rien d'autre qu'un regard méprisant.

Son cœur battait à tout rompre dans sa poitrine, et elle pouvait à peine parler.

Elle avait la bouche sèche et elle était effrayée, mais elle fit une nouvelle tentative.

— Ewen, je vous en prie, écoutez-moi.

— Pourquoi ? Avez-vous quelque chose d'important à me dire ?

Il y avait à présent dans le regard d'Ewen une lueur d'espoir qui ne fit qu'augmenter le malaise qu'Alice ressentait.

Plus que tout, elle redoutait sa réaction quand elle lui révélerait son secret.

Car elle devait lui dire la vérité maintenant.

Chapitre 8

L'estomac noué par la peur à la pensée de la réaction qu'aurait son mari, Alice se jeta à l'eau.

— J'ai eu un comportement qui vous a semblé inacceptable et j'aimerais essayer de vous le faire comprendre, même si vous risquez d'avoir une mauvaise opinion de moi.

— Je vous écoute.

— Cela concerne ce qui s'est passé avant que je n'arrive à Londres.

— Est-ce lié en quelque façon à cet homme avec qui vous étiez fiancée ?

Elle hocha la tête.

— Et cela explique-t-il pourquoi vous m'avez refusé votre lit le soir de notre nuit de noces ?

— Oui.

Alice baissa les yeux, regrettant de ne pouvoir disparaître dans un trou de souris.

Cependant, elle savait qu'il lui fallait jouer cartes sur table, même si les conséquences risquaient d'être dramatiques.

— Je dois vous prévenir que ce n'est pas plaisant.

Un muscle joua dans la mâchoire d'Ewen.

— Je préférerais que vous ne tourniez pas autour du pot.

Alice prit une profonde et tremblante inspiration, avant de l'affronter, le regard fixe, l'attitude défiante.

— Ce que j'ai à vous dire, c'est que je ne suis pas la femme vertueuse pour laquelle vous me prenez. J'ai déjà connu l'amour physique. J'avais peur de vous le dire, peur de votre réaction, en sachant combien vous seriez déçu et en colère. Mais, c'est comme ça. Je ne peux rien y changer.

Ewen blêmit.

— Enfin je connais la vérité. Et je dois avouer que c'est un problème auquel je ne m'attendais pas.

— Un problème qui n'est pas insurmontable.

— Croyez-vous ? Cela touche ce qu'il y a de plus sacré pour un homme : l'innocence de son épouse.

— J'ai été fiancée auparavant, Ewen. Je ne l'ai pas caché. Si j'étais veuve, la perte de ma virginité ne poserait pas de problème.

— Mais vous n'êtes pas veuve, Alice.

— Je ne vous ai pas menti.

— Vous vous êtes simplement arrangée avec la vérité.

La voix d'Ewen était rude et dénuée de compassion.

Il y eut un silence.

Alice détourna les yeux. Jamais elle ne s'était sentie aussi méprisable.

Elle s'obligea à regarder de nouveau Ewen, et

n'eut aucun mal à déchiffrer son expression. Le dégoût se lisait sur son visage.

Le cœur d'Alice se brisa.

Et pourtant elle ne regrettait pas de lui avoir dit la vérité.

Maintenant, il savait qui elle était.

Elle ne pouvait lui en vouloir de sa réaction, mais elle ne s'attendait pas à ce que cela lui fasse aussi mal.

— Je suis désolée. J'aurais dû vous le dire avant.

— Oui, vous auriez dû. J'aurais apprécié que vous soyez franche avec moi. Cela nous aurait évité beaucoup d'incompréhension.

— Je le sais et je suis désolée de vous faire de la peine. Cependant, vous devez m'écouter jusqu'au bout. Il y a autre chose.

— J'en ai assez entendu. Vous n'êtes pas la jeune femme vierge que je croyais épouser. Vous vous êtes donnée à un autre. Vous êtes souillée, corrompue. Vous m'avez délibérément trahi.

Il y avait tant de colère dans la voix de son époux que les yeux d'Alice s'emplirent de larmes.

Une accusation aussi amère et brutale était plus qu'elle ne pouvait supporter.

Comment Ewen pouvait-il se montrer aussi cruel envers elle ?

— Ce n'était pas délibéré. Ayez pitié, Ewen. Écoutez-moi, et ne me condamnez pas sans entendre toute l'histoire.

— Je ne la connais que trop. Il est évident que votre fiancé n'a pas dû avoir trop de mal à obtenir vos faveurs, si j'en juge par la façon dont vous m'avez embrassé.

— Mais…

Il la toisa, et quelque chose dans son regard la fit taire.

Le visage d'Ewen était si fermé qu'il lui fit penser à un mur sans portes ni fenêtres.

Elle avait le désir féroce de tomber à genoux devant lui et de lui demander pardon, de lui crier qu'elle l'aimait.

Car c'était bel et bien ce qu'elle ressentait pour lui.

Jamais elle n'avait été aussi sûre de quoi que ce soit dans sa vie.

Mais l'attitude d'Ewen la retenait de le lui avouer, et elle attendit désespérément qu'il parle.

Il restait froid, impassible.

— Irez-vous quand même en Écosse ?

Ewen hocha la tête.

— Plus que jamais. Je vous ferai prévenir de mon arrivée.

— Merci.

Elle avait envie de lui demander de ne pas y aller, de ne pas la laisser.

Elle porta la main à sa bouche pour s'en empêcher.

Plus jamais elle n'aurait de respect envers elle-même si elle le suppliait.

Il s'en alla sans lui accorder un regard, et Alice se tourna pour ne pas voir la porte se refermer.

*
**

Deux semaines après le départ d'Ewen, après avoir erré sans but à travers les pièces de Mercotte Hall, Alice ressentit le besoin de respirer l'air frais, tout autant que celui d'échapper aux regards emplis de pitié des domestiques.

Un doux soleil d'hiver l'accueillit. Sa lumière blanche donnait à l'air une limpidité de cristal et rendait le ciel d'un bleu presque irréel.

Une brise légère soulevait ses cheveux tandis qu'elle traversait les jardins et se dirigeait vers le bois.

Ses pas faisaient craquer le tapis de feuilles rousses et dorées qui jonchaient le sol, émaillé de part et d'autre de fougères. Une odeur de résine se dégageait des pins vert sombre, et Alice inspira à pleins poumons, se laissant envelopper par l'apaisant manteau végétal.

Brusquement, le sentier déboucha sur une corniche qui formait un belvédère surplombant des pâturages traversés par une rivière.

Alice s'assit en prenant appui contre le tronc d'un vieux chêne crevassé par les ans et les intempéries et se mit à réfléchir.

Il devait bien y avoir un moyen de sauver sa vie des ruines et de donner une autre chance à son mariage.

Elle devait trouver la force de continuer en dépit de tout.

Quand elle avait été contrainte de quitter la France, elle n'avait pas baissé les bras.

Elle n'allait pas renoncer maintenant.

Courageusement, elle fit face à tous ses démons : ce que Philippe lui avait fait, le scandale, son enlèvement, et le départ d'Ewen…

C'était cet abandon qui lui faisait le plus de mal.

Il fallait absolument qu'elle trouve un moyen de le faire revenir.

S'il s'y refusait, alors elle irait le rejoindre.

Le moment était venu pour elle de prendre sa vie en main, et elle n'avait plus une minute à perdre.

Dans un bruissement d'ailes mêlé de cris perçants, une nuée d'oiseaux quitta la cime des arbres et passa devant un alignement de nuages blancs.

Ils allaient de l'avant, comme Alice.

Elle ne devait pas regarder en arrière. Ce qui était fait était fait.

Un rayon de soleil lui caressa la joue, et elle sourit. Tous les signes annonciateurs du printemps étaient là. La température allait bientôt remonter. C'était le bon moment pour voyager.

Une fois sa décision prise, Alice se sentit vibrer d'une énergie renouvelée.

Elle avait un but et elle était prête à concentrer tous ses efforts pour l'atteindre.

Ce qu'elle ferait une fois arrivée à Barradine, elle n'en avait pas la moindre idée.

D'ici là, elle aurait tout le temps d'y réfléchir.

De retour à la maison, sentant ses joues délicieusement rosies, Alice tomba sur Amir.

Elle s'était habituée à la tranquille, quoiqu'un

peu étrange, présence du jeune homme dans la maison. Amir avait adopté la mode vestimentaire européenne, mais il n'était cependant pas rare de le voir — comme c'était le cas ce jour-là — vêtu de longues tuniques richement colorées et brodées, portées avec des pantalons bouffants et des babouches.

Au début, Alice avait été surprise, mais elle s'était habituée à le voir déambuler dans ses tenues exotiques, en laissant dans son sillage une délicate odeur de bois de santal.

— Avez-vous apprécié votre promenade, milady ?

— Oui. En fait, je pourrais dire que je l'ai trouvée riche d'enseignements. J'ai beaucoup réfléchi, et…

Ôtant sa cape, elle la jeta sur le dossier d'une chaise.

— J'ai décidé que nous devrions partir demain.

— Mais…

— Il n'y a pas de « mais » qui tienne, Amir.

Le soulagement d'avoir pris sa décision arracha un rire léger à Alice.

— Je ne resterai pas plus longtemps dans cette maison. Le temps se prête au voyage, et je n'ai pas l'intention de perdre une journée de plus.

Amir eut une moue dubitative.

— Sa Seigneurie risque d'être contrariée. Il a donné de strictes instructions pour que vous restiez ici jusqu'à ce qu'il vous fasse envoyer des nouvelles.

— Sa Seigneurie peut dire ce qu'il veut. Ma

décision est prise. Et j'aimerais être à Barradine le plus vite possible. Ce qui veut dire que nous devrons changer régulièrement les chevaux au cours du voyage. Évidemment, un cocher et un groom nous accompagneront. Hicks et Taff voyageront dans une voiture séparée, avec les bagages. Étant donné qu'ils ne font rien ici, à part traîner les pieds, autant qu'ils soient occupés à quelque chose d'utile.

Elle crut lire une certaine admiration dans le sourire d'Amir.

— Lord Tremain m'a dit que vous aviez du courage. Il va vous en falloir beaucoup pour l'affronter à Barradine. Il sera encore plus furieux d'avoir été défié.

Alice lui rendit son sourire.

— Je suis certaine qu'il sera furieux. Mais il ne pourra plus rien faire.

Pendant le trajet qu'ils effectuèrent de Mercotte Hall à Barradine, la compagnie d'Amir fut fort appréciable pour Alice.

Un jour, en bavardant avec lui, elle réussit à glaner quelques informations sur ses années de captivité.

— Jusqu'à ce que je m'échappe de la galère avec Ewen, je n'avais jamais rien connu d'autre, lui expliqua-t-il. Ma mère était une esclave. Quand je suis né, j'étais destiné à une vie de servitude au palais du sultan. Je ne sais pas qui est mon père.

— Qu'avez-vous fait pour être envoyé aux galères ?

— J'ai essayé de m'enfuir mais j'ai été repris. Quand je me suis retrouvé enchaîné à une rame, à côté d'Ewen, j'ai essayé d'accepter mon sort.

— J'ai cru comprendre que votre foi était importante pour vous, Amir.

— Fondamentale.

Il laissa passer un silence avant de poursuivre.

— Un jour, il y a eu un violent orage, et cela a tout changé. Je serai éternellement reconnaissant à Ewen. Il a risqué sa vie pour me sauver, alors qu'il aurait pu me laisser me noyer. Je ne sais pas nager, voyez-vous. Nous sommes les seuls à avoir survécu.

— Et il vous a emmené en Angleterre.

— Il peut compter sur mon éternelle reconnaissance. Je le sers du mieux que je peux.

— Ewen ne vous considère pas comme un domestique, vous devez le savoir. Vous n'êtes plus un esclave, mais un homme libre d'aller et venir à sa guise.

— Il me sied de rester à ses côtés.

Amir s'était exprimé en français, et Alice en fut surprise.

— Comment connaissez-vous cette langue ?

— J'ai toujours aimé apprendre, et j'ai connu des captifs de tous les pays. L'un d'eux, un saint homme originaire de France, m'a enseigné des rudiments de sa langue. Ewen m'a appris l'anglais.

— Et je vous félicite pour votre parfaite maîtrise

de notre langue. Mais, dites-moi. Je sais que vous êtes le confident de mon mari. Il lui est arrivé quelque chose qui l'a profondément affecté, mais dont il refuse de me parler. Pouvez-vous me dire de quoi il s'agit ?

Le visage bienveillant d'Amir se referma.

— Pardonnez-moi, milady, mais ce n'est pas à moi de le faire.

— S'agit-il d'une femme ? Était-il amoureux d'elle ?

Amir détourna le regard.

Après une longue réflexion, il reprit la parole, d'une voix basse et douce, comme s'il se parlait à lui-même.

— Une femme… Oui. Elle s'appelait Etta. Mais, je suis désolé, je ne peux pas vous en dire plus. Je lui ai donné ma parole et je ne le trahirai jamais. Ce qui s'est passé avant qu'il ne soit envoyé aux galères, c'est lui qui devra vous en parler.

Amir chercha le regard d'Alice.

— Mais, c'est très difficile pour lui, vous comprenez ?

— Oui, je comprends.

Alice soupira et se cala sur la banquette du coche, en se demandant ce que cette fille, Etta, avait fait à Ewen.

— Vous êtes un bon ami pour lui, Amir.

— C'est le meilleur homme que j'aie jamais connu. Je m'estime très fortuné de l'avoir rencontré.

*
* *

Alice manquait beaucoup à Ewen, et il regrettait profondément sa décision hâtive de la quitter et de se réfugier à Barradine.

Il ne savait pas ce qui lui avait pris de réagir ainsi.

Alice occupait toutes ses pensées, et il savait qu'aucune femme ne pourrait jamais l'égaler à ses yeux.

Non seulement elle était belle et raffinée, mais elle était aussi intelligente, et possédait beaucoup d'esprit.

Et cependant, dès leur première rencontre, quand il avait fait irruption dans sa chambre en passant par la fenêtre, il avait cru discerner des similarités avec Etta.

Ewen songea à nouveau à la raison pour laquelle Alice l'avait rejeté le soir de leurs noces.

Au début, il avait échafaudé diverses hypothèses. La réalité l'avait déçu.

Elle lui avait dit qu'il y avait autre chose. Il aurait dû l'écouter au lieu de partir…

Ne tenant pas en place, il chevauchait pendant des heures pour se changer les idées et s'immergeait dans les affaires du domaine.

Malgré son épuisement physique, il ne parvenait pas à trouver le sommeil, et les pensées tournaient de plus belle dans son esprit.

Il voulait Alice plus que tout ce qu'il avait pu désirer jusqu'à présent.

Il avait besoin d'elle et il savait que, de son

côté, seule à Mercotte Hall, elle le voulait aussi et l'aimait tout autant que lui l'aimait.

L'amour ?

Ewen ricana sombrement à cette pensée puis, après un soupir de renoncement, il s'avoua la vérité.

Oui, il aimait Alice.

Ils mirent cinq jours pour couvrir la distance entre Mercotte Hall et Barradine. Approchant de la fin de son voyage, Alice comprit qu'il était trop tard maintenant pour enrayer le cours de ce qu'elle avait enclenché.

Elle s'exhorta à ne pas céder à la panique qui montait en elle.

Si elle avait pu compter jusque-là sur l'aimable compagnie d'Amir, elle savait qu'il ne pourrait rien pour elle quand ils seraient arrivés à destination.

Personne ne pouvait influencer Ewen Tremain et l'obliger à prendre une décision qu'il n'avait pas d'abord mûri seul.

Pour la première fois de sa vie, Alice sut ce que voulait vraiment dire le fait d'être seule face à l'adversité, et elle éprouva l'impression qu'une main de glace lui serrait le cœur.

Barradine se dressait, impressionnant et fier dans le soleil déclinant de la fin de l'après-midi, sur fond de verts pâturages et de sombres forêts.

Alice descendit du coche.

Le froid vif de l'air et l'odeur de résineux qui s'en dégageait avaient quelque chose de revigorant.

Après avoir été confinée longtemps à l'intérieur du coche, Alice appréciait la caresse du vent dans ses cheveux, tandis qu'elle observait la maison.

Ewen était assis dans son bureau, cherchant une distraction dans les registres de comptabilité laissés par son défunt frère.

Lorsqu'il se surprit à faire la même erreur de calcul pour la seconde fois, il repoussa le registre ouvert devant lui et décida de s'atteler à cette tâche fastidieuse un autre jour.

Quittant son fauteuil, il regarda la pendule sur le manteau de la cheminée, et vit qu'il était beaucoup plus tard qu'il ne l'avait imaginé.

Dehors, le ciel commençait à s'obscurcir. Se postant devant une fenêtre pour observer le jardin, Ewen se massait distraitement la nuque quand il remarqua un coche qui venait de s'arrêter dans l'allée.

N'attendant pas de visite, il se demanda qui pouvait bien se présenter à cette heure-là.

Il n'en crut pas ses yeux quand il vit sa femme descendre de la voiture.

Laissant échapper un juron, il se précipita dans le hall. Puis, retrouvant une attitude plus compassée, il ouvrit la porte.

Alice se tenait en bas du perron, observant la maison avec intérêt.

Elle portait une robe de voyage en gros drap bleu, et ses cheveux étaient simplement relevés par deux peignes de part et d'autre de son visage, le reste de la masse bouclée cascadant dans son dos.

Jamais elle n'avait été aussi belle, et jamais de sa vie Ewen n'avait été aussi content de voir quelqu'un.

Les yeux levés vers l'impressionnante bâtisse de trois étages, Alice observait la rangée de buses en terre cuite surmontant les nombreuses cheminées fumantes.

Elle sursauta lorsqu'une ombre se profila au-dessus d'elle.

Sentant la présence de son mari, sa force virile, elle se tourna lentement pour lui faire face.

Le léger signe de tête qu'il lui adressa était suffisamment formel pour faire courir un frisson d'inquiétude dans ses veines. Et, en même temps, cela lui servit d'aiguillon, renforçant sa détermination à lutter.

Le visage d'Ewen exprimait tant d'amertume et de désolation qu'elle éprouva aussitôt du remords.

— Cette visite est pour le moins inattendue, déclara son mari.

— Pas tant que cela. Barradine est ma nouvelle maison, il me semble. J'espère que vous ne m'en voudrez pas, mais j'avais hâte de venir en Écosse. C'est le pays où je suis née et que j'ai quitté dans les bras de ma mère, alors que je n'étais qu'un bébé. Ce fut très éprouvant pour ma famille et moi lorsque nous avons franchi la frontière pour aller vers l'Irlande.

Ewen la dévisagea durement, et Alice ne dut qu'à une volonté de fer de maîtriser ses émotions.

Durant les longues journées et les nuits sans sommeil qu'elle avait vécues depuis qu'il l'avait quittée, elle avait répété différents discours.

Mais à présent qu'elle se tenait devant lui elle ne s'en rappelait pas un mot.

Pourquoi Ewen n'exprimait-il aucun plaisir à la revoir ?

Et pourquoi elle-même ne ressentait-elle aucune colère devant son attitude ?

Parce qu'elle l'aimait, tout simplement.

— Je puis comprendre que vous ne vouliez pas de moi ici, dit-elle, mais, je vous en prie, ne me renvoyez pas.

Les traits de granit d'Ewen formaient un masque impénétrable, et Alice était trop nerveuse pour détecter autre chose dans son attitude, en dehors du fait qu'il était tendu.

Puis le sourire sardonique qu'elle connaissait si bien et redoutait apparut sur ses lèvres.

— Il est un peu tard pour cela, rétorqua-t-il froidement.

Le regard d'Ewen se tourna ensuite vers Amir, qui restait prudemment à côté du coche.

— Je croyais t'avoir dit d'attendre que je vous envoie chercher.

Alice prit aussitôt la défense du jeune homme.

— Ne lui faites pas de reproches. Il a tout fait pour me dissuader, mais je n'ai pas voulu l'écouter. J'étais déterminée, voyez-vous. Et Amir ne pouvait pas me laisser voyager seule. Comment allez-vous, Ewen ?

Elle savait que sa question était ridicule en la circonstance, mais elle ne savait pas comment faire réagir cet inconnu froid et distant qui se tenait devant elle.

— Je vais très bien, répondit-il d'un ton sec. Remarquablement bien, en fait, pour un homme qui n'a pas été capable de calmer son agitation depuis qu'il est arrivé, qui travaille dur mais ne parvient pas à terminer ce qu'il commence, et qui ne peut dormir sans avoir avalé une forte dose d'alcool.

Sa voix était si froide et dénuée d'émotion qu'Alice ne comprit pas tout de suite ce qu'il voulait dire.

Mais lorsque ce fut clair dans son esprit, les larmes lui montèrent aux yeux.

— Je... Je suis venue parce que je voulais être avec vous.

L'expression d'Ewen s'adoucit enfin.

— Entrez. Vous devez avoir faim.

Alice s'avança dans le grand hall aux allures de grotte, avec son sol de pierre grise, ses boiseries presque noires, ses armures, ses oriflammes héraldiques et ses têtes d'animaux empaillés.

Une jeune bonne, les bras chargés de linge propre, esquissa une révérence en souriant, avant de se diriger vers un escalier de pierre en colimaçon.

— Vous n'échapperez pas ici à la présence

de ma famille, remarqua Ewen. La maison se transmet par héritage, et personne n'a jamais osé y apporter des changements drastiques. Les pièces que j'ai fait préparer pour vous n'échappent pas à la règle. Mais vous verrez cela plus tard. Venez vous asseoir.

— Alors, cela veut dire que vous m'attendiez ?

Il haussa les épaules.

— Un jour ou l'autre.

Ces paroles réchauffèrent le cœur d'Alice. Ainsi, il avait l'intention de la faire venir, après tout.

— Comment s'est passé votre voyage ?

— Sans inconvénients, heureusement. Bien que l'état des routes se soit considérablement aggravé à mesure que nous avancions vers le nord. J'étais heureuse d'avoir la compagnie d'Amir. Hicks et Taff suivent dans une autre voiture avec le reste de mes bagages, mais ils risquent de ne pas arriver avant deux jours.

Une femme rondelette, aux joues comme des pommes sembla jaillir de nulle part. Vêtue d'une robe de laine noire recouverte d'un tablier amidonné, elle semblait très amicale.

— Ah, madame MacKenzie ! Venez, que je vous présente ma femme, Lady Tremain. Elle a décidé de me faire une surprise en arrivant plus tôt que prévu. Mme MacKenzie est notre gouvernante, Alice. Depuis combien de temps, madame MacKenzie ? Dix ans ?

— C'est bien cela, milord. Depuis que Mme Allott est partie.

La gouvernante se tourna vers Alice.

— Bienvenue à Barradine, milady. J'espère que vous serez heureuse ici. C'est un peu isolé, comme vous avez pu voir. J'espère que vous ne vous sentirez pas trop seule, étant donné que vous venez de Londres…

— Merci, madame MacKenzie, je suis sûre que je trouverai Barradine à mon goût. Mais je n'ai vécu à Londres que pendant un court laps de temps. Je suis née en Écosse, pas très loin d'ici et j'ai passé la plus grande partie de ma vie en France.

— Mon épouse était une Frobisher avant notre mariage, expliqua Ewen.

Mme MacKenzie fixa Alice avec de grands yeux. La couleur se retira de son visage. C'était comme si elle avait vu un fantôme.

— Frobisher ? S'agirait-il des Frobisher de Rosslea, la maison qui a été brûlée par les Anglais, alors qu'ils cherchaient des Jacobites ?

— Exactement. Mon mari m'a dit que tout le monde était persuadé que ma mère avait péri dans l'incendie ainsi que mon frère William et moi. Mais elle a réussi à s'échapper, et nous avons fait route pour l'Irlande. Nous y avons vécu quelque temps, avant de nous rendre en France.

— Dieu soit loué, murmura la gouvernante, en se signant rapidement. Tant de pauvres gens sont morts ce jour-là. Mon propre père en faisait partie. Quant à votre maison… Eh bien, il n'en reste rien, à part les murs. En tout cas, je suis contente d'apprendre que votre mère s'en est sortie. Elle était très appréciée ici.

Mme MacKenzie s'essuya les mains dans son tablier, et commença à battre en retraite tout en continuant à parler.

— Je vais vous apporter des rafraîchissements. Et vous devez avoir faim après un si long voyage.

— Une boisson chaude me serait très agréable, madame MacKenzie, répondit Alice, en se perchant sur le bord d'une banquette placée devant l'âtre. Je prendrai une collation plus tard.

Quand la gouvernante eut disparu, Alice tourna les yeux vers son mari.

— J'aimerais voir ce qu'il reste de Rosslea. Est-ce loin d'ici ?

— Une demi-heure de cheval, pas plus. Êtes-vous sûre de vouloir y aller ?

— Oui. Le plus tôt sera le mieux.

Une étrange langueur s'empara d'Ewen, tandis qu'il regardait sa femme en train de siroter un chocolat chaud. Bien qu'il ne puisse déterminer exactement de quoi il avait envie, le sentiment n'en était pas moins intense.

Il y avait sans doute le désir de retrouver un bonheur qui avait été sien durant les jours précédant leur mariage. Et cependant, ce qui le taraudait était infiniment plus compliqué que cela.

Mais, fatiguée comme devait l'être Alice après

son voyage, mieux valait remettre toute tentative de discussion au lendemain.

D'ici là, ils auraient tous les deux eu le temps de se reposer et de réfléchir.

Alice but son chocolat sans prononcer un seul mot, gardant soigneusement son attention fixée sur le feu, jusqu'à ce que le silence entre eux commence à devenir difficile à supporter.

Dès qu'elle tournait la tête vers Ewen, elle surprenait son regard gris posé sur elle avec insistance.

Elle savait ce qui emplissait l'esprit de son mari. Les questions et explications qu'il leur faudrait aborder, avant qu'ils ne puissent faire avancer leur mariage.

Si toutefois leur mariage devait perdurer, après qu'elle lui eut dit la sordide vérité.

D'un geste brusque, elle posa sa tasse et se leva pour déambuler dans le salon, prétendant admirer ici un tableau, là une tapisserie.

En réalité, elle cherchait un endroit où elle aurait pu être à l'abri du regard d'Ewen, mais il n'y en avait aucun.

D'une certaine façon, sa calme indifférence lui faisait plus de mal que ne lui en aurait fait sa colère.

Et Alice se sentait frustrée de ne pouvoir, tant qu'Ewen ne serait pas plus ouvert à la discussion, aborder le sujet qui avait creusé un tel fossé entre eux.

Si au moins il disait quelque chose, pour qu'elle puisse se défendre.

— Si vous n'y voyez pas d'inconvénients, Ewen, j'aimerais voir ma chambre. Je souhaiterais me changer avant le dîner.

— Bien sûr. Vos appartements donnent sur le jardin. Je pense que vous les trouverez confortables.

— J'en suis certaine.

Mme MacKenzie accourut dès qu'il appela.

— Vous pouvez montrer ses appartements à votre maîtresse.

— Bien, milord. J'ai déjà demandé à faire monter de l'eau chaude.

La gouvernante ouvrit la marche vers l'étage supérieur.

Les bougies projetaient des ombres fantomatiques sur les murs doublés de panneaux de bois sombre, qui avaient vu passer des générations de Tremain.

— Vous serez juste à côté de Sa Seigneurie, milady. Ce sont des pièces charmantes qu'il vous a réservées. Personne n'y a dormi depuis des années. C'étaient les appartements de la mère de Sa Seigneurie, avant qu'elle n'aille vivre en France.

Mme MacKenzie ouvrit une porte, et s'écarta pour laisser le passage à Alice.

Elle découvrit une pièce immense, à la décoration d'un autre temps mais non dénuée de charme, avec ses meubles dorés, son lit richement sculpté, ses tentures gansées de franges… L'endroit était néanmoins chaleureux et pourvu de tout le confort qu'Alice pouvait désirer.

Voyant que la gouvernante attendait une réaction, elle lui sourit aimablement.

— C'est une très jolie chambre, madame MacKenzie. Je sais que j'y serai très bien installée.

— Les appartements du maître communiquent par cette porte, expliqua la gouvernante, en désignant l'ouverture pratiquée dans un mur. Et bien sûr il a pensé à tout.

Elle ouvrit une autre porte, révélant un petit salon de bains.

Dans la pièce immaculée se trouvaient des pièces de lin brodé prêtes pour sa toilette, un grand miroir en pied, une coiffeuse garnie de brosses et de peignes, des flacons de cristal contenant des sels de bain, des huiles odorantes et des parfums.

Tout avait effectivement été pensé pour satisfaire ses moindres désirs.

— Comme je l'ai dit tout à l'heure, on doit vous apporter de l'eau chaude.

La gouvernante jeta un regard agacé vers la porte.

— Je ne sais pas ce que fait la servante. Excusez-moi, je vais aller voir.

Une fois seule, Alice fixa la porte reliant les deux chambres.

D'un pas décidé, elle alla tester la poignée. La porte était fermée, mais la clé se trouvait du côté de la chambre d'Ewen.

Mme MacKenzie revint avec une jeune fille nommée Tess, qui serait assignée à la fonction de femme de chambre personnelle de la nouvelle maîtresse, précisa la gouvernante.

Une fois baignée et coiffée, Alice hésita entre deux robes, une rose et une bleue.

— Qu'en pensez-vous, Tess ? Laquelle dois-je porter ?

— Je dirais que vous avez l'embarras du choix, milady.

— C'est très diplomatique de votre part.

Alice soupira.

— Je crois que je vais mettre la rose.

Il s'agissait d'un modèle de satin rose, très ajusté à la taille, et doté d'un profond décolleté.

Une fois qu'elle l'eut revêtu, Alice eut un doute.

N'était-ce pas trop audacieux ? Ewen ne risquait-il pas de penser qu'elle essayait de le troubler pour parvenir à ses fins ?

L'arrivée de Mme MacKenzie, venue lui annoncer que Sa Seigneurie l'attendait dans la salle à manger, mit fin à ses hésitations.

Attrapant un châle, Alice le drapa autour de ses épaules, masquant ainsi son décolleté.

Lorsqu'elle entra dans la salle à manger, elle sentit le regard d'Ewen glisser paresseusement sur elle. Il prenait visiblement note de chaque détail de son apparence.

— Tous mes compliments, Alice. Vous êtes ravissante.

Levant les mains, il lui ôta délicatement son châle.

— Cependant, la pièce étant bien chauffée, vous n'avez pas besoin de ceci.

Il déposa le châle sur le dossier de sa chaise, et Alice surprit la lueur enflammée dans son regard, quand celui-ci dériva vers son décolleté.

— Venez près du feu, proposa-t-il gentiment. Vous tremblez.

Ewen resta en retrait, n'essayant pas de la toucher tandis qu'elle s'avançait vers la cheminée.

Il versa du vin dans un gobelet et le lui tendit.

— Voilà qui vous aidera à vous sentir mieux. Trouvez-vous vos appartements agréables ?

— Oui, merci, Ewen. Tout est parfait.

On leur servit un dîner simple mais succulent, composé d'un rôti d'agneau, de pommes de terre et de légumes verts.

Ils discutèrent de sujets locaux, et Ewen parla à Alice de la maison et des personnes qui l'avaient occupée. Il lui raconta aussi comment son frère, Simon, était venu trouver refuge à Barradine avec Henrietta — qui était maintenant son épouse — déguisée en homme.

Et pendant ce temps, ils évitèrent soigneusement d'évoquer le seul sujet qui leur importait vraiment.

— Vous n'avez pas fait mention de votre père, remarqua Ewen.

— Je pensais que vous me l'auriez dit si vous aviez eu des informations.

— En fait... Lorsque je me suis rendu à Rosslea,

je me suis renseigné auprès des villageois. Certains d'entre eux ont vu un homme âgé errer dans les ruines du château. Personne ne lui a parlé. Ils disent qu'il s'éloigne quand quelqu'un veut lui adresser la parole. Mais il finit toujours par revenir.

— Croyez-vous qu'il pourrait s'agir de mon père ? demanda Alice d'un ton empli d'espoir.

Ewen haussa les épaules et se resservit un verre de vin.

— Je ne sais pas. À votre place, je n'aurais pas trop d'espoir.

— Mais c'est possible, n'est-ce pas ? Comment le vérifier ?

— Je vais mener une enquête plus poussée. Laissez-moi le temps, Alice.

Mais Alice était trop impatiente pour le laisser agir seul.

— Je ne parviens pas à croire qu'il est peut-être là, tout près. Je veux aller à Rosslea. Nous irons demain et nous verrons bien par nous-mêmes.

— Il ne sera peut-être pas là.

— Ne soyez pas aussi défaitiste, Ewen. Je suis certaine qu'il y sera. Et s'il le faut, j'irai attendre là-bas tous les jours.

— Vous pouvez aussi bien attendre ici. Il suffit de faire courir le bruit que vous le cherchez, et il se présentera de lui-même.

— Mais, si cet homme est bien mon père, il ne sait pas que je suis en vie. Il pense qu'il est seul au monde, qu'il n'a plus de famille. Pouvez-vous imaginer ce qu'il ressentira ? Je veux le trouver et le lui dire moi-même.

— Vous devez aussi vous préparer à ce que ce ne soit pas lui. Des centaines de familles ont été déplacées après Culloden.

— Arrêtez ! Ne dites pas de telles choses. N'avez-vous donc pas de cœur ?

Le visage d'Ewen se durcit.

— Du cœur, Alice ? N'êtes-vous pas mal placée pour poser la question ?

— Eh bien, je la pose. Pouvez-vous imaginer combien je me suis sentie mal quand vous m'avez laissée à Mercotte Hall ? Je pensais que vous m'aviez abandonnée pour de bon.

— Qu'est-ce qui a bien pu vous faire penser une chose pareille ?

— Je croyais que j'avais tout gâché. Que vous ne pouviez plus supporter ma présence parce que je n'étais pas la femme innocente pour laquelle vous me preniez.

— Vous vous trompez. J'ai renoncé à ma liberté pour vous. Vous m'appartenez, comme je vous appartiens. Je n'accepte pas la défaite aussi aisément, Alice. Si cela peut vous consoler, je regrettais déjà ma décision de partir, avant même d'avoir franchi la frontière.

— Je suis ravie de l'entendre. La fuite n'a jamais rien réglé, vous savez.

— Je reconnais ma sottise et mon manque de cœur. Et je ne suis pas fier de moi.

Ewen eut une petite moue piteuse pour souligner son propos.

— Je n'aurais pas dû vous laisser seule mais, sur le moment, quand vous m'avez parlé de l'intimité que vous avez eue avec votre fiancé, je n'ai pas pu le supporter. N'avez-vous pas compris ce que cette abstinence forcée me faisait ? C'était à la fois inacceptable et intolérable. J'ai des besoins, Alice.

— Et ces besoins, les avez-vous satisfaits, une fois arrivé en Écosse ?

Les paupières d'Ewen s'étrécirent dangereusement.

— M'accusez-vous de vous avoir été infidèle ?

— Que pourrais-je penser d'autre ?

— Je reconnais que certaines femmes dans les environs sont très accueillantes. Vous attendez-vous à ce que je vive comme un moine ?

— Seigneur, Ewen, je vous croyais plus respectueux des liens du mariage.

Les yeux d'Ewen lancèrent des éclairs.

— Ne me poussez pas à bout, Alice. Il n'y a pas eu d'autre femme depuis que je vous ai rencontrée. Mais j'estime que je me suis montré suffisamment patient. À partir d'aujourd'hui il n'y aura plus de séparations entre nous. Peu importe que vous le souhaitiez.

— Mais je ne le souhaite pas…

— Vous avez réfléchi à ce que je vous ai dit avant de partir ?

— Évidemment ! Vous avez tout à fait le droit d'être en colère, Ewen. Cela dit, je ne vous ai pas caché la vérité pour vous blesser. Ne pensez pas cela. La faute m'incombe entièrement. Je le reconnais, et vous ne pouvez pas me blâmer plus que je me blâme moi-même. Mais, à présent que vous savez tout, il n'y a pas de raison que nous ne puissions pas régler ce problème et faire disparaître les obstacles qui demeurent entre nous.

— C'est ce que vous pensez ?

— Oui. Et c'est pour cette raison que je suis ici. Vous voulez des enfants. Nous en voulons tous les deux. Comment voulez-vous que nous fassions si nous occupons des lits séparés ?

— Où voulez-vous en venir ?

Ewen haussa un sourcil moqueur.

— Me feriez-vous des propositions ?

— Je suppose que c'est un peu cela.

— La situation n'est plus la même qu'avant notre mariage…

— Nous ne sommes plus comme avant, nous non plus. Maintenant, nous sommes mari et femme. Il n'est pas raisonnable de vouloir occulter cela.

— Le mariage ne consiste pas seulement en quelques mots échangés dans une église.

— C'est vrai. Mais ce qui a été dit ne peut pas être repris.

— Qu'êtes-vous en train d'essayer de me faire comprendre, Alice ? Exigez-vous vos droits d'épouse ?

Comme elle ne répondait pas, Ewen insista :

— Voulez-vous de moi dans votre lit ?

— Je ne suis pas venue jusqu'ici pour que les choses restent inchangées. Nous devons prendre la vie comme elle est et pas comme nous souhaitons qu'elle soit. Oui, j'ai connu un autre homme avant vous. Mais je vous interdis de me juger comme une dépravée. Vous ne savez pas ce qu'était ma vie avant que je vienne en Angleterre. Cependant, nous ne sommes plus des enfants, nous savons que dans des domaines comme celui-là, il y a souvent des difficultés de parcours, des barrières, des obstacles…

— À vous entendre, on croirait que vous parlez de chevaux. Épargnez-moi votre discours. Cela suffit.

— Comme vous voudrez.

La tête haute, alors que son cœur était en train de se briser, Alice se dirigea vers la porte.

— Néanmoins, je suis en droit de me demander si j'ai épousé un homme ou une souris.

Sur ces mots, elle sortit et ferma la porte derrière elle d'un geste guère mesuré.

Chapitre 9

Ewen fixa la porte fermée derrière laquelle sa femme avait disparu.

Puis, machinalement, il se mit à faire les cent pas, en essayant d'assimiler tout ce qu'elle avait dit.

De quel droit lui avait-elle parlé ainsi ?

S'il avait pris la décision de partir, c'était uniquement à cause de ce qu'elle lui avait dit.

Dès lors, il était pour le moins inacceptable qu'il ait à subir des reproches aussi ridicules. Après tout, en homme porté sur les choses de la chair, il était le premier à souffrir de leur séparation.

Il prit un verre, se servit un alcool fort et se laissa tomber dans un fauteuil.

Son amour pour Alice était au cœur du problème.

Il se considérait expérimenté et il en était assez fier, d'ailleurs. Mais il avait toujours estimé que l'expérience n'était pas acceptable pour une épouse.

Et cependant voilà qu'il était épris d'une femme qui avait déjà goûté aux joies de la chair avant de le rencontrer.

Ewen resta un long moment dans la salle à manger, avant de gagner sa chambre.

Aussitôt, son regard fut attiré vers la porte permettant à leurs deux chambres de communiquer.

Un instant, il imagina Alice étendue dans son lit, ses cheveux formant comme une nappe de velours sur l'oreiller, son corps menu blotti sous les couvertures.

Avec un claquement de langue agacé, il se tourna vers le grand lit à baldaquin et ôta sa jaquette.

En entendant du bruit de l'autre côté de la porte, il ne put résister à la tentation d'aller la déverrouiller.

Entrant dans les appartements de sa femme, Ewen la trouva assise près du feu.

La découvrant ainsi, qui semblait l'attendre, il s'agaça.

C'était trop facile. Elle savait que le bruit le ferait venir.

À l'insu d'Ewen, le cœur d'Alice battait follement dans sa poitrine.

Elle sentait son sang résonner dans ses tempes. Mais, en voyant qu'Ewen restait posté au loin à la regarder, elle brisa finalement le silence.

— Ainsi, vous êtes venu.

Elle s'en voulait un peu d'avoir dû ruser pour parvenir à ses fins.

Mais cet homme lui avait ravi son cœur, irrévocablement.

Il lui appartenait, qu'il le veuille ou non.

— Vous pouvez vous féliciter d'avoir réussi à me faire venir ici, dit-il froidement.

— Je ne vois pas pourquoi. Cela ne fait-il pas partie du rôle d'un mari de partager le lit de sa femme ? En tout cas, il vous aura fallu du temps pour venir. Je finissais presque par ne plus y croire.

Ewen ne répondit pas à cela mais traversa lentement le tapis, observant Alice de haut. Sa chemise de nuit était si fine que les contours de son corps se devinaient dans le contre-jour créé par la lumière des flammes.

— Pourquoi faites-vous cela, Alice ? Vous savez pourquoi je voulais une séparation temporaire. Nous en avions besoin pour faire le point et chercher comment donner un nouveau souffle à notre union.

Elle leva les yeux vers lui.

— Je sais et, si cela peut vous consoler, je ne vous en blâme pas. Néanmoins, cela ne pouvait plus durer.

— Vous êtes franche. Certains diraient trop franche. Pour ma part, je préfère cela.

— Je m'en doutais.

Alice lui adressa un sourire charmeur.

— J'avoue que j'ai un peu joué sur ce tableau.

— Je ne suis pas un homme influençable, Alice.

— Je sais cela aussi. Mais cessons de tourner autour du pot. Avez-vous une mauvaise opinion de moi, maintenant que vous connaissez la vérité ? Me méprisez-vous ?

— Non. J'aurais préféré qu'il en soit autrement, mais c'est ainsi.

Il fit courir son regard sur le corps à peine couvert de sa femme.

Elle était très désirable. Il brûlait d'envie pour ce qu'elle offrait et il se rapprocha.

Aussitôt, Alice se leva.

Ewen tendit la main et suivit du bout des doigts la courbe de sa mâchoire.

— Vous êtes ravissante, Alice.

Il regrettait beaucoup qu'elle ne soit pas vierge. Il aurait pu alors lui enseigner avec délicatesse tous les secrets du mariage, et lui en donner le goût. Ayant déjà été initiée à une union avec un homme, de manière sans doute un peu brutale, elle était désormais moins encline à revivre cette expérience.

Devinant les pensées d'Ewen, impatiente qu'il la prenne dans ses bras et que cette première nuit avec son mari ait lieu pour qu'ils puissent passer à autre chose, Alice prit la parole.

— Considérez que je ne suis pas une fleur délicate, Ewen. Vous ne me briserez pas en me serrant trop fort. Je vous assure que je suis tout à fait robuste.

— Et intrusive ?

— Également. Je veux vous connaître totalement, comme une femme connaît son mari.

Elle soupira.

— Vraiment, maintenant que vous connaissez la vérité, ne pouvez-vous pas comprendre que j'attends avec la même impatience que vous, ce qui doit arriver ? Je souhaite vous satisfaire… Si c'est acceptable.

— Tout à fait acceptable, ma chère.

— Alors, laissez-moi être votre amante et vous faire oublier toutes celles que vous avez autrefois chéries.

Ewen se figea en entendant ces mots, et une ombre passa sur ses yeux. Ce fut parti aussi vite que c'était venu, mais cela incita Alice à s'interroger au sujet d'Etta.

— Ne devriez-vous pas aller vous changer dans votre dressing-room ? suggéra-t-elle, d'un ton hésitant, tandis qu'il s'approchait d'elle.

Il haussa un sourcil, l'air moqueur.

— Je n'en ai pas la moindre idée. Est-ce ainsi qu'il faut procéder ?

Alice déglutit avec peine.

— Je… Je ne sais pas.

— Moi non plus.

Il sourit.

— C'est ma première nuit de noces. Même si elle arrive un peu tardivement. De ce fait, je suis aussi ignorant que vous. Quelle est la procédure correcte, d'après vous ? Peut-être ceci…

Ewen s'approcha davantage et, posant les mains sur les épaules d'Alice, inclina la tête.

Alice sentit ses lèvres chaudes sur la courbe de son cou et frissonna.

Il releva la tête.

— Ceci rencontre-t-il votre approbation, Alice ?

Comme elle ne répondait pas, il devint plus audacieux.

Alice sentit la main d'Ewen glisser autour de sa taille, l'attirant plus près, jusqu'à ce qu'elle sente sa poitrine pressée contre son torse viril et la puissance des jambes de son mari contre les siennes.

À nouveau, il inclina la tête, écarta ses cheveux, et lui embrassa paresseusement l'oreille. De son autre main, il massa lentement le bras d'Alice jusqu'à son épaule, avant d'effleurer son sein.

Les lèvres d'Ewen glissèrent sur sa joue, puis la bouche de son mari alla à la rencontre de la sienne.

Emportée par les sensations qu'il éveillait en elle, Alice lui rendit son baiser avec une ardeur dont elle ne se serait pas crue capable.

Un soupir lui échappa, et les lèvres d'Ewen entamèrent un lent trajet le long de sa gorge, dépassèrent le délicat col de dentelle de sa chemise de nuit et continuèrent à descendre, jusqu'à s'arrondir autour de la pointe d'un sein.

Alice laissa échapper un petit gémissement, médusée par l'intense plaisir ainsi provoqué, avant qu'Ewen ne réclame à nouveau ses lèvres.

Le baiser sembla cette fois durer une éternité, avant qu'Ewen ne s'écarte, en plongeant dans ses yeux d'un regard enflammé.

Ewen la submergeait de sa vibrante sensualité, envoyant des signaux concrets à ses sens aiguisés.

Elle était submergée par quelque chose qu'elle ne comprenait pas, et face à quoi elle ne savait pas comment réagir.

Soudain, Ewen la souleva dans ses bras, réclamant à nouveau sa bouche, et la porta jusqu'au lit.

Perdue dans ce baiser, Alice sentit ses jambes glisser le long de celles d'Ewen, tandis qu'il la déposait au sol.

Il n'y avait pas la moindre résistance en elle.

Ewen était son mari, et il était tout à fait normal qu'elle accepte ses baisers, ses caresses, et tout ce qu'il pouvait avoir en tête.

À nouveau, le bras puissant de son époux s'enroula autour de sa taille, et il la plaqua contre lui, reprenant sa bouche avec une urgence passionnée, qui ne souffrait pas d'être repoussée.

Les lèvres habiles d'Ewen firent naître de petits frissons de délice dans tout son corps.

— Que faites-vous ? demanda-t-elle, quand il s'écarta soudain.

Il sourit.

— J'ai besoin d'un moment pour me dévêtir. Cela ne sera pas long.

Il lui prit la main et la porta à ses lèvres, avant de se détourner.

Alice s'assit sur le lit et le regarda ôter ses vêtements, et les déposer en tas informe sur une chaise.

Riant, elle se leva et vint les plier.

Les mains sur les hanches, Ewen la regarda avec amusement.

— Que faites-vous ? Nous avons des domestiques pour cela.

— Aucun domestique n'est présent, mais votre femme l'est.

Elle l'observa. Il était nu jusqu'à la taille.

Le cœur battant plus vite, la bouche sèche, Alice détailla les pectoraux saillants d'Ewen, s'attardant sur les aréoles ombrées d'un duvet soyeux, puis son regard suivit l'étroit sillon qui descendait sur son ventre et allait se perdre sous la ceinture du pantalon.

Lorsque Ewen se tourna, elle retint un cri horrifié, tandis que ses yeux s'emplissaient de larmes.

De cruelles cicatrices sillonnaient son dos. Il avait été flagellé, et plus d'une fois, à en juger par la quantité de marques zébrant sa peau.

Un soudain élan de compassion monta en elle, tandis qu'elle songeait au martyre qu'il avait dû endurer pendant ses années de servitude.

Ewen lui fit face à nouveau.

Découvrant son expression choquée, il soupira.

— Je suis désolé, Alice. J'aurais dû vous prévenir. Ce n'est pas beau à voir, je sais. Et je comprends votre réaction.

— Vous avez été fouetté.

— À de nombreuses reprises. C'est le lot des galériens.

Alice se leva et le contourna. Du bout des doigts, elle effleura son dos. Il était marqué à vie, et cela resterait toujours un souvenir de sa captivité.

— Cela vous fait mal ? demanda-t-elle.

— Plus maintenant.

— Comment avez-vous supporté un tel traitement ?

— Je n’avais pas le choix.

— Et Amir ? A-t-il été puni, lui aussi ?

— Oui. Il n’était pourtant qu’un enfant, à l’époque. Mais il est fort. Comme moi, il a survécu.

Il se retourna, prit le visage d’Alice entre ses mains, et la regarda intensément.

— Ce que j’ai vécu, ce que j’ai enduré, tout cela est terminé, Alice. Je ne peux pas changer ce qui m’est arrivé. Et je ne peux pas l’oublier non plus. Souvent, j’ai pensé que j’allais mourir. Mais j’en ai fini de panser mes blessures. Tout ce que je veux aujourd’hui, c’est vivre à Barradine, et y vivre en paix.

Une incroyable chaleur enveloppa le cœur d’Alice, tandis qu’elle fouillait le regard d’Ewen et y découvrait une vibrante sincérité.

— Je comprends, Ewen. Nous vivrons ici ensemble, et y élèverons nos enfants.

— C’est mon rêve le plus cher. Nous nous complétons à merveille, n’est-ce pas ? Et d’ailleurs, en parlant d’enfants… Qu’attendons-nous ?

Spontanément, Alice noua les bras autour du cou de son mari et plaqua son corps contre le sien.

Depuis leur première rencontre, Ewen n’avait jamais cessé d’être surpris et fasciné par le mélange d'innocence et de franchise qu'il avait vu chez Alice.

Chacun de ses traits de caractère était magnifiquement intrigant, et jamais il n'avait été aussi conscient de son amour pour elle qu'à présent, alors qu'ils s'apprêtaient à entrer au royaume de l'intimité maritale.

Incapable de contenir davantage l'impatience qu'il avait de la posséder, il s'écarta pour ôter son pantalon.

Puis il se mit au lit et tapota le matelas à côté de lui.

Le moment auquel Alice avait essayé de ne pas penser était arrivé.

La peur se mélangeait au désir d'expérimenter plus avant les sensations et les émotions qu'Ewen avait éveillées en elle, et son amour pour lui surpassait tout.

Car elle l'aimait.

Énormément.

Elle se l'était déjà avoué à elle-même, et cet aveu lui procurait un mélange de joie et de panique.

Quoi qu'il puisse arriver ce soir entre Ewen et elle, Alice était bien déterminée à exorciser Philippe de son esprit. À le reléguer au passé, là où était sa place.

Cette décision prise, impatiente d'accepter l'invitation de son mari, Alice fit passer sa chemise de nuit au-dessus de sa tête, la laissa tomber à terre et se glissa entre les draps.

Pendant quelques instants, Ewen fut surpris de la franche sensualité du geste.

Qu'une femme puisse se mettre nue, sans montrer le moindre signe d'embarras le surprenait et brouillait son système de classement des femmes en deux catégories : les femmes honnêtes et les autres.

Tournée sur le côté, Alice tendit la main et lui caressa le visage.

Ewen s'empara de sa main et y déposa un baiser, puis il renversa Alice contre les oreillers.

Posant les mains en coupe sur ses seins, il inclina la tête et prit son temps pour les caresser du bout des lèvres, avant de faire courir ses mains sur tout le corps de son épouse.

Comme en transe, Alice ne pensait plus à rien, sauf au désir inattendu, sans limites, qui montait en elle, déroulant dans son ventre des spirales de feu.

Consumée par un plaisir qu'elle n'avait jamais imaginé, elle chercha un contact plus étroit avec le corps d'Ewen, enroulant les jambes autour de ses hanches, nouant les bras autour de son cou.

Sa bouche accueillit celle d'Ewen, sa langue chercha la sienne.

Lorsqu'il se positionna entre ses jambes, Alice connut un moment de panique. *Non… Pas encore… Seigneur, faites que cela ne recommence pas.*

Puis elle se rappela qu'il s'agissait d'Ewen, son mari, et qu'elle l'aimait.

Lorsqu'il la pénétra, elle ne ressentit aucune douleur, s'émerveillant de la capacité de son corps à s'ouvrir pour l'accueillir tout entier.

Contrairement à ce qu'elle avait connu avec Philippe, leur intimité lui procura un vif plaisir, sans inconfort, sans peur.

Lorsqu'elle gémit de plaisir, Alice comprit que ce qu'elle ressentait à cet instant précis sonnait la mort de tout ce qui avait existé auparavant.

Bientôt, elle se sentit basculer dans un vertige de sensations éblouissantes et, tandis qu'elle se contractait autour de lui en criant son nom, elle sentit qu'Ewen la rejoignait dans l'extase.

Renonçant à tout contrôle, Ewen prit pleinement possession de sa femme, l'emplissant du désir urgent qu'il avait gardé en lui depuis le jour de leur mariage.

Longtemps, dans un état second, le corps couvert de sueur, ses bras le soutenant à peine, il attendit que déclinent les derniers soubresauts qui agitaient son corps.

Puis il roula à côté d'Alice.

Tournant la tête vers elle, il observa son visage violemment empourpré.

— Je suppose, dit-il, les yeux débordant de tendresse, que nous sommes maintenant pleinement mari et femme.

Alice soupira comme un chaton repu.

— Je ne dirai plus jamais que vous êtes peureux. Non que je l'aie pensé un seul instant.

— Je suis soulagé de l'entendre, murmura Ewen d'une voix douce, son souffle chaud caressant la joue de sa femme.

Laissant courir ses doigts sur le torse de son mari, Alice songea que rien ne serait plus jamais pareil.

Elle savoura le souvenir de ce qui venait de se passer, se rappelant les détails et les répertoriant.

Elle ressentait que, tout au fond de lui, Ewen avait été choqué par son impatience, par son absence de pudeur, par son abandon.

S'il s'attendait à une mariée hésitante, il avait trouvé à la place une femme prête à dévorer la vie à pleines dents, et à profiter des plaisirs de la chair.

Quand il était entré en elle, il avait semblé à Alice que c'était à ce moment-là qu'elle avait véritablement perdu sa virginité.

Avant cela, les relations sexuelles avec Philippe avaient été difficiles, bâclées, et souvent douloureuses. Et elle en avait éprouvé plus tard de la honte et de la culpabilité.

Ewen lui avait donné le sentiment d'être une vraie femme. D'être pleinement son épouse.

Quelles que soient les circonstances qui avaient conduit Ewen dans le lit de sa femme, il les avait oubliées.

Elle était magnifique, exquisément douce dans ses bras.

À l'instant où sa bouche avait touché la sienne, il avait compris qu'il y avait entre Alice et lui une étrange alchimie, hautement combustible.

Ce qui s'était passé entre eux avait été l'expérience sexuelle la plus sauvagement érotique et la plus satisfaisante de sa vie.

Étendu là, tandis qu'Alice dormait dans ses bras, il était subjugué par la contagieuse et primitive sensualité qui était la sienne.

Ce qu'elle avait ressenti durant leur union charnelle avait été vrai et sans retenue. Il n'avait aucun doute à ce sujet. Aucune femme n'aurait pu feindre ses réactions, à moins d'avoir beaucoup de pratique.

Scrutant le visage d'Alice qui reposait au creux de son épaule, il se dégagea doucement, et se leva.

Debout à côté du lit, il observa la silhouette de sa femme, abandonnée dans le sommeil.

Comme elle l'avait reconnu elle-même, elle possédait effectivement beaucoup de pratique.

Alice se réveilla tard le lendemain matin et fut déçue de ne pas trouver Ewen à côté d'elle.

Sortant du lit, elle s'agaça de l'insistance de Tess, qui voulait lui brosser longuement les cheveux, jusqu'à ce qu'ils brillent.

Tandis qu'elle s'habillait, elle sentit une tension grandissante l'envahir.

En entrant dans la salle à manger, elle trouva Ewen en train de prendre son petit déjeuner.

Il leva les yeux quand elle entra.

Repoussant sa chaise, il fit le tour de la table, et vint tirer la sienne pour qu'elle puisse s'asseoir.

Ignorant dans quel état d'esprit il se trouvait, Alice prit place et le regarda retourner à son siège.

Tandis qu'elle observait sa haute et puissante silhouette, elle essaya d'ignorer les sensations qu'il avait éveillées en elle dans son lit, et combien il était séduisant avec cette jaquette bleu nuit.

— Je vois que vous êtes de mauvaise humeur, ce matin, remarqua-t-elle, tout en déposant un morceau de beurre sur son toast. Ai-je fait quelque chose qui vous a déplu ?

Ewen fronça les sourcils, puis il se cala contre le dossier de son siège et soupira.

— Êtes-vous en colère contre moi ? insista Alice. Regrettez-vous ce qui s'est passé entre nous ?

Il esquissa un sourire.

— Si c'était le cas, que diriez-vous ?

— Que vos yeux et votre corps disent le contraire. Vous me désiriez. Croyez-vous que je ne le sache pas ? Pourquoi perdre votre temps et votre énergie à nier ce qu'il y a entre nous ?

Alice avait envie de lui dire ce qu'elle ressentait, mais elle n'était pas une naïve jeune fille aux yeux emplis d'étoiles, prête à clamer son amour après une nuit de passion.

— Alice, déclara Ewen d'un ton qui semblait proche de l'exaspération, je veux commencer par vous présenter mes excuses pour la façon dont je vous ai traitée la nuit dernière. Ce n'était pas dans mon intention que le début de votre séjour à Barradine commence sous de mauvais auspices. Cette maison est autant à vous qu'à moi.

— Merci. Mais… J'aimerais savoir sur quoi portent vos excuses. Votre attitude avant que nous allions au lit ou après ?

Contre toute attente, Ewen sourit, tandis qu'une lueur ironique dansait dans ses yeux.

— Les deux. Enfin uniquement si vous estimez que je dois m'excuser pour ce qui s'est passé entre nous au lit. Sur le moment, je ne vous ai pas entendue vous plaindre.

Surprise par le mélange de gravité et de tendresse dans son expression, Alice observa un moment son mari sans rien dire.

Comment pouvait-il être si doux et gentil un moment, et si froid, replié sur lui-même et arbitraire à d'autres ?

Ce fut d'une voix calme qu'elle exprima ce qui lui trottait dans la tête.

— J'aimerais pouvoir vous comprendre, Ewen.

— Que ne comprenez-vous pas ?

— Comment pouvez-vous être si revêche et ensuite presque tendre d'une minute à l'autre ?

— En fait, quand vous m'avez révélé que vous n'étiez pas vierge, ma fierté a pris un coup. Bien mérité, pourriez-vous dire, mais c'est une question d'opinion. Et quand vous m'avez défié de vous rejoindre dans votre lit, elle a été heurtée une deuxième fois.

— Votre fierté ? Une deuxième fois ? Je ne comprends pas.

— C'est moi qui aurais dû prendre l'initiative de nos retrouvailles. Les hommes aiment prendre ce genre de choses en charge.

— Mais, quelle importance ?

Ewen haussa les épaules.

— Une question d'ego, j'imagine.

— Je vois. Merci de me l'avoir dit.

Baissant les yeux vers son assiette et jouant avec sa nourriture, Alice demanda :

— Voulez-vous m'emmener à Rosslea ? La journée est idéale pour monter à cheval.

— J'allais vous le proposer.

Réprimant une envie de hurler de joie, Alice sourit tout simplement.

— Alors, vous allez venir avec moi ?

— Cela dépend.

— De quoi ?

Ewen haussa les sourcils d'un air de défi moqueur.

— Si vous montez bien à cheval.

Impatiente de se mettre en route, Alice repoussa sa chaise et se leva.

— Vous m'avez vue à l'œuvre. Vous savez bien que je suis une cavalière accomplie.

La journée était plaisante mais froide, avec de fréquentes rafales de vent qui s'engouffraient sous la jupe vert olive de sa tenue d'amazone et détachaient des mèches de cheveux de son chignon.

Alice pressa sa monture pour rattraper son mari, qui chevauchait devant.

Ils traversèrent une jolie vallée humide peuplée de moutons. Le ciel était encombré de nuages qui, en se déplaçant, jetaient des ombres autour des collines. Un oiseau au plumage chatoyant s'envola devant eux. Les sabots des chevaux frappaient rudement le sol dur et caillouteux.

Alice était émerveillée par la beauté du paysage. Ce n'était sans doute pas la première fois qu'elle le voyait, mais elle ne s'en souvenait pas.

Soudain, Ewen mit son cheval à l'arrêt et pointa quelque chose du doigt.

Alice s'arrêta à son tour pour voir de quoi il s'agissait.

Elle distingua les contours d'une ruine accrochée à flanc de colline.

Tandis qu'ils s'approchaient, le cœur d'Alice se serra lorsqu'elle pensa au passé et à sa famille perdue.

Elle était revenue à Rosslea en ne sachant pas à quoi s'attendre, et le plus poignant fut peut-être pour elle la vision des écuries et des étables dévastées, qui devaient grouiller d'activité autrefois.

— À quoi pensez-vous ? demanda Ewen, en regardant attentivement sa femme.

— Je songe au désespoir et à la peur de ma mère quand elle a dû quitter sa maison.

Sa voix tremblait légèrement, et Ewen perçut sa tristesse.

— Et dire que pendant tout ce temps, mon père était peut-être en vie, et que nous n'en savions rien.

Alice descendit de cheval et regarda autour d'elle.

Ewen observa son visage blanc et crispé tandis qu'elle approchait de ce qui avait été sa maison, les hautes herbes non fauchées léchant le bas de sa robe.

Tournant la tête, elle observa les murs effondrés, ce qu'il restait des hautes cheminées, semblables à des sentinelles, les jardins à l'abandon.

Sans doute se disait-elle qu'elle aurait pu jouer dans ces lieux, si elle avait été autorisée à grandir à Rosslea.

Un étrange silence régnait dans les ruines aux allures fantomatiques.

Alice essaya de s'imaginer ce qui s'était passé durant cette terrible nuit, quand les soldats anglais avaient mis le feu au château. Et sa pauvre mère, dont les deux fils avaient trouvé la mort à Culloden, dont le mari avait été fait prisonnier, où avait-elle puisé le courage de s'enfuir ?

— Comment était-ce avant l'incendie ? demanda-t-elle à Ewen. Le savez-vous ?

— Je me rappelle être venu à cheval pour des visites de courtoisie, en compagnie de Simon. Ma mère voyait régulièrement la vôtre. À l'époque, c'était une grande maison au style hétéroclite. Imaginez la taille de Barradine, avec des tourelles.

— C'est ainsi que je l'imaginais.

Gagnée par l'immense tristesse qui régnait en ces lieux, Alice regarda autour d'elle, en écoutant le chant du vent qui cherchait à s'infiltrer dans les trous et les crevasses.

— Où peut bien se trouver mon père ?

Ewen observait Alice, pâle et fragile comme une fleur hivernale, figée au milieu de ce qui avait été le hall d'honneur de Rosslea, la maison ancestrale des Frobisher.

Il ressentait de la pitié, et le besoin de la protéger.

À la voir ainsi angoissée, quelque chose vacilla en lui, luttant pour trouver son chemin vers la lumière et balayant son passé.

Peut-être était-il temps pour lui de tourner la page sur ses souvenirs, et de s'intéresser au présent.

Cette femme, qu'il avait faite sienne, et pour qui il commençait à éprouver des sentiments, était en proie à une immense souffrance, et il se devait de lui apporter son soutien.

Profondément affectée par ce qu'elle venait de voir, Alice revint vers son mari.

— J'en ai assez vu. Ramenez-moi à la maison, Ewen.

*
* *

D'humeur mélancolique, incapable d'oublier ce qu'elle avait découvert à Rosslea, ou de bannir de son esprit les tristes pensées qui mettaient à mal sa joie de vivre, Alice passa la nuit seule.

Le lendemain, réveillée par un rai de soleil qui filtrait entre les rideaux et par un chant d'oiseau, elle s'habilla, trouva son chemin jusqu'au hall et sortit.

Après une nuit agitée, qu'il avait passée à s'inquiéter pour sa femme, tout en sachant qu'elle avait besoin de temps pour assimiler ce qu'elle avait vu, Ewen ne regrettait pas d'avoir respecté la demande d'Alice qui avait souhaité dormir seule.

À présent, depuis la fenêtre de sa chambre, qui donnait sur le jardin, il la regardait traverser la terrasse et se diriger lentement vers la rivière.

Vêtue de sa cape, la tête légèrement penchée, elle semblait profondément plongée dans ses pensées.

Traversant un pont étroit, Alice suivait le chemin qui menait vers le bois, quand elle entendit marcher derrière elle.

Alertée, elle se retourna et découvrit qu'il s'agissait de son mari.

— Eh bien, Ewen, je ne m'attendais pas à trouver quelqu'un debout à cette heure.

— Vous êtes bien levée, vous.

— Je ne pouvais pas dormir.

— Pourquoi ? Votre lit est inconfortable ?

Alice reprit sa marche, et Ewen lui emboîta le pas.

— Non, pas du tout.

— Pourquoi, alors ?

Alice arrêta à nouveau de marcher.

Une biche venait de sortir du fourré, accompagnée d'un faon au dos tacheté de blanc.

Tout à coup le délicat animal leva la tête, les oreilles aux aguets, et parut fixer Alice de ses attendrissants yeux de velours. Puis, la biche s'enfuit d'un bond, aussitôt imitée par son petit, et ils disparurent dans les taillis.

— J'ai beaucoup de choses en tête, répondit-elle. Et, comme ce sont des choses dont je dois vous parler, je ne trouverai pas de repos tant que ce ne sera pas fait.

— Est-ce vraiment le moment ?

— Je crois en effet qu'il est temps de crever l'abcès. Vous ne m'avez guère questionnée à propos de l'homme à qui j'ai été fiancée. Cependant, je sais que vous êtes fâché et blessé et que vous avez du mal à me faire confiance. Si nous n'en parlons pas maintenant, ce sera toujours là, entre nous.

— Comme vous voudrez.

— Vous devez avoir l'impression d'avoir été trompé. Je le comprends et j'en suis terriblement désolée.

Alice était reconnaissante à Ewen de sa patience, mais il était temps maintenant que la vérité soit exprimée.

— Je dois être honnête avec vous. Il y a des choses que vous ne savez pas à mon sujet. Des choses terribles que j'ai besoin de partager avec vous. Je n'en ai jamais parlé à personne. Si le fait d'en parler pouvait permettre d'exorciser enfin ce qui s'est passé, je suis prête à essayer.

— Dites-le moi alors, Alice. Je vous écoute. Et je ne vous jugerai pas, c'est promis.

classe et celles que j'ai besoin de partager avec vous. Je n'en ai jamais parlé à personne. Et le fait d'en parler [illegible] que [illegible] que [illegible] pensez, je suis prête à l'écouter.

— Dieu, le mot [illegible]. [illegible] Je vous écoute. Et je ne vous regretterai pas, c'est promis.

Chapitre 10

Alice se remit à marcher, gardant le silence pendant quelques instants, tandis qu'elle se demandait par où commencer.

Finalement, sans regarder Ewen et tout en observant une cadence rythmée, elle se lança :

— J'avais dix-huit ans quand je me suis fiancée avec Philippe Duplay, comte de Saint-Antoine. Avez-vous entendu parler de lui ?

Ewen secoua la tête.

— Je ne suis resté que peu de temps à Paris. Je n'y étais que depuis quelques semaines quand j'ai rencontré Roberta. Ensuite, j'ai été contraint de rentrer à Barradine.

Après un temps de réflexion, il reprit :

— C'est probablement pour cette raison que je n'ai pas entendu parler du scandale qui a entouré votre rupture. Je n'ai pas non plus pour habitude d'écouter les ragots. Je me suis trouvé écarté tellement longtemps des sujets triviaux de la société, que cela ne m'intéresse plus, si cela m'a jamais intéressé. À quoi ressemblait-il, ce Philippe Duplay ?

— Il était riche, séduisant, plein d'esprit. Le genre d'homme dont toutes les jeunes filles rêvent. Il était aussi arrogant, roué, joueur… Innocente comme je l'étais, je ne savais pas comment je devais me comporter. Je n'avais jamais été amoureuse. Je regardais d'un œil amusé les drames que faisaient les autres filles à la moindre amourette. Jusqu'à ce que Philippe montre de l'intérêt envers moi.

— Que ressentiez-vous pour lui ? Étiez-vous amoureuse ?

— Non. J'étais flattée et je n'ai pas émis d'objection quand il a dit qu'il voulait m'épouser. Nos fiançailles ont été approuvées par nos familles respectives.

Alice s'arrêta brusquement et se tourna pour faire face à son mari.

Les yeux plongés dans les siens, elle voulait voir sa réaction à ce qui allait suivre.

— Il m'a parlé du devoir conjugal, en ajoutant qu'il était de coutume pour les fiancés d'anticiper leurs vœux.

Alice s'efforçait de ne laisser transparaître aucune émotion dans sa voix.

— Je ne suis pas la première femme à m'être laissé berner par un beau parleur et je ne serai malheureusement pas la dernière. Philippe s'est servi de moi. Ce qu'il m'a fait était obscène et impardonnable. Je le détestais.

— Vous étiez très jeune.

— L'âge n'est pas une excuse. Ce fut la période la plus honteuse de ma vie.

Elle essaya de deviner ce que pensait Ewen. En vain.

— Mais… Je vous ai sans doute choqué.

— Personne ne vous avait expliqué en quoi consistait le devoir conjugal ?

Alice rougit.

— N'oubliez pas que j'ai été élevée par mon frère. Ce n'est pas le genre de choses dont un homme peut discuter avec sa jeune sœur.

Elle eut une petite moue embarrassée.

— Je n'ai pas bien compris. Je croyais qu'il fallait en passer par là. Que c'était mon devoir.

Sa voix se réduisit à un murmure.

Haut dans le ciel, un oiseau déchira le silence de ses cris joyeux.

— Votre devoir ! répéta Ewen d'un ton écœuré. Moi, j'appellerais plutôt cela de la séduction.

Le visage ravagé par l'angoisse, il ajouta :

— Je vous en prie, Alice, n'en dites pas davantage.

— Il le faut.

Ewen hésita. Le ton monocorde d'Alice, la simple description des faits bruts, parlaient de douleur et d'humiliation. Et ce n'était pas sans lui rappeler sa propre désolation.

La pitié commença à faire fondre son cœur.

Soudain, il voulut savoir. Il en avait besoin.

— Allez-y, dit-il calmement.

— L'attitude de Philippe vis-à-vis de ce qu'il m'avait fait subir me donnait l'impression de ne rien valoir, et j'avais tellement honte de moi-même… Aujourd'hui, j'ai peine à croire que j'ai pu l'autoriser à se servir de moi comme il l'a fait, que je me suis soumise si facilement à son caprice.

Le souvenir de son humiliation avait coloré les pommettes d'Alice, et ses yeux étaient brillants de larmes.

— Il m'avait promis monts et merveilles, mais c'était un menteur et un tyran. Je ne me doutais pas de la personne qu'il était vraiment.

— Était-il violent ? Vous a-t-il frappée ?

Elle hocha la tête.

— Oui.

— Miséricorde… L'avez-vous dit à quelqu'un ?

— Non, personne. En tout cas, pas à ce moment-là. J'étais trop humiliée. William aurait voulu le tuer. Il… Il me frappait toujours là où cela ne se voyait pas.

La voix d'Alice tremblait d'émotion.

— Je ne peux pas rejeter entièrement la faute sur lui. J'aurais dû être moins sotte. J'étais en réalité une gamine naïve, incapable de gérer une relation comme celle-là.

Elle soupira.

— Je ne savais pas comment affronter ses changements d'humeur. Il sortait trop facilement de ses gonds. Une autre femme ne se serait probablement pas laissée faire. J'aurais dû être assez forte pour refuser ses avances. J'aurais dû être plus intelligente que cela.

Ewen faisait de gros efforts pour contenir sa

colère. La timide et faible jeune fille dont Alice parlait n'offrait aucune ressemblance avec la superbe rebelle qui l'avait affronté et avait lutté contre lui, la nuit où il était entré dans sa chambre à Hislop House.

— Tout cela est très bien, mais n'oubliez pas que vous n'aviez que dix-huit ans. Cet homme a profité de vous. C'est lui qui aurait dû être plus intelligent que cela, pas vous.

Alice ne répondit rien.

Ewen était médusé par ce qu'il venait d'apprendre.

Alice lui avait livré son cœur et son âme. Elle lui avait révélé son incroyable et choquant passé. Et, à présent, sa souffrance se lisait sur son visage. Son fiancé lui avait volé son innocence et sa confiance en autrui.

— Il m'a fait beaucoup souffrir, reprit-elle, et c'est quelque chose qui est gravé en moi et dont je ne peux plus me défaire. Il m'a appris à être soumise. Il m'a appris les choses les plus décadentes qui soient, en me disant que c'était tout à fait normal entre un mari et sa femme.

Ewen vit que tout en parlant, Alice évitait soigneusement son regard.

— Il m'a aussi appris la haine. À cause de ce monstre, je me suis persuadée que je n'aurais jamais droit à une vie normale. Et, aussi longtemps que je vivrai, je ne lui pardonnerai jamais.

— Au moins, vous avez eu le courage et le bon sens de le quitter.

— Oui, je l'ai fait. Il le fallait. Si je l'avais

épousé, je crois sincèrement que j'aurais fini par mettre fin à mes jours.

Alice se remit à marcher, et Ewen la suivit en silence.

L'observant, il fut profondément ému de voir des larmes couler sur ses joues.

S'il était un homme capable de haine et de vengeance, il avait aussi en lui de la compassion, de la tendresse et de l'amour.

Il ne pouvait imaginer l'horreur de ce qu'Alice avait enduré, ni le courage qu'il lui avait fallu pour rompre ses fiançailles.

Il la prit dans ses bras et comprit que son amour, fort et incontestable, ne se trouvait pas diminué par le fait qu'il n'avait pas été le premier à la prendre.

Il ressentait de l'admiration pour Alice qui avait surmonté ces épreuves, et une humilité qui ne lui était pas familière.

Il éprouvait aussi des envies de meurtre à l'égard du monstre qui s'était rendu coupable du viol brutal d'une innocente. Car il n'était pas possible de qualifier autrement ce qu'il lui avait fait.

— Si j'avais su cela, je ne vous aurais jamais abandonnée pour me réfugier à Barradine. L'ampleur de mon erreur est énorme. En tant que mari, mon rôle est de vous protéger, pas d'ajouter à votre peine.

Alice enfouit son visage contre son torse.

— Au moins, je sais que je suis en sécurité maintenant. Philippe a quitté ce monde. Il ne peut plus me faire de mal.

Ewen la repoussa à bout de bras pour étudier son visage.

— Comment avez-vous mis fin à vos fiançailles ?

— Je lui ai dit que je ne l'épouserais pas, une semaine avant la cérémonie. Je ne l'ai pas abandonné au pied de l'autel, mais tout le monde a eu l'air de le penser. À commencer par sa famille. Personne ne savait ce qu'il m'avait fait, et ils m'ont tous mal jugée. Philippe était fou de rage. Il a raconté des choses horribles sur moi. Quand il a rendu notre liaison publique, en disant que j'étais une catin, j'étais si horrifiée que je ne me suis même pas défendue.

— Et votre frère ? A-t-il essayé d'intervenir ? Vous a-t-il au moins défendue ?

— William voulait que j'épouse Philippe. Quand les ragots ont commencé à se propager, il n'a pas tenté de les faire taire. Il a pensé que je préférerais le mariage à la disgrâce. Mais j'avais pris ma décision. Et le mal était fait. Finalement, c'est Anne, la femme de William, qui lui a raconté ce que Philippe m'avait fait. Elle était entrée dans ma chambre, un jour, et avait vu mes bleus avant que je n'aie eu le temps de les cacher. J'avais tellement besoin de me confier à quelqu'un que je lui ai tout dit.

— Quelle a été la réaction de votre frère ?

— Il en a été très affecté. Il ne m'a pas dit grand-chose, si ce n'est qu'il allait régler le problème. Je ne savais pas ce qu'il avait en tête, jusqu'à ce que je reçoive une lettre de sa femme m'apprenant que William avait provoqué Philippe en duel.

Lorsque Alice se tut, Ewen posa les mains sur le haut de ses bras, et chercha son regard.

Son visage dégageait une impression d'extraordinaire résignation.

— Que s'est-il passé, Alice ?

— William est une fine lame. Il a gagné. Philippe a succombé à ses blessures. Vous savez sans doute que les duels sont illégaux en France. Mais il n'y a pas eu de suite. La famille de Philippe était tellement horrifiée par ses agissements envers moi qu'elle a étouffé l'affaire.

— Cet homme a eu ce qu'il méritait, déclara férocement Ewen.

Si le frère d'Alice n'avait pas réglé le problème, il aurait pris le premier bateau pour la France et s'en serait occupé lui-même.

— Lorsque je n'ai plus été sous son influence, reprit Alice, j'ai compris qu'il s'agissait d'un libertin sans scrupule. Mais il était trop tard. J'étais devenue la victime de préjugés sociaux. J'avais enfreint toutes les règles de la bonne société. J'étais une dépravée. Plus personne ne voulait être vu en ma compagnie… Pour finir, William a été obligé de m'envoyer en Angleterre.

— Vous ne devez pas laisser les cicatrices émotionnelles provoquées par Duplay gâcher votre vie et détruire votre chance d'avoir un mariage heureux. Je suis furieux de ce qu'il vous a fait, naturellement, mais je ne veux pas croire que les dommages soient irréparables. Je ferai tout mon possible pour vous faire oublier votre passé. Je vous le promets, Alice.

Il la prit dans ses bras et la serra contre lui.

Les actions, et non les mots, seraient l'unique façon de lui faire baisser la garde et de l'amener à l'aimer autant que lui l'aimait.

Un sourire se forma sur les lèvres d'Ewen, tandis qu'il réfléchissait à une stratégie.

— Comment vous sentez-vous, maintenant que vous m'avez tout dit ?

Alice soupira.

— Émotionnellement épuisée, vide de toute énergie, mais heureuse d'avoir eu le courage de vous parler. Au moins, maintenant, vous savez tout.

— Je n'ose imaginer ce que vous avez ressenti quand vous êtes venue à Barradine et m'avez autorisé à vous rejoindre dans votre lit.

Ewen se sentait à présent coupable de son attitude envers Alice.

— À cause de ce que vous avez subi aux mains de Duplay, vous avez dû avoir peur de ressentir de la répulsion en vous retrouvant à nouveau confrontée à l'intimité entre un homme et une femme. Cela a-t-il été très difficile ?

Alice eut un sourire bienveillant.

— Je vous désirais et je n'aurais pas laissé le fantôme de Philippe détruire cela. Je n'ai senti aucune répulsion avec vous. Vous n'avez donc aucune raison de vous inquiéter.

— Je suis soulagé de l'entendre.

— En parlant de mon histoire, j'ai compris qu'il n'y avait aucune similitude entre Philippe et vous. Il était égocentrique et sadique. Un véritable monstre. Alors que vous voulez m'apporter amour et protection.

Elle laissa passer un silence.

— Même quand je vous ai défié et mis en colère, vous n'avez montré aucune violence envers moi.

Rejetant la tête en arrière, Alice lui sourit.

— Merci de m'avoir écoutée. Je sais que cela a été difficile pour vous. J'ai passé de longues journées à me ronger les sangs, en me demandant comment nous pourrions poursuivre notre histoire après cela. Et je crois que le mieux, c'est de toujours parler de tout de façon ouverte et honnête.

Ewen prit le visage d'Alice entre ses mains.

— Vous devez toujours avoir à l'esprit que vous pouvez me dire ou me demander tout ce que vous voulez, sans redouter de colère de ma part.

Il fit une petite moue contrite.

— Je ne suis pas fier de la façon dont je vous ai traitée. Je n'aurais jamais dû partir. J'aurais dû écouter ce que vous aviez à me dire. Mais j'étais tellement consumé de colère qu'un autre homme ait pris ce que je chérissais que j'étais incapable de penser à quoi que ce soit d'autre. Je me suis imaginé n'importe quoi et je me suis torturé l'esprit avec des choses qui n'existaient pas.

— Mon intention n'était pas de vous faire souffrir, Ewen. Si j'avais su, j'aurais…

— Quoi ? l'interrompit-il, avant d'effleurer ses

lèvres d'un baiser. Vous m'auriez soulagé de ma souffrance ?

— Je n'aurais pas pu le faire sans vous dire toute la vérité.

— Et j'ai été vraiment stupide de ne pas vous écouter. Vous m'inspiriez un désir fou, Alice. Vous étiez à la fois proche et fuyante, et je finissais par ne plus savoir sur quel pied danser.

Alice leva un regard empli d'incertitude vers son mari.

— Je vous en prie, dites-moi que tout n'est pas fini.

— Je vais faire mieux que cela, je vais vous le montrer, murmura Ewen en prenant le visage d'Alice dans ses mains.

Le son de sa voix profonde et rassurante, combiné avec la sensation de ses doigts à la caresse si douce, fit beaucoup pour dissoudre les craintes d'Alice.

Le dévisageant, elle déclara :

— Cela signifierait beaucoup pour moi et pour notre avenir si nous pouvions mettre cela derrière nous.

— Il n'y a rien que je souhaite davantage.

Inclinant la tête, Ewen déposa un baiser sur ses lèvres.

Ils restèrent longtemps ainsi, prisonniers d'une étreinte qui contenait non seulement de l'amour, mais aussi de la confiance et de la sérénité.

— Aimez-moi, Ewen, et montrez-moi comment vous aimer et vous satisfaire.

— N'ayez aucune crainte, mon amour. Il y a

deux ou trois choses que j'aimerais beaucoup vous apprendre. Je suis sûr que vous serez une élève attentive et douée. Cependant, il m'est difficile de me contrôler et d'être tendre, alors que j'ai terriblement envie de vous.

— Vous avez pu constater que je n'étais pas fragile. De plus, je vous rappellerai que j'ai moi aussi mes désirs.

— Et je saurai les satisfaire, Alice, vous pouvez me croire.

Il chercha son regard.

— Et, au-delà de cela, je vous aimerai jusqu'à mon dernier souffle.

— Voilà qui me plaît beaucoup.

Alice avait les larmes aux yeux.

— Je vous aime, Ewen, et moi aussi je vous aimerai jusqu'à mon dernier souffle.

Elle marqua un temps d'hésitation avant de poursuivre.

— Ewen, je viens juste de vous ouvrir mon cœur. Ne voulez-vous pas faire la même chose ? N'avez-vous rien à me dire au sujet d'Etta ?

— Etta ?

Les paupières d'Ewen s'étrécirent de suspicion.

— Comment êtes-vous au courant ?

— Je sais que vous avez aimé une femme, quand vous étiez en captivité. Amir me l'a dit quand nous avons voyagé ensemble pour venir ici.

Un éclair de colère passa dans les yeux d'Ewen.

— Il n'avait pas le droit de vous raconter cela.

— Il ne m'a révélé que son nom. Rien d'autre.

J'ignore ce qui s'est passé, mais je sais que cela vous a blessé. Je pense que nous avons tous les deux des blessures profondes, et que nous pouvons en guérir ensemble. Ne voulez-vous vraiment pas m'en parler ?

— Je n'en ai jamais parlé à personne… sauf à Amir.

— Était-elle une esclave ?

Ewen hocha la tête.

— Etta était la favorite du sultan. Elle était belle, avec des cheveux noirs, comme vous. Mais elle était menteuse et tricheuse… Et mauvaise.

Alice écarquilla les yeux.

— Qu'êtes-vous en train de dire ? Que vous ne l'aimiez pas ?

À nouveau, Ewen répondit par un hochement de tête.

— Je ne crois pas l'avoir jamais aimée. Mais, à l'époque, je ne le savais pas. Je réalise maintenant que c'était plus un instinct primitif que de l'amour. Quoi qu'il en soit, c'était puissant, et cela me liait aveuglément à elle.

— Racontez-moi.

— Les lois gouvernant le harem étaient scrupuleusement observées, et personne, à part le sultan et ses eunuques, n'avait le droit d'y entrer. Les concubines passaient la plus grande partie de leur vie recluses, à l'écart du monde extérieur. Les rendez-vous clandestins étaient hautement risqués.

— Mais le risque ne vous faisait pas peur.

Ewen acquiesça de la tête.

— J'étais jeune, en colère contre ma condition d'esclave, et totalement ébloui par la beauté d'Etta. Quand le sultan s'est absenté pendant plusieurs semaines, elle m'a mis dans son lit. Ce qu'elle m'a donné a éclairé ma misérable vie. J'ai cru qu'elle avait des sentiments pour moi.

Il soupira.

— Mais, quand le sultan est revenu, elle m'a trahi.

— De quelle façon ?

— En m'accusant de lui avoir fait des avances.

Baissant la tête, Ewen poursuivit d'un ton laissant transparaître tout le chagrin qu'il avait alors ressenti.

— Pour ma peine, il fut décidé que je serais fouetté puis envoyé aux galères.

— Non…, murmura Alice.

Traversée par un frisson, elle serra les bras autour d'elle.

Un lourd silence s'ensuivit, à peine dérangé par le chuchotement de la rivière roulant sur son lit de graviers.

La gorge nouée, Alice chercha quelque chose à dire.

Ce fut Ewen qui, finalement, reprit la parole.

— Durant les longues heures épuisantes de ma captivité, enchaîné à une rame, je me suis reproché d'avoir été attiré par elle, d'avoir cru qu'elle était sincère.

Il soupira.

— Si j'avais résisté, je n'aurais pas été condamné aux galères.

— Voyez les choses autrement, Ewen. Si elle ne vous avait pas trahi, vous seriez probablement toujours en captivité, au service du sultan.

D'abord surpris par cette hypothèse, Ewen finit par acquiescer.

— Oui, vous avez raison.

Redressant la tête, il prit Alice par les épaules, et l'attira contre son torse.

— Mais il s'est passé beaucoup de choses depuis. Maintenant que je vous connais, je sais ce qu'est le véritable amour.

— Embrassez-moi, murmura Alice.

Quand ils regagnèrent la maison, ils trouvèrent immédiatement refuge dans leur lit, où la bouche d'Ewen devint une flamme vivante tandis qu'elle dévorait la chair d'Alice, jusqu'à ce qu'elle frissonne de plaisir.

La caressant et l'embrassant avec le doigté d'un virtuose jouant du violon, Ewen lui fit découvrir d'éblouissantes sensations, jusqu'à lui faire perdre contrôle.

Finalement, il prit possession d'elle, avec une fièvre qu'elle n'aurait jamais imaginée.

Ils profitèrent l'un de l'autre comme un homme et une femme et, quand ce fut fini, Alice retomba dans les bras de son mari en soupirant d'aise, se rendant compte avec étonnement qu'elle était capable de retirer du plaisir de cet acte qui l'avait autrefois tant rebutée.

Elle débordait de bonheur à l'idée d'avoir pu donner à Ewen ce qu'il désirait et attendait d'elle depuis qu'elle était devenue sa femme.

Son seul regret était de l'avoir fait attendre aussi longtemps.

Si seulement elle avait su que cela pouvait être ainsi…

Maintenant elle le savait et elle en conclut qu'Ewen trouverait toujours en elle une femme enthousiaste et consentante.

Tandis qu'il tenait Alice dans ses bras, Ewen comprit que rien ni personne ne pourrait se mettre entre eux. Qu'un amour comme le leur pourrait survivre à tout.

Le désir né de la douleur et du manque d'espoir qui l'avait jeté dans les bras d'Etta était devenu depuis cet épisode malheureux une habitude nécessaire à son bien-être physique. Mais cela n'avait rien à voir avec le bonheur qu'il ressentait, simplement en tenant Alice dans ses bras.

Il devint vite évident pour tout le monde que quelque chose d'important s'était passé entre Sa Seigneurie et son épouse.

Il y avait une nouvelle douceur dans la façon dont ils se comportaient l'un envers l'autre.

Alice rayonnait, et Ewen avait perdu son masque de grizzli furieux.

Parfois, la joie de son amour pour Alice bouillonnait en lui, jusqu'à ce qu'il en ressente une forme d'ivresse. Et, quand ils se retrouvaient pour partager les rites intimes de l'amour, il se sentait comme un jeune homme tout émoustillé par sa première conquête.

À chaque fois qu'il la tenait dans ses bras, il s'émerveillait de la tendresse et de la dévotion qui battaient dans son cœur à l'égard d'Alice.

Chapitre 11

L'homme solitaire qui était arrivé à Barradine était accablé de nombreux maux.

Vingt ans s'étaient écoulés depuis la bataille de Culloden mais les souvenirs étaient toujours aussi coupants que des éclats de verre pour Iain Frobisher.

Trop de gens étaient morts ce jour-là.

Ici, plus que partout ailleurs, il ressentait tout le drame de cet événement dans le sol qu'il foulait, dans les paysages tout autour de lui…

Il avait suivi les traces des troupeaux de moutons, comme il le faisait chaque fois. Le paysage, bien que différent maintenant que la nature avait repris ses droits, faisait remonter des souvenirs et, à son côté, marchaient les fantômes de sa famille et des hommes courageux qui s'étaient élevés contre la tyrannie anglaise et l'avaient combattue.

Alice attendait que la pluie cesse pour aller chevaucher sur la lande.

Elle regardait d'un air morne à travers une des fenêtres de l'étage, lorsqu'elle vit un homme qui avançait à pas lents sur le chemin, en direction de la maison.

Il était grand et maigre, et vêtu en haillons.

Prenant appui sur un long bâton de noisetier, la tête penchée, il mettait prudemment un pied devant l'autre.

Lorsqu'il fut presque arrivé au pied de la maison, il s'arrêta et leva la tête.

Alice porta la main à sa gorge.

La ressemblance avec son frère William était si évidente que cet homme ne pouvait être qu'un parent.

Son père.

Alice pria pour que ce soit vrai.

Se détournant de la fenêtre, elle se précipita vers l'escalier.

Elle descendit les marches à la volée et se rua dans le hall.

Ouvrant la porte, elle sortit sur le perron.

Son cœur se dilatait de joie, mais elle n'osait croire totalement à son bonheur.

L'homme continuait d'approcher, sans voir qu'elle le guettait en retenant son souffle.

— Oh ! Seigneur ! s'écria-t-elle.

Surpris, l'homme s'arrêta.

Dans son visage ridé et décharné, ce qui frappait le plus, c'étaient ses yeux d'un bleu délavé.

Un sourire incertain flotta sur les lèvres du

vieillard, avant de disparaître, comme si un rideau avait été tiré par une main invisible.

Il regarda Alice d'un air soudain angoissé.

— Qui êtes-vous ? demanda-t-il d'une voix chevrotante.

Alice resta figée, son regard se posant avec adoration sur le vieil homme, comme s'il était une apparition qu'elle avait peur de voir s'évanouir si elle bougeait.

— Je suis Alice et je pense que vous êtes Iain Frobisher. Mon père.

Derrière elle, Alice pouvait à présent sentir la présence rassurante de son mari.

— Oui, je suis bien Iain Frobisher. Mais, vous ne pouvez pas être Alice. C'est impossible.

Le visage de l'homme avait pris une sombre expression, comme s'il luttait contre une profonde émotion.

Alice se rapprocha et dut rejeter la tête en arrière pour regarder son père. Il était aussi grand qu'Ewen.

— Vous croyez que ma mère est morte dans l'incendie de Rosslea, avec mon frère William et moi. Mais elle a réussi à s'échapper et à gagner l'Irlande, puis la France. Elle… Elle aussi pensait que vous étiez mort. Mais, je vous expliquerai tout cela plus tard. C'est une longue histoire. Et trop compliquée à expliquer ici, père.

Ce mot chéri était comme une tendre caresse qui eut sur lui un effet apaisant, et des larmes emplirent ses yeux fatigués.

— Alice, ma petite Alice.

Iain passa un bras autour des épaules de sa fille, et la serra contre lui.

Puis il se mit à pleurer.

Ewen tourna la tête devant ce flot d'émotions, leur laissant du temps.

Après un moment, il regarda sa femme pour s'assurer qu'elle avait bien supporté le choc.

Lorsque ce moment d'intense émotion fut passé et qu'Alice se désengagea des bras de son père, Ewen s'empressa de les faire entrer, et demanda à une des domestiques d'apporter des rafraîchissements.

— Père, c'est merveilleux. Mais… Où étiez-vous ? Jusqu'à récemment, nous pensions que vous étiez mort.

Alice pleurait et riait tout à la fois.

Elle guida son père vers la cheminée, où ronronnait un bon feu.

Elle était tellement bouleversée, qu'elle ne parvenait pas à analyser ses sentiments.

— Il n'est pas naturel pour des membres d'une famille d'être des inconnus l'un pour l'autre.

Iain la regardait avec un mélange de ravissement et d'ébahissement anxieux.

Ses traits rayonnaient de joie.

— Je ne rêve pas. C'est bien toi.

Il joignit les mains.

— Seigneur, mon enfant, comme tu es devenue jolie. Et ta mère ?

— Elle est décédée quand j'étais enfant.

Alice lui pressa gentiment le bras quand elle vit le chagrin dans ses yeux.

— Je suis désolée, père. William vit toujours en France. Nous allons lui écrire et lui dire que vous êtes vivant. Il voudra vous voir.

Alice parla ensuite à son père de Duncan Forbes. Iain confirma qu'ils s'étaient retrouvés par hasard à Londres, et qu'ils avaient bel et bien été faits prisonniers ensemble.

— Quand il est venu en Angleterre, il a vu mon nom dans un journal, expliqua Alice. Il m'a approchée en pensant que je pourrais être votre fille.

Ce sujet étant clos, Ewen voulut savoir pourquoi Iain était venu à Barradine.

— J'ai entendu dire que vous me cherchiez. Je venais fréquemment en visite ici, autrefois. Simon était un bon ami à moi. Je suis content qu'il ait réussi à échapper aux Anglais, après Culloden. J'y ai perdu deux de mes fils. D'autres braves hommes que je connaissais, et qui s'étaient vaillamment battus pour défendre la cause jacobite, sont également morts à Culloden.

Il fit un petit signe à Alice.

— Viens t'asseoir à côté de moi, que je te voie mieux. Je me demande toujours quel miracle t'a amenée ici.

— Alice est mon épouse, expliqua Ewen. J'espère que cela vous agrée. Si j'avais su où vous trouver, j'aurais sollicité votre accord. Faute de quoi, j'ai écrit à William.

— J'approuve entièrement.

Iain prit la main de sa fille dans ses mains frêles et ridées.

— Alice n'aurait pu entrer dans une meilleure famille.

Il s'adressa à l'intéressée.

— Mais, parle-moi de ta mère, et explique-moi ce que William fait en France. Raconte-moi tout ce que j'ai manqué. Si j'avais su que tu avais échappé à l'incendie, que tu étais en France, je serais venu te voir. Et moi qui croyais que je n'avais plus aucune famille.

Les rafraîchissements arrivèrent juste au moment où Alice commençait son histoire.

Son père ne dit pas un mot pendant tout le temps où elle parla. Mais, plus d'une fois, il s'agita nerveusement sur son siège.

Elle arriva à la fin de son récit, et l'écho de ses paroles subsista dans le salon, tandis que Iain terminait de boire sa tasse de thé.

Toujours sans prononcer un mot, il la posa, et resta pendant un moment à contempler ses mains croisées sur son estomac.

Réprimant son anxiété et son impatience, Alice respecta le silence de son père.

Pour finir, il releva les yeux, et la regarda.

— Ta mère, ma chère épouse, combien elle a été courageuse de fuir l'Écosse. Comme elle a dû souffrir.

— Et vous, père ? Que vous est-il arrivé après

que vous avez sauté dans la Tamise ? Tout le monde a pensé que vous vous étiez noyé.

Son père soupira, en secouant lentement la tête.

— C'est ce qui a failli m'arriver. Je ne me rappelle pas grand-chose de cet épisode. On m'a tiré dessus, et j'ai plongé sous l'eau. Une femme m'a soigné pendant des semaines. Elle s'appelait Kate Bentley. Souvent, j'ai prié pour que le Seigneur me rappelle auprès de Lui. J'avais appris ce qui s'était passé à Rosslea. Les soldats qui nous convoyaient vers Londres avaient pris un malin plaisir à me parler de l'incendie qui n'avait laissé aucun survivant.

Il reprit son souffle.

— Grâce aux bons soins de Kate, mes forces sont lentement revenues. Elle m'a dit que son fils m'avait sorti de l'eau à la nuit tombée. Quand je l'ai quittée, j'ai erré un peu partout, acceptant le travail qui se présentait.

— Pourquoi n'êtes-vous pas retourné en Écosse ?

Iain haussa les épaules.

— Les souvenirs étaient douloureux. Et je craignais d'être arrêté. Ce n'est qu'après ma rencontre fortuite avec Duncan Forbes que j'ai décidé de revenir.

— Mais, père, où habitez-vous ? demanda Alice, inquiète.

— Partout et nulle part. Je dors là où je trouve du travail, ou dans des huttes à moutons sur la lande.

Les yeux d'Alice se remplirent de larmes.

— Oh ! père, ce n'est pas une vie. Maintenant que nous nous sommes retrouvés, cela ne peut plus continuer ainsi.

Iain tendit la main et lui caressa tendrement la joue.

— Si seulement j'avais su que le feu ne vous avait pas emportés, nos vies auraient été tellement différentes.

Alice prit la main de son père et la garda contre sa joue.

— Il n'y avait personne pour vous le dire. Vous n'aviez aucun moyen de le savoir. Mais, à présent que nous nous sommes retrouvés, vous allez rester avec nous. N'est-ce pas, Ewen ?

— J'allais proposer la même chose.

Et pour fêter dignement ces retrouvailles, Ewen servit à son beau-père un verre de son meilleur brandy.

Ce fut une promesse qu'Ewen renouvela à Alice beaucoup plus tard dans la nuit, tandis qu'il la tenait dans ses bras, le corps comblé et l'esprit joyeux.

Alice enfouit son visage dans son épaule et lui caressa paresseusement le torse du bout des doigts.

— Je t'aime, murmura-t-elle.

Levant la tête, elle déposa un baiser à la base du cou d'Ewen, là où battait son sang.

— Merci d'être aussi gentil et compréhensif avec mon père et de lui avoir offert de vivre avec nous.

Ewen décida qu'il pouvait bien héberger la famille au grand complet, à condition qu'Alice continue à le regarder de cette façon.

Épilogue

Un an plus tard

Pittoresque et fascinante, la villa Tremain était bâtie au milieu d'un parc de plusieurs hectares, regorgeant de vignes.

Simon Tremain avait pris un peu d'embonpoint, et ses cheveux étaient maintenant parsemés de fils argentés. Mais il n'en demeurait pas moins un homme séduisant.

Il avait entraîné ses invités pour un tour complet de son vignoble qui était la prunelle de ses yeux.

Les Tremain et les Frobisher, maintenant rassemblés en une seule famille, revinrent vers la maison en devisant gaiement.

Puis William Frobisher et sa femme, Anne, aidèrent Iain à prendre place dans un confortable fauteuil.

Matthew Brody s'installa près de sa femme, Lady Mary, avec un verre de brandy.

Les enfants de Simon et Henrietta, deux garçons aux cheveux noirs et aux yeux bleus, et une ravissante petite fille, jaillirent au milieu de cette aimable assemblée, en poussant des cris de joie.

Les derniers à arriver furent Alice et Ewen, se tenant par le bras et affichant des sourires radieux.

Ils venaient de séjourner avec Iain à Paris, y retrouvant William et Anne.

À présent, ils passaient quelques jours à Bordeaux, avec toute la famille.

Ewen avait invité Amir à les accompagner en France, mais ce dernier ne souhaitait pas quitter l'Écosse.

Alice soupçonnait que Tess n'était pas étrangère à cette décision, ayant surpris des regards entre eux qui en disaient long.

Avant leur départ, Alice avait reçu une lettre de Roberta qui avait épousé son vicomte, au cours d'une fastueuse cérémonie et qui vivait maintenant un bonheur sans nuage dans le Kent.

La réunion des deux familles et les présentations avaient eu lieu la veille, à leur arrivée à la villa Tremain.

Les retrouvailles avaient été émouvantes entre Simon et Iain, qui n'avaient plus eu de nouvelles l'un de l'autre depuis la bataille de Culloden.

Ce soir-là, ils dînèrent dans le jardin et restèrent à discuter dehors jusqu'à ce que la nuit tombe.

Ce fut un moment agréable pour tout le monde.

Regardant du côté de sa mère et de Matthew, Ewen s'adressa à Simon :

— Aurais-tu imaginé voir nos anciens aussi heureux ? Il semblerait que nous leur ayons offert une nouvelle vie en réunissant nos deux familles.

Simon adressa un clin d'œil complice à son frère.

— Je crois que la famille ne va pas tarder à s'agrandir, si Henrietta a vu juste au sujet d'Alice. Félicitations, mon cher frère.

Ewen grimaça.

— J'espère que je peux compter sur toi pour ne rien dire tant que ma femme n'aura pas décidé de l'annoncer publiquement.

Alice ouvrit la porte-fenêtre de la chambre qu'elle partageait avec son mari et sortit sur la terrasse qui donnait sur une roseraie ornée d'un bassin. Au loin, elle pouvait apercevoir les toits couleur terre cuite des maisonnettes du village voisin, tandis que tout autour du château s'étendaient les vignes.

Elle sourit à son mari, alors que celui-ci la rejoignait.

Il passa un bras autour de son épaule et l'attira contre lui.

L'autre main d'Ewen glissa sous le châle qu'Alice avait drapé autour d'elle pour dissimuler sa grossesse, qui commençait à se voir, et caressa son ventre doucement renflé.

— J'ai l'impression que vous vous plaisez ici, mon aimée, murmura-t-il.

Alice leva vers lui des yeux débordant d'amour.

— Énormément. Nos familles ont beaucoup de chance. Je ne pensais pas qu'il était possible d'être aussi heureux. Demain, nous leur dirons pour le bébé.

Avec un soupir, elle se nicha confortablement dans les bras de son mari.

— Ce sera le premier d'une longue lignée.

Ewen rit et lui mordilla l'oreille.

— Un suffit bien pour commencer.

— Seriez-vous déçu si c'était une fille ?

La faisant pivoter dans ses bras, Ewen déposa sur ses lèvres un tendre baiser.

— Je serais ravi d'avoir une fille.

— Et moi, j'aimerais avoir un fils qui vous ressemble.

— Les garçons de Simon sont son portrait craché. Il semblerait donc que ce soit fort possible. Mais alors, il faudrait que notre fille vous ressemble.

Alice lui prit la main et la posa sur son ventre.

— Sentez-vous notre bébé ?

— Cela commence à se remarquer, affirma Ewen. Je suis sûr que tout ira bien.

— Et il naîtra en Écosse, à Barradine.

— Il ne saurait en être autrement.

— Je vous aime, Ewen Tremain, et je vous défends de jamais en douter.

***

Cinq mois plus tard leur premier enfant, un beau et vigoureux petit garçon, naquit à Barradine.

Et Ewen ne douta jamais de l'amour de sa femme.

Retrouvez en octobre 2019,
dans votre collection

LES HISTORIQUES

Deux roses pour un cœur, de Anne Herries - N°848

1455, Pays de Galles

Sauvée de justesse par Robert de Melfort, Melissa peine à se remettre du choc. Elle ne pensait jamais revoir ce jeune nobliau que son père a fait violenter pour l'éloigner d'elle et qui semble lui tenir rancune de ce traitement. En exigeant qu'il l'escorte jusqu'au couvent où elle doit être mise sous bonne garde jusqu'à son mariage de raison avec le marquis de Leominster, peut-être pourrait-elle lui témoigner son affection ? Et le convaincre de l'aider à fuir sa triste destinée…

Le sort d'un Irlandais, de Michelle Willingham - N°849

CŒUR DE GUERRIER - TOME 3

1175, Irlande

Joan se sait maudite. Par trois fois elle a voulu prendre un époux et par trois fois ceux-ci ont trépassé avant l'échange des vœux sacrés. Aussi refuse-t-elle d'obéir à ses deux frères, Warrick et Rhys de Laurent, lorsqu'ils l'encouragent à accepter l'offre de Ronan O'Callaghan. Elle ne peut risquer la vie de cet homme, qu'elle connaît à peine, mais qui la trouble plus que de raison. Même si celui-ci la supplie de consentir pour le bien du clan O'Callaghan.

L'inconnu du bal, de Nicola Cornick - N°850

LES HÉRITIÈRES MACMORLAN - TOME 2

Écosse, 1815

Jack Rutheford ? En découvrant les traits de l'homme masqué avec qui elle vient de partager la nuit la plus passionnée de sa vie, Lady Mairi se sent défaillir. Comment elle, la veuve respectable, a-t-elle pu laisser libre cours à son désir pour ce libertin notoire, cet insupportable insolent ? Bien sûr le bal de la veille était des plus enchanteurs… mais elle doit trouver une échappatoire avant le réveil de son cousin par alliance, en priant pour que lui ignore toujours l'identité de sa mystérieuse amante…

LES HISTORIQUES
HARLEQUIN

LES HISTORIQUES

La missive oubliée, de Michelle Styles - N°851

Newcastle, Angleterre, 1846

Pour Miss Emma Harrison, orpheline de mère, seule la guérison de son père bien-aimé importe. Aussi cache-t-elle à tous l'état de ce dernier pour protéger le joyau de toute une vie : sa compagnie Harrison et Lowe, spécialisée en construction. Mais lorsque Jack Stanton, devenu ingénieur, refait surface pour lui prêter main-forte sur le chantier d'un pont, Emma sent ses défenses faiblir. Cet homme, le plus qualifié pour la seconder, est aussi le seul qu'elle ait jamais aimé et qui l'a abandonnée sans un mot sept ans plus tôt...

L'honneur d'une Strickland, de Christine Merrill - N°852

AU SERVICE DES STRICKLANDS - TOME 2

Humiliée. Déshonorée. Charity ne trouve pas de mots assez forts pour repousser Miles *Strickland* lorsqu'il lui dévoile son identité. Dire que la veille encore, elle succombait à la plus exquise des étreintes entre ses bras et lui confiait vouloir retrouver une partie de l'héritage familial disparu afin d'échapper à un mariage avec le comte de Comstock. Désormais tout est clair : Miles, l'héritier de sa fortune, est venu des Amériques pour la déposséder...

Le chevalier du dragon, de Catherine Archer - N°853

Angleterre, 1202

Inquiète pour son frère Christian, disparu lors d'une mystérieuse mission, Lady Aislynn reprend espoir lorsque leur père fait un songe prémonitoire: Christian sera sauvé par « une femme blonde, belle de corps et douce de visage ». Un portrait qui lui ressemble trait pour trait... Persuadée de pouvoir aider son frère, elle part à sa recherche en compagnie d'un ami de ce dernier, Jarrod Maxwell. Un homme énigmatique, fils d'un croisé et d'une Orientale, dont tout laisse à penser qu'il en sait plus sur la disparition de Christian qu'il ne le prétend...

La dame de Rionallis, de Michelle Willingham - N°854

Irlande, 1171

En se fiançant avec Hugh Marstowe, Geneviève de Renalt croyait vivre le grand amour. Mais sitôt installé à Rionallis, domaine qui constitue une partie de sa dot, son futur époux tombe le masque et la maltraite. Geneviève se croit perdue ; d'autant que son fiancé décide, sans coup férir, de précipiter leurs noces. C'est alors que le château est attaqué par une horde d'Irlandais avec à leur tête Bevan MacEgan, un guerrier qui prétend être le véritable maître de Rionallis. Prête à tout pour échapper à son sort, Geneviève accepte, à ses risques et périls, de pactiser avec l'ennemi. Car Bevan a beau la mépriser et vouloir la déposséder de son bien, elle sait qu'il est le seul à pouvoir la sauver...

HARLEQUIN

Réveillez la lady qui est en vous !

HARLEQUIN
www.harlequin.fr

OFFRE DE BIENVENUE

Vous êtes fan de la collection Les Historiques ?
Pour prolonger le plaisir, recevez gratuitement

◆ 1 livre Les Historiques gratuit et 2 cadeaux surprise ! ◆

Une fois votre colis de bienvenue reçu, si vous souhaitez continuer à recevoir nos romans Les Historiques, cela se fera automatiquement. Vous recevrez alors chaque mois 2 romans inédits de cette collection au tarif unitaire de 7,05€ (Frais de port France : 2,39€ - Frais de port Belgique : 4,39€).

➨ LES BONNES RAISONS DE S'ABONNER :

Aucun engagement de durée ni de minimum d'achat.
◆
Aucune adhésion à un club.
◆
Vos romans en avant-première.
◆
La livraison à domicile.

➨ ET AUSSI DES AVANTAGES EXCLUSIFS :

Des cadeaux tout au long de l'année.
◆
Des réductions sur vos romans par le biais de nombreuses promotions.
◆
Des romans exclusivement réédités notamment des sagas à succès.
◆
L'abonnement systématique et gratuit à notre magazine d'actu ROMANCE.
◆
Des points fidélité échangeables contre des livres ou des cadeaux.

➨ REJOIGNEZ-NOUS VITE EN COMPLÉTANT ET EN NOUS RENVOYANT LE BULLETIN !

✂ ···

H9ZEA2
H9ZE2B

N° d'abonnée (si vous en avez un) ☐☐☐☐☐☐☐☐

Mme ☐ Mlle ☐ Nom : .... Prénom : ....

Adresse : ....

CP : ☐☐☐☐☐ Ville : ....

Pays : .... Téléphone : ☐☐☐☐☐☐☐☐☐☐

E-mail : ....

Date de naissance : ☐☐ ☐☐ ☐☐☐☐

☐ Oui, je souhaite être tenue informée par e-mail de l'actualité d'Harlequin.

☐ Oui, je souhaite bénéficier par e-mail des offres promotionnelles des partenaires d'Harlequin.

Renvoyez cette page à : **Service Lectrices Harlequin – CS 20008 – 59718 Lille Cedex 9 - France**

Date limite : **31 décembre 2019**. Vous recevrez votre colis environ 20 jours après réception de ce bon. Offre soumise à acceptation et réservée aux personnes majeures, résidant en France métropolitaine et Belgique. Prix susceptibles de modification en cours d'année. Vous pouvez demander à accéder à vos données personnelles, à les réctifier ou à les effacer. Il vous suffit de nous écrire en nous indiquant vos nom, prénom et adresse à : Service Lectrices Harlequin - CS 20008 - 59718 LILLE Cedex 9. Harlequin® est une marque déposée du groupe HarperCollins France – 83/85, Bd Vincent Auriol – 75646 Paris cedex 13. Tél : 01 45 82 47 47. SA au capital de 1 120 000€ - R.C. Paris. Siret 31867159100069/APE5811Z.

Rendez-vous sur notre nouveau site

www.harlequin.fr

Et vivez chaque jour,
une nouvelle expérience de lectrice connectée.

- Découvrez toutes nos actualités, exclusivités, promotions, parutions à venir…
- Partagez vos avis sur vos dernières lectures…
- Lisez gratuitement en ligne, regardez des vidéos…
- Échangez avec d'autres lectrices sur le forum…
- Retrouvez vos abonnements, vos romans dédicacés, vos livres et vos ebooks en pré-commande…

L'application Harlequin

Achetez, synchronisez, lisez… Et emportez vos ebooks Harlequin partout avec vous.

Suivez-nous !

facebook.com/HarlequinFrance
twitter.com/harlequinfrance

OFFRE DÉCOUVERTE !

Vous souhaitez découvrir nos collections ? Recevez **votre 1er colis gratuit* avec 2 cadeaux surprise !** Une fois votre colis de bienvenue reçu, si vous souhaitez continuer à recevoir nos livres, cela se fera automatiquement. Vous recevrez alors vos livres inédits** en avant première.

Vous n'avez aucune obligation d'achat et cette offre est sans engagement de durée !

*1 livre offert + 2 cadeaux / 2 livres offerts pour la collection Azur + 2 cadeaux.
**Les livres Ispahan, Sagas, Hors-Série, Allegria et Best Féminins sont des réédités.

☛ COCHEZ la collection choisie et renvoyez cette page au
Service Lectrices Harlequin – CS 20008 – 59718 Lille Cedex 9 – France

Collections	Références	Prix colis France* / Belgique*
❑ **AZUR**	Z9ZFA6/Z9ZF6B	6 livres par mois 28,49€ / 30,49€
❑ **BLANCHE**	B9ZFA3/B9ZF3B	3 livres par mois 23,35€ / 25,35€
❑ **LES HISTORIQUES**	H9ZFA2/H9ZF2B	2 livres par mois 16,49€ / 18,49€
❑ **ISPAHAN**	Y9ZFA3/Y9ZF3B	3 livres tous les deux mois 23,20€ / 25,20€
❑ **HORS-SÉRIE**	C9ZFA4/C9ZF4B	4 livres tous les deux mois 31,65€ / 33,65€
❑ **PASSIONS**	R9ZFA3/R9ZF3B	3 livres par mois 24,79€ / 26,79€
❑ **SAGAS**	N9ZFA4/N9ZF4B	4 livres tous les deux mois 35,35€ / 37,35€
❑ **BLACK ROSE**	I9ZFA3/I9ZF3B	3 livres par mois 24,79€ / 26,79€
❑ **VICTORIA**	V9ZFA3/V9ZF3B	3 livres tous les deux mois 25,69€ / 27,69€
❑ **ALLEGRIA**	A9ZFA2/A9ZF2B	2 livres tous les mois 16,49€ / 18,49€
❑ **BEST FÉMININS**	E9ZFA2/E9ZF2B	2 livres tous les mois 18,55€ / 20,55€
❑ **MAGNETIC**	K9ZFA4/K9ZF4B	4 livres tous les 2 mois 29,39€ / 31,39€

N° d'abonnée Harlequin (si vous en avez un) ____________

Mme ❒ Mlle ❒ Nom : ____________

Prénom : ____________ Adresse : ____________

____

Code Postal : ______ Ville : ____________

Pays : ____________ Tél. : ____________

E-mail : ____________

Date de naissance : ____________

❒ Oui, je souhaite recevoir par e-mail les offres promotionnelles des éditions Harlequin.
❒ Oui, je souhaite recevoir par e-mail les offres promotionnelles des partenaires des éditions Harlequin.

Date limite : 31 décembre 2019. Vous recevrez votre colis environ 20 jours après réception de ce bon. Offre soumise à acceptation et réservée aux personnes majeures, résidant en France métropolitaine et Belgique, dans la limite des stocks disponibles. Prix susceptibles de modification en cours d'année.Vous pouvez demander à accéder à vos données personnelles, à les rectifier ou à les effacer. Il vous suffit de nous écrire en nous indiquant vos nom, prénom et adresse à : Service Lectrices Harlequin CS 20008 59718 LILLE Cedex 9. Service Lectrices disponible du lundi au vendredi de 8h à 18h : 01 45 82 47 47 ou 33 1 45 82 47 47 pour la Belgique.

Harlequin® est une marque déposée du groupe HarperCollins France – 83/85, Bd Vincent Auriol – 75646 Paris cedex 13. SA au capital de 1 120 000€ – R.C. Paris. Siret 31867159100069/APE5811Z.

Composé et édité par HarperCollins France.

Achevé d'imprimer en juillet 2019.

CPI
BLACK PRINT

Barcelone

Dépôt légal : août 2019.

FSC
www.fsc.org
MIXTE
Papier issu de sources responsables
FSC® C108412

Pour limiter l'empreinte environnementale de ses livres, HarperCollins France s'engage à n'utiliser que du papier fabriqué à partir de bois provenant de forêts gérées durablement et de manière responsable.

Imprimé en Espagne.